猫眼看人

历史如何"反常识"

杨念群 著

凤凰出版社

图书在版编目（CIP）数据

猫眼看人 : 历史如何"反常识" / 杨念群著.
南京 : 凤凰出版社, 2024. 10. -- ISBN 978-7-5506
-3885-3

Ⅰ. I267.1

中国国家版本馆CIP数据核字第2024SX8170号

书　　　　名	猫眼看人:历史如何"反常识"	
著　　　　者	杨念群	
责 任 编 辑	张永堃	
书 籍 设 计	陈贵子	
责 任 监 制	程明娇	
出 版 发 行	凤凰出版社(原江苏古籍出版社)	
	发行部电话025-83223462	
出版社地址	江苏省南京市中央路165号,邮编:210009	
照　　　　排	南京新洲印刷有限公司	
印　　　　刷	苏州市越洋印刷有限公司	
	江苏省苏州市吴中区南官渡路20号,邮编:215104	
开　　　　本	889毫米×1194毫米　1/32	
印　　　　张	12.125	
字　　　　数	233千字	
版　　　　次	2024年10月第1版	
印　　　　次	2024年10月第1次印刷	
标 准 书 号	ISBN 978-7-5506-3885-3	
定　　　　价	78.00元	

（本书凡印装错误可向承印厂调换,电话:0512-68180638）

| 目录 |

下编

余话

前言

收到这个小册子里的文字杂七杂八，无法归类，大致不出读史阅世的零思碎想。在我的记忆里，读史纯为娱己者毕竟是少数，我读史读出的更多是伤心郁闷的往事。哪怕史书中满纸记下的是天下大治、盛世妖娆，我也极易读出苦涩、嗜血和谋杀。类似的，这本小书大体讲的都是一些"反常识的历史观"。也许大家会问，所谓"常识"是支撑我们日常言行的一些知识与行为准则，好好守护它们尚且来不及，为什么还要反对呢？实际上，我觉得我们常常不知不觉陷入一些似是而非的历史常识之中。这些历史常识本身应当是被怀疑的，却一直支配着我们的思想和行动。

比如，我们总是习惯"进化论"的无处不在，认为历史永远是像直线一样向未来延伸，没有人会想要停下来看一看。"历史"成为一个强调时间流程的概念，而历史的丰富性很可能便在"时间的历史"压抑之下消失了。但除此以外，是否还有别的可能？我们以前的历史观就不是"进化论"式的，与现代历史叙事模式大相径庭。中国古代经典中常常出现"文"和"质"这对概念，"文"与"质"的互动是中国古代历史观的精髓。《论语》中说："质胜文则野，文胜质则史，文质彬彬，然后君子。""质"是朴实无华的内在本质，"文"是赏心悦目的外在修饰；"野"是粗陋鄙俗，"史"是精巧文雅。文、质应视需而用，文太多、质太多都不适宜，最好把两者结合起来。历史也是在文、质相互消长的过程中才能渐趋完善。大家千万不要低估古人的智慧，这既不是进化论，也不是循环论，而是一个螺旋上升的理论。

又如，我们看历史总是习惯把很多现象极端化，给它们戴上从西方裁缝店里借来的帽子，把过往的历史武断地描述成封建的、专制的、保守的。且不说"封建"一词在没有被准确定义的情况下被毫无节制地滥用了，对历史保有一种更为持平的态度和判断向来便不受青睐。一个表现就是我们习惯生活在启蒙的阴影里。五四运动前后，我们对宗族、家庭的描述有一个从温暖到黑暗的变化，"宗族"在"五四"的叙述里变为一个完全负面的东西，《家》《雷雨》等文学作品中都含有大量对宗族迫害的隐喻描写。但这些叙述就是真实的历史或历史的全部吗？同样，科举制度也显得百弊丛生，给人留下最深刻印象的便是《儒林外史》中的范进中举。然而科举把人逼疯，在很大程度上不过是人为创造的历史想象。"五四"时期诞生了集体主义激进青年和自由主义文艺青年两种不同的角色，最后文艺青年被打败了，我们从此很难从一种个人视角去观察历史，而往往会戴上集体主义和激进主义的有色眼镜。

再如，我们总是习惯从二元对立的角度观察近代中国的变化，"城市—乡村"即其中一例。最初，乡村在文人眼里是美好的，是隐居的休憩地；介于城市和乡村之间的"镇"很有文化特色。之后乡村逐渐衰败，成为城市的对立面，宜居的镇也逐渐消失，城市变成逐梦之地，而农民的形象则日益趋于负面。不久，这个二元对立的观念又被另一股潮流替代。因为乡村为共产主义革命提供了人员和动力，"五四"以来对乡村的负面评价又一次遭到彻底逆转。我曾写过一篇文章讲萧军在延安的境遇。上海这些大城市来的文人本是农民的启蒙者，却反过来成为工农阶级改造的对象。萧军追求的是介于乡村和城市之间的一种个体自由游走状态，他拒绝接受改造，最后成为一个近乎右派的角色，彻底在历史舞台上消失。我们的历史观总是把城市与乡村对立起来，然后在这两极之间不断摇摆，殊不知两者界线的模糊恰恰是近代欧洲革命的出发点和结果。

上面所举的是一些我们习以为常的历史常识，而它们恰恰是值得怀疑的。接下来的问题是，我们如何建立"反常识"的历史观？

需要警惕的是，一些表面看上去反常识的观点也可能不自觉地掉入常识的陷阱。比如美国的中国研究学界流行的一个观点"早期近代论"，大意是说：你们不是说古代中国封闭落后、完全没有近代因素吗？我还真不信这个邪，我偏要找出一些疑似的证据给你看。不能否认，他们都是一些好心的学者，拼命较着一股劲，想证明中国不比西方差。但好心也可能办坏事，我总是怀疑，在中国的历史中寻找类似西方近代化的因子，这真的是一种有效的反常识方法吗？也许效果刚好相反，这类研究恰恰容易重新把我们引入西方中心论的圈套，甚至让人不知不觉成为它的合伙人。

我的看法是，谈"反常识"，不是说要事事都拧着干，非要彻底把一切"常识"都打趴下不可——事实上也做不到。我们只是想在各类"常识"的巨无霸叙事之笼罩下，看看能不能找到其他更为合理的历史观作为补充。也就是说，对已构成我们生活常识的那部分历史观提出商榷和修正，想办法克服一种刻板僵化的认识，激活一些鲜灵的思想。事实上，"反常识"的历史观也许在不久的将来也可能变成一种僵化的"常识"，受到批判和摒弃，这正是我所期许的。历史学之所以丰富和有趣，正在于它可以在相互替代的过程中不断进步。在人文科学领域里，任何有益的观点都应该并行不悖，不存在最终的权威。

我在巴黎蓬皮杜艺术中心杜尚专展里曾经读到一句话，这句话对我启发非常大。杜尚说："'品味'无所谓好与坏，因为对一些人是'好'的，对另外一些人却是'坏'的，最关键的本质是，它总是一种'品味'。"我以此勉励自己，也希望大家有勇气去探索被认为不合理、不合主流的异端观点，因为它总是一种品味。这是现代艺术探索的真谛，也不妨移为历史研究的镜鉴。

— 上 编 —

阶级、流品与品度

20世纪80年代以前，中国史家总是习惯戴上阶级分析的眼镜把各色人群标签分类，谁一旦被扣上"剥削阶级"这顶帽子，就像惹上瘟疫，人人唯恐避之不及。实际上，"阶级"一词纯属舶来品，谈"阶级"首先得知道什么是"贵族"，才能按身份划分出个三六九等来。而"贵族"和"封建"又密不可分。什么是"封建"？简单说，就是君王根据血缘的尊卑亲疏切割出一块块辖地，皇亲国戚在各自的封地里作威作福，说一不二。用这个标准看中国史，秦以后是流氓当道，连皇帝都丢了高贵的血统，一般人的血脉就更没什么正宗可言。艺术标准也坏了章法、失了定力，在高低之间来回乱窜，失去了贵族生活本来该有的味道。所以有人说了句极端话，认为秦以后根本没艺术可谈。

若换个标准，汉代以后还算留了点贵族的尾巴，如魏晋时期仍讲"门阀"，做官选人都要看门第出身。血统品级虽早已不那么纯粹，没有了先秦那般严格的宗子继承关系，宗法谱系也丢散得几乎没影了，可还得靠世家大族支撑门面。当时的人才逃不出几个大姓的掌控。他们不但互相联姻，而且家教谨严，甚至在家里没事就操练朝章国典，门族个个正襟危坐，家中日日钟鼓礼乐，确是以后稀有的景致。所以从魏晋历数下来，还是累积了一些对品味的甄别标准。

近世一些史家嗅到了这股残留的贵族气，如钱穆先生就说，中国人脑海里有很深的流品观念。"流品"往往表现得散漫无形，若隐若现，却是区分"雅""俗"的标准，在日常生活中被活泼泼地用着，其中的味道很难用西语描述。如官和吏就分两途，给官员做跟班的胥吏被人瞧不起；教书人和衙门里的师爷也有清浊之分，地位大不一样。在科举制度中同样有"清流""浊流"之别，进士及第算是清流，秀才、举人则沦为浊流，只能沉淀在底层。

最近重读邓子琴先生的《中国风俗史》，邓先生有一个近似的说法，他以"品度""伦际"观察中国风俗之变。他的意思是，古人有自己一套品评人才、事务的标准，每朝每代均不一样。比如他概括南北朝的品度是"谐谑""歌咏""游陟"，北宋则有"宽厚""沉静""淡泊""好学"之风，明代士人被说成"刚劲""强毅""刻苦"，清代流行"雍容""细密""推延""条理"的风气，这些描述都从古书中归纳出来，非常符合当时人的生存状态。

按照品度细细赏鉴各朝人物，像是看形态各异的风俗图。比如东汉的异议人士被形容成"匹夫抗愤，处士横议"，这些士子"激扬名声，互相题拂，品核公卿，裁量执政"，彼此借力推广声誉；可一旦看不惯对方，动不动就绝交。天下名士，在他们的眼里统统被归类划等，用笔墨状摹其神态。如有"三君"（一世所宗）、"八俊"（人之英）、"八顾"（德行引人）、"八及"（导人追宗）、"八厨"（以财救人)种种复杂名目。这些对人品性的归类我们现在已经很难辨别其中的确切含义，只能揣测大概的意思，不外是说这些人的精神气质多么木秀于林、夺人眼球。

所谓"品度"还与君王的胸襟气象有关。东汉士林中有"儒学""文章""推士""纠违""阴阳""弘道"种种说辞，不过被子琴先生评为"谨严有余，恢廓不足；制行有余，而风采无闻"，大致适应学术一尊、国不两才的风气。汉武帝汲汲事功，开疆拓土，自然需要笼络各类人才；汉光武帝抄袭先祖的管理手段，但人才的多样化建设就显得弱了许多，只是大致延续上代的路子。一般来说，事业型人物少，道德型人物就多。东汉风气淳厚，竟还有"让官"的事情发生，有人拼命想推掉皇帝加封的官爵，让给自己兄弟。现在看来这行为有点犯傻，令人不解。还有一个故事说兄弟俩被饿疯了的劫盗掳去，匪徒正准备把他们煮了喂肚子，不料两人争着恳求说：吃掉我吧，放过我的兄弟。匪徒虽然饿得两眼发晕，还是觉得这兄弟俩太过仗义，干脆把两人全给放了。

到了东汉末年，风气又有变化，影响到对人物品度的评价。曹操用人只重"才"不重"德"，他说只要你有才，即使像汉初宰相陈平那样"盗嫂受金"，干出与嫂嫂通奸和疯狂敛财的勾当也没关系，那些"或不仁不孝而有治国用兵之术"的人，都要举荐出来，不要有所遗漏。随后有清谈之风，士人夸夸其谈，与东汉士子好发议论批评时政的"清议"有所不同。魏晋士人的品度标准是要精读《老》《庄》，蔑视儒家礼法，甚至对手也受了感染，好像不通晓老庄之学就根本上不了争论的台面。再有一个习惯就是重养生，大家一起吃一种叫"寒食散"的药，味道和效果怎么样我们不得而知。这帮闲人衣食无忧，对音律乐器极为精通，终日喝酒饮茶，放浪形骸，自有一种风度韵味。

宋代以后，品度有变，文人开始把"道德"和"风俗"捆绑在一起议论。苏轼就认为国家的存亡不在于武力的强弱，而在于道德的高低；不在于物质的富贫，而在于风俗的厚薄——一看就知道是保守派的想法，常被改革派讥为迂阔之论。改革派领袖王安石和司马光有个小小的争论，司马光说他好用"真小人"，王安石回答说：要行新法，旧人往往不敢向前冲，只有那些有才力的人敢于担当，等新法实行后，我会把他们统统赶走，换上老成持重的旧人守护，不是很好吗？司马光说：这你就错了，君子潇洒不恋位，很难说动他们出来帮忙；而小人一旦得势，就不会轻易言退，如强令其退，必反目成仇。后来果有出卖王安石的小人出现，让他追悔莫及。

我们现代人习惯用忠奸善恶的品度衡量人物，其实是过于强调黑白两分了。邓子琴品评南宋人物时说："主战者急君父之雠，主和者审利害之势，均不必以贤奸论。"对主战、主和两类人物，应各有判断的品度。主和者的理由是，应把精力用于"内治"，休养生息，保境安民，所以南宋主和者中也有不少君子。当然，假借和议、想以此牟利的也大有人在，按品度而言，就有"柔媚""险诐""模棱""怯懦"的划分。"险诐"的评价源于一个故事，说一个叫胡纮的人拜谒朱熹，朱熹一般用米饭招待学生，对胡纮也不例外；胡纮很不高兴，不相信山中居然搞不到一只鸡和一杯酒，觉得太受怠慢，以至于后来上书大骂朱熹是煽动伪学的头子。

到了明代，特别影响品度判断的是一种"乡谊观"。同乡按照行省划分是从明代开始的，各护乡情的情况随处可见，这就超出了一般的乡土情缘，颇有一点政治联谊的味道了。明代士人还有一个毛病是好在某个问题上争得你死我活，这一点与南宋辩论是"和"是"战"的国策大局，气象颇有不同。明代好争帝王立统的家事，反复争执哪家皇亲宗室应该继承皇位，多属宫闱私事，结果闹得鸡飞狗跳、撕破脸皮，最后沦为党争，沾染恶名，所以会有"东林虽多君子，然亦有小人；反东林者虽多小人，然亦有正士"的说法。加上阳明心学的影响，一时间士风激荡，讲学以诳诞放浪为美，似乎满街都是圣人。有传说颜山农在收徒时必先打人三拳，才收为弟子，可见放荡得有些无边了。

进入清代，君王以"蛮夷"身份继承明代大统，自然从心理上感到自卑，容易多疑猜忌。文人行为一旦放诞起来，常常激起满人联想，被认为是在重演南宋鄙视胡人的旧把戏，加之言路阻断、官僚苟且，品度的标准自然再起变化。清代多称赞某人谨厚、廉静、退让，认为这是"大人"的品格。有人批评说，这种苟且不过是"乡曲之行"，哪里有什么大人的气象？"大人"的标准应该是在治理国家、维护社稷方面刚毅果决，为天下长久考虑，即使和皇帝闹翻散伙也在所不惜，不计较个人得失，投缘则留，不投缘则去。但现实是大多数官员左顾右盼，生怕乱发议论丢掉官位，不如貌显敦厚、静观不语，既能安坐无患，又可博得廉退不争的美名。清朝被称为"贤人"的人物多属此类。有人感叹，当他们峨冠博带从容踱步于宫廷之内，真是仪态雍容万方，内心深不可测。故时人评价当时士风说："无其本而冒其位，安其乐而避其患。"在此种风气之下，争论之风自然止息无闻。士人的品度是社会风气的一种风向标，由此可以窥见清人的整体风貌。

晚清民国时期，西风已渐渐侵入国人肌体，功利思想流行无忌，越来越不受儒术枷锁的限制，品度自然又起变化。近人多把国人优胜劣汰思想的勃兴归于西方进化论的影响，实则中国先秦墨、法、纵横诸派都有肯定追求利益的言论，只不过不是中国文化的主流。功利思想被儒家"正其谊不谋其利，明其道不计其功"的观念压抑得太苦，无法抬起头来。谋利之人必须装扮成儒家才有发言的机会。西方天演竞争理论的输入，明目张胆鼓吹逐利优先，恰可与古代功利观接榫。摆脱儒术束缚犹如打开潘多拉的盒子，放"魔鬼"横行于世，遂使文人"品度"风格大变。

晚清面对西方的反复蹂躏，无法从容应对，历代品度中的"清议"一项也相应增添了新的内容。如道、咸以来，清议渐渐成为抵抗西方污染的代名词，只要批评西人器技之学就容易获得"清名"赞誉，犹如古人"气节"附体，顿时令人激扬亢奋。当时甚至以是否反对洋务作为区分清流和浊流的新标准，如吴汝纶就说："近来世议，以骂洋务为清流，以办洋务为浊流。"清流党阵营内的辜鸿铭不满李鸿章的理由是认为他只知有"政"，而不知有"教"，用人完全出于行政能力的考量，但论功利不论气节，但论才能不论人品。看上去和过去讨论品度的词语很像，只是内容更显新潮罢了。

清流与浊流

"清流"的说法来自古代的"清议","清议"既是庙堂之上也是乡里民间的议论,系对某人品质进行评判。早在西汉,官员要晋升必须通过荐举程序,那些在位的官员对入选的新人戳戳点点,想方设法在他们身上挑点毛病;乡间市井的议论也是把挑人的尺子,比在身上量来量去,如觉不符,便让他自动出局。有的人一遭清议,便觉耻辱难当,在亲友间抬不起头来,顾炎武就有过"一玷清议,终身不齿"的议论。所谓"舆论杀人",看来自古就有。

持清议的人多是当时的知识分子,其中可能还包括在读的学生。他们自下而上地批评官府、搅动政局,越界之后会被无情剿杀。如东汉有党锢之祸,就是因为太学生讨论时政被官府镇压。这些知识人一旦当了官,反过来同样会被舆论监控,转变成被议的对象。如果气节有亏,难免沦为浊流。这说明清流、浊流可以变来变去,但清浊如何分、有没有一定的标准,始终是争议不休的话题。

按理来说,在清流的眼里,应该是清者自清、浊者自浊,不宜混淆,但帝王眼里的清浊,标准却可以随意而定,两者的界线常常被故意模糊。据说这样做容易达到政治平衡的效果。帝王驭人,侧重权谋似乎理所当然;但如果文人也跟着起哄,问题就严重了,严重到可能丧失评判善恶的标准。比如对明末东林党人的态度就是一例。东林党人苛论时政，臧否人物，自诩为清流，虽然其中也不乏小人与投机分子，还有一些人只会奢谈高论，没有筹敌制寇之策。而在崇祯皇帝看来，无论是东林党人还是攻击东林党的人，都是胡乱嚷嚷，对朝廷的法纪政事没什么实质性的帮助。这个观点被一些无聊文人附和，添油加醋地夸大成明朝灭亡的主因——特别是心理层面的原因。这个说法也被清廷利用，清朝皇帝就反复提醒：你看，明代灭亡都是这帮文人平时袖手空谈造成的。

对于此种被帝王驭人之术牵着鼻子走的歪理邪说，黄宗羲挺身而出、正色辩驳，直揭崇祯皇帝的内心算盘。他说崇祯并非不知道东林党人多是君子，只是有个别小人也混杂其中，因此从整体上看队伍不纯，于是就起疑心，不加信任；崇祯也知晓攻击东林的多是小人，只是因为他们能形成制衡作用，所以才故意把两拨人混搭使用。结果却造成君子舍他而去，独独留下小人，这才是崇祯失国的主因。

黄宗羲断言，君子与小人势不两立，为私家利益不问是非，想要通过调和善恶的办法玩政治平衡，结果只能落得失败的结局。"东林"不是个案，因为"凡一议之正，一人之不随流俗者，无不谓之东林"。意思是说，"东林"应该变成一个象征，一个应该坚守的标准和尺度。而在帝王的思维中，"今必欲无党，是禁古今不为君子而后可也"。搞一团和气的后果是大家一拥而上争做小人，君子反而没人当了。因为当君子不但捞不到好处，成本也太高。黄宗羲所坚守的，就是贯穿千古而不灭的清流精神，拼死也要和浊流划清界线。只可惜，这股精神早已澌灭无存，世间弥漫着的正是争当小人的浊流气象，鼓励的是油滑、世故、苟且和贪嗔，最终是清浊不分，恶人横行。

清流的警示作用还在于可以尽量使帝王的心思偏于"王道"思维。在古代的政治格局中，"王道"与"霸道"历来针锋相对。两者相比，取霸道之途相对容易一些，是个捷径。践行王道则需君主时刻涵养身心，对民生多加体恤。时间一长，他们会感觉活得太累，过得很不耐烦。所以帝王总是首选霸道，或者是"霸王道杂之"，混搅起来乱用一气。在清流看来，君王的统治术中霸道比重总是过高，而把王道等同于滥施人情。

近读彭小瑜先生的文章，他谈到蒋介石为夺取权力不择手段，打的旗号都是维护党派利益——赤裸裸的功利只要化身为道貌岸然的信念，就可充当任行杀伐的理由。这类思维非常可怕，是对人性的一种毒化，因为中国传统政治文化中缺乏宽恕的精神。他举欧阳修的《纵囚论》为例进行讨论：当年唐太宗让一批死刑犯人回家省亲，规定返回后就要受刑；当犯人按约定返回时，唐太宗就全部赦免了他们。对于唐太宗的纵囚行为，欧阳修不以为然。他认为，只有君子才有资格被待以信义，对小人则必须将他们划为三六九等，分别施以刑恩；这些囚徒都是奸邪小人，骨子里就是罪犯；他们一定是揣摩到如果按时回来就会得到赦免，所以愿意用性命进行一次赌博；赦免他们，正是中了贼人的诡计；因此，对带着侥幸心理的罪犯必须杀无赦，不能抱有恻隐之心。如此缺乏宽恕精神的算计，一旦扩散成常态思维，肯定会引发无休止的暴力相斫。因此，遇到帝王不冷静，身边冒出几个书生在他耳边唠叨几句似乎很有必要，这就是清议的力量。但在上述的例子中，欧阳修不但没扮演清议的角色，反而起了相反的作用。

当然，历史上清流也不总是那般纯净，也可能蜕化成浊流。钱穆先生目光如炬，他看到明清以后出现了一股浊流压制清流的转向——文书胥吏横行官场，把文字的流转程序统统档案化了，变成一种套路和技术。文官言行如果受到胥吏束缚，就会产生依赖感。胥吏政治一旦转化成文书政治，对文字的刻意琢磨就会达到变态的程度，严重时可以让官场丧失效率，变成一种极为低劣的冗政。胥吏上下欺瞒、四处勾结，士人无法按自己的想法办事。后来的文牍主义与烦琐哲学大概就是由此演变而来的。

古代科举也有清浊之分。科举选官是一种身份分配制度，负责把不同层次的知识精英散布在社会的各个层面，一眼望去清浊分明。进士及第才是清流；举人和秀才沉在下面成了浊流——他们虽在身份上似乎超升无望，却未必不能通过乡党议论获得舆论上的公正评价。

有意思的是，近世士大夫中操办洋务的人往往会被清流啐骂，沦为浊流。在浸淫旧学的书生眼里，放弃祖宗之法，去向洋人的奇技淫巧屈膝献媚，不啻士林败类。如坊间就哄传洋务名流马建忠投奔东洋改名某某一郎而为日本人做间谍的故事——马建忠进入洋务大员幕府，扮演的就是当年师爷的角色，这职务在清流眼里本就低贱，再加上为洋人打工的把柄捏在人家手里，想不成浊流都难。又如湖南人郭嵩焘从公使之位退归乡里，被骂成汉奸，差点让乡亲的唾沫星子给淹死。清流党摇身变成维护世道人心、拒绝西人污染的正义化身。清流批洋务派的理由是，西人是"夷"，没有礼义廉耻，越是向他妥协，他就越欺负你。但清流也明显感到，空说那套老掉牙的道理打不过西人的长枪大炮，所以他们平时起劲骂洋务是浊流，一旦遭遇实际的民生和技术问题，未必有底气。面对清流的咄咄逼人，身背浊流之名的洋务派并没有自惭形秽。在洋务派眼中，中国遭千古变局，自诩清流者抱残守缺、冥顽不化，是一些只会高谈阔论的腐儒。由此可见，当年畏惧清议和台谏的心理也在悄悄发生着变化。

清浊之分的标准往往随时运变换。记得 20 世纪 80 年代，国人在精神上极度"营养不良"，一夕接触西学，无论精粗美丑，一律生吞活剥、塞入肠胃，导致消化不良。若在过去的清流眼中，这帮文艺青年无疑就是地道的假洋鬼子，绝对是浊流妖鬼再生，必须设法驱除。可这批"精神饿鬼"引领的是一股时代潮流，这时候你如果不识时务，戴着清流面具出来对他们指指点点，不被痛扁一顿才怪。当时也有复活国学的提法，但在一片现代化的"浊流"叫嚣声中，国学面目如同"国渣"；所谓谈国学者，多是挨揍疼得不行而发出无奈呻吟的一些人，在彼时当不得真。

20世纪90年代以后则有当代的"清流"言论出现。现代化特别是城市化的急速推进，拉大了城乡差距，不可避免地产生一些问题，这时便需要旧式文人出来激浊扬清。"清流"言辞照样不中听，却仍如当年一样倔强。当年洋务新政初起时，就以国家的整体富强为目标，没有多少人愿意在民生问题的细节上多费心神。那些捍卫旧道德的清议言语——如有一种声音是铁路大兴、与民争利，造成依赖水路运输谋生的民众大批失业——完全为富国自强的新调所淹没。如今虽世殊时异，但偶见几个当代"清流"小子跳出来骂几句，也不失为一道好看的风景。

南人与北人

20世纪30年代北京和上海文人之间曾经发生过一次对骂，称为"京派"与"海派"之争，这段公案最初仅限于讨论作家的写作风格，后来延伸到对京沪两地文人行为和气质的评价。论争的发难者沈从文在《论"海派"》一文中概括海派的特征是"名士才情"与"商业竞卖"相结合，并用尖刻的语气大加贬损，说他们如名士相聚一堂，吟诗论文，冒充风雅，或远谈希腊罗马，或近谈文士女人，行为与扶乩猜诗谜者相差不远；又说他们从官方拿了点钱，整天吃吃喝喝，办什么文艺会，招纳子弟，哄骗读者，思想浅薄可笑，伎俩下流难言。曹聚仁《京派与海派》比较两派则说："京派不妨说是古典的，海派也不妨说是浪漫的；京派如大家闺秀，海派则如摩登女郎。"

又有一个评价是："海派有江湖气、流氓气、娼妓气；京派则有遗老气、绅士气、古物商人气。"（姚雪垠：《京派与魔道》）矛头直指京派领袖周作人。周作人则直接回应道，"上海气"是"买办流氓与妓女的文化，压根儿没有一点理性与风致"。当然还是大先生的话一锤定音，说"要而言之，不过'京派'是官的帮闲，'海派'则是商的帮忙而已"（鲁迅：《"京派"与"海派"》）。不过，这些议论都把自己圈在了北京、上海两个城市里比较。实际上，京派、海派之争背后所隐匿的南北文化差异才是更有意思的话题。

南人和北人相互看不起不知始于何时，我们可以大致看到宋代就有重南轻北的氛围。宋人是出了名的尚文轻武，自宋太祖杯酒释兵权、夺了军人带兵的念想后，文人领军成了时尚，连皇帝都纷纷把自己装扮成高级文化人。至今你都不得不佩服宋徽宗的书法造诣和艺术品鉴力。但崇尚艺术需要付出代价，与此相应，宋朝军队与北方异族交战就经常显得不堪一击。听杨家将的故事，我们常常误以为北宋已经全靠寡妇在打仗。

有史学家形容宋代的气质内敛含蓄，像个内向柔和的女子。这还真不是没有道理——不但宋代文人气质儒雅，连皇帝脾气也好得不行。有皇帝和大臣整日勾肩搭背，好像有说不完的知心话，导致臣下大言不惭地说要和皇帝"共治天下"；也有皇帝姿态谦卑，搞得一些文人得意忘形地说要"格君心"，做皇帝的"思想辅导员"。只不过当时文人再得势，也无法遮掩宋军一败再败的现状，一种奇怪的心理补偿论于是逐渐流行起来。这种怪论把辽人、金人想象成没有文化的蛮族，只会在马背上打仗撒野，一旦遭遇大宋的文明气象，他们外表虽硬充好汉，心里却矮了三分。这种论调严格区分汉人和非汉人，泾渭分明。虽然在军事较量上是北强南弱，却禁不住南方文人主导着文明评判的话语权；军事较量被认为不过是比拼蛮力，南人的文化优越感丝毫不减。

心理补偿论特别容易在朝代更迭的时期发作，比如宋元之际和明清之际。江山一旦易主变色，南方文人彻底屈从于北方蛮族，在他们手下讨生活，用文化优越的心理去补偿丧失国土之痛就变成了不得已的选择。清初的明朝遗民尤其不愿承认命定论。命定论是清初流行的一种说法，认为帝王多定都北方，所以凡能统一天下者都是自北而南、顺势而下。北方风气剽劲，地气生成蔓延也是如此；相反，天下动乱的发生多是由南向北，因为南方地气柔弱。康熙就特别喜欢这种地气说，他指出，金陵虽有长江天险，却地脉单薄，所以凡是建立在南方的政权总是逃脱不了偏安的命运，成不了大事。他暗讽的当然是南宋和南明，这与南方文人的想法显然南辕北辙。

　　雍正对南方北方彼此轻视的现象不以为然。他说，江、浙之人诋毁山、陕之人愚蠢，山、陕之人又讥嘲江、浙之人柔靡，这样无休无止地相互讥刺报复，对双方都没有好处。他主张"山、陕之人佩服江、浙之文，江、浙之人推重山、陕之武"，这样才能文武并济，各效所长。这是一种帝王治天下的眼光，总希望"智者尽其谋，勇者竭其力"，普天率土，一团和气。

　　宋人心理补偿论引发的南人优越感一直延续至近代，一个突出的例子是革命党人还是利用宋人那一套说辞来作助推革命的燃料。如刘师培就说"金元宅夏，文藻黯然"，认为金、元是异族统治的朝代，代表北方势力，压抑了南方优雅的文明——这太像宋人的语气。他又说："及五胡构乱，元魏凭陵，虏马南来，胡氛暗天，河北、关中沦为左衽，积时既久，民习于夷，而中原甲姓避乱南迁，冠带之民萃居江表，流风所被，文化日滋。"大意是说中原本来是文明的中心地区，被北方胡人玷污后，文明人纷纷南迁，造成南方文化远胜北方的局面。

这种"南胜于北"的思维根深蒂固，即使表面上讥讽南人奢靡、小家子气，但很多人潜意识中也认为南人之风雅要胜于北人的粗野。刘师培比较南北文人的差异时说："大抵北人之文，猥琐铺叙以为平通，故朴而不文；南人之文，诘屈雕琢以为奇丽，故华而不实。"对北人之文的评价明显不高，而对南人文辞雕饰的批评则似乎显得言不由衷。

革命党人打出反满的旗帜，也是沿着宋人的思维一路下来，否则革命便似乎缺少合法性。朱谦之强调广东的地理位置特别重要，因为它是中国"科学"和"革命"的策源地。近代以前，人们总是把广东想象成未开化的南蛮之地，经朱谦之一点拨，广东不但摇身一变成为吸纳近代科学文明的重要窗口，而且也成为近代革命的发轫之地，真可谓宋人自恋的近代极致版。

近代以来，为南人说话的虽然占大多数，敢为北人发声者也不是没有，但并不多见。偶有例外，不过是寥寥几声轻言细语。如有人说，革命党单靠潜伏于南方草根社会的秘密结社闹事，有点像当年高唱反清复明的天地会，要不是北人袁世凯逼使皇帝自觉退位，就靠这几个会党作乱，掀不起什么大浪；袁氏虽然心狠手辣，却在形式上承接了清帝禅让的大统。这番话一出，明摆着是想和南人抢夺发动革命的风头，遭遇围攻在意料之中，却毕竟为早已被后人念歪的"重南轻北论"制造出一点异样的动静。

对北人的歧视时时流露于近世文人的笔端，大体在南北之争中占据主流。如周作人序《陶庵梦忆》，就故意先声明自己不是受民族革命思想的影响，并非对明朝有什么特别的情分，可下一句又紧接着说："只是不相信清朝人——有那一条辫发拖在背后会有什么风雅，正如缠足的女人我不相信会是美人。"可知堂老人这回偏偏搞错了，因为清宫里的美人是不缠足的，倒是汉人中的那些雅士总爱拿着小脚把玩个不停。不过无意中他也对南人的蜕变说了句有见识的话。他说，明朝人即使别无足取，他们的狂至少是值得佩服的；可绍兴的风水一变，南人几乎都做了师爷与钱店官，专以苛细精干见长，豪放的气象全没了影子。他们虽然不再是明朝的败家子，却成了乡下的土财主，没有了那种走遍天下找寻《水浒传》脚色的气魄。水泊梁山恰是北方豪人的领地，知堂老人在这番南北之争中无意为北人加了一分。

实际上，在20世纪30年代，南北文人的写作风格已经相互交融。京派领军人物沈从文正是从湘西出身，浑身带着南风闯到京城，哪里有什么帝都遗老的气质？他一直自称是城里的"乡下人"，文字又是那般水润，有南国的媚气。他说写字如同造一座希腊小庙："精致、结实、匀称，形体虽小而不纤巧，是我理想的建筑。这神庙供奉的是'人性'。"这种相当"小资"的语气看不出和帝都绅士有什么关系。可见，南北的区隔在近代已经被虚化了，虽然有宋人唠叨的阴影在，南人和北人毕竟随着时代的进展渐渐抹平了心中的算计和纠葛。

为什么有人要为秦桧翻案?

　　明眼人一看就知道,为秦桧翻案这个标题是我虚构的,要为中国历史上头号汉奸辩解几句,不但胆子要够大,还得心脏够强——即使不至于性命不保,晚上家里那几块玻璃也难保不碎一地。虽然如此,最近翻检周作人文集,居然发现一篇题为《岳飞与秦桧》的杂文,开头便说,当年的南京市政府要查禁吕思勉编纂的《自修适用白话本国史》,因为里面说南宋大将招集群盗为兵,导致军纪败坏、诸将骄横,其中就列有岳武穆的大名;秦桧坚持和议,倒像是更负责任的行为。这话说出来胆子可真不小,怪不得要被查禁,这还是民国二十四年的事。前几年也有人贸然发问:岳飞到底是不是"民族英雄"?立刻掀起一阵风波。在很多人眼里,这改写称呼可是原则问题,几乎和给秦桧翻案没什么两样。

　　是和是战,自古就被认定成辨别忠奸的界线,好像主和者必是奸臣。奇怪的是,从老百姓嘴里发出的往往都是反战的声音,比如杜甫《兵车行》里行人描述的征役图景,灰蒙蒙一片,满眼是血流成河、白骨委地。一些知识分子倒血脉偾张,时刻不忘高唱主战的调子,却完全不计算战争的成本,只顾着不断把道义的呼声提升音阶——越高亢越好。赵翼对此看得很清楚,他说:"书生徒讲文理,不揣时势，未有不误人家国者。"但忠奸对立就像黑白二分，马虎不得。于是历史书写就像对对子，如杨业之于潘美、岳飞之于秦桧，明代则是杨继盛对上了严嵩，犹如戏台上的白脸红脸对垒这般分明。

有时古人倒是比今人清醒，清初大儒王夫之就说，扛着干戈跑到数千里外打仗，家里的地没人种了，谁心里真愿意？他问道："荷戈而趋数千里之绝塞，饥寒冰雪，仅存者其余几何？"遭罪的是农民自己。还有更痛切的断语："所成者，百里之疆场也；所战者，乍相怨而终相好之友邦也；所争胜负者，车中之甲士也。"意思是说双方国家打来打去，关系一会儿好一会儿坏，也许今天争执得水火不容，转眼明天又成了一家人，苦的是卖命拼杀的军士。

说到岳爷和金人较劲，王夫之就如观一场胜败已定的棋局，看得相当清楚。针对后人一厢情愿地惋惜岳飞没有乘胜进兵夺取北方失地，他评点说，就算宋高宗不召回岳飞，这戏也很难唱得好。战局如戏，讲究各行当的协调配合，戏台上的角色如果各怀心事，配合就会出问题。岳飞虽取得局部胜利，却属孤军深入，没有大将刘琦和韩世忠的两翼跟进合围，岳爷单箭头突进，光靠北地义兵蜂起乱战，终究难成大事。义兵成分庞杂，多是农庄佃客，观望投机者多，难以依靠。王夫之分析说，即使倾南宋所有的军力，加上岳飞与诸路大将配合默契，最多也只能收复汴京，别指望真能把金人逐出塞外，恢复北宋的地盘。

宋朝军力孱弱，总受北人欺侮，北宋杨家将反复成为戏剧表现忠勇的题材，但他们的战绩并非那么辉煌。明代戏曲中的经典桥段是金人来犯，边疆告急，宋王急得团团转，可偌大个朝廷却找不出可去解围的将领，结果只能急招杨家寡妇救驾，出征一趟即把诸路进犯番鬼搞定。虽是小说家言，但男人死的死、老的老，让人白白起急，显示在明代人认识中宋军战斗力惨劣到何种地步。史载杨家将守边还是打过一些胜仗的，不过胜得都够寒碜，赢的不多几例都是防御战。最著名的例子，一次辽人来袭，时值隆冬，眼看兵临城下，杨家将把城头浇满冷水，瞬间结冰如柱，辽兵攀爬时纷纷滑落，只好绕道而去。这是耍小聪明，却已是杨家将克敌的佳绩了。

杨家将屡战不胜自然有它的原因，疆域攻守情势非常复杂，战局不是文人空喊几句大话就能扭转的，也不是疆土大小、人口多寡就能决定胜负。文人好面子，办事往往毁在这个毛病上。汉代贾谊可算文人好面子的老祖宗，当年他就觉得匈奴占据的土地面积不过是汉朝的一个大县，堂堂天朝，"以天下之大困于一县之众"，很令人羞耻。其实当时处理与匈奴关系有多种选择，比如开放边界贸易、和平交往相处等。贾谊却觉得匈奴是未开化的蛮夷，哪有资格和汉人平起平坐？和他们平等贸易简直是"以大事小"，面子上说不过去。唯一可以接受的方式是朝贡体系：胡人进贡是"以小事大"，他们用进献礼品的方式承认天朝的威仪，然后接受赏赐。这样的交换才有面子。但胡人也不是傻子，正好利用进贡机会大搞走私，于是历朝历代进贡的队伍越来越庞大，经常是上千人的规模。天朝不仅得管吃管住，还得对走私睁一只眼闭一只眼假装不知，最后不堪重负，只好下诏令裁减纳贡队伍。这又招致胡人的不满，因为他们生活的很大一部分必需品是靠汉人王朝提供的。本就缺乏正当的商贸途径，如果纳贡渠道再受限制，他们就只好攻入内地、劫掠谋生了。不断的抢劫骚扰又为汉人王朝发动军事征剿提供了借口，文人主战的喧嚣声浪也会随之汹涌，丝毫不考虑战争的高额成本及其可能带来的灾难。好战声音与劫掠周期混杂相伴，恶性循环，直到闹得不可收拾。

从历史上看，仅仅依靠战争无法带来好结果。汉高祖登基初凭着一时血性，主动出击匈奴，结果被团团包围在平城白登山，七天后才狼狈脱身，结果还是以"和亲"妥协收场。武帝劳师远征，虽获小胜，却无法根本消解匈奴威胁。相反，唐代汉番界线不清，李世民弓马娴熟，熟悉草原内情，收纳突厥人为官，才铸就大唐盛世气象。

与唐代相比，宋代气量狭小，最讲华夷分界，结果界线分得越清，文人叫嚣打仗的声音越响，仗却越打越臭，甚至徽、钦二宗都被掳去。道理何在？宋以前游牧民族散漫无根，居无定所，天朝对付他们的方式好像大炮轰蚊子：大军逼压，到处寻找敌人主力决战，往往耗费无数军资追到天涯，只见一些残留的帐幔，被耍得白白着急上火，怎么样也没法把蚊子一炮轰死。其实，游牧民族从来没想过要占据土地，他们只是靠劫掠谋食；大军倾巢而出、劳师縻饷，遇到他们的游击战法，反而占不到便宜。如果开放边境贸易，满足其基本需求，除了面子上不好看，倒大可节约成本。这道理也不难明白，哪里想到宋人爱面子，根本不考虑这一层。他们更没想到，他们所面对的辽金还是变了种的"野蛮人"，不再是当年游走不定的马上强人，而是也学会盖房定居、农耕细作这套了。游牧与农耕混融，早已不似当年的粗放野性、啸聚成群，隐约有了不亚于宋人的立国模样。

有趣的是，宋与辽、金交战常是拉锯状态，可朝贡的角色却倒了过来：宋人给金人、辽人纳贡，金人、辽人做到了以其人之道还治其人之身——不是金人、辽人比以往的匈奴、鲜卑更聪明，实在是制度进步得不止一点点，只是宋人还蒙在鼓里罢了。宋朝士大夫落到这种田地还改不了嘴硬，说土地虽给胡人占去了，且算是不幸被污染了，不过那胡人没文化，风水轮流转，说不定好运哪天又转回汉地来呢！文化就是个脸面，身子被揍垮，面皮将就撑着也行。这套自我补偿的歪理讲起来头头是道，却让金人的后代觉得很碍眼。乾隆爷看了段史官写的宋、金历史，顿时骂将起来，因为这史官把金对宋的战争写成了"寇"，而那时宋朝已向金人称"臣"称"侄"了。乾隆爷说，哪有"君"寇"臣"、"叔"寇"侄"的道理？这样写岂不乱了名分？赶紧让馆臣改过来，以后写这段历史一律把"寇"改为"侵"。这事也怨不得乾隆爷心眼小，宋朝文人的心眼也未必宽到哪里去。

宋儒说起宋金关系总是义正词严，一上来就占据道德制高点把人唬住，全然不顾是否符合军事常识和经验。调门一高，谁主议和妥协就一律将其称作汉奸，煽动民众一起施展语言暴力。这毛病不是一个朝代独有。明代名臣杨继盛在奏章中大骂蒙人是蛮夷，破坏天道和谐，明朝皇上奉天讨伐，但因为听从奸人妥协议和之言，未把征伐进行到底，实在是可惜——听起来让人心情摇荡，把持不住，无不欲杀严嵩而后快。杨继盛被锦衣卫处死，后即化成民族抗敌之神，却没有人深究那英挺姿态背后标举的言论是否合理。

真实的历史是，宋、明与北方民族政权的关系与"爱国英雄"的预测恰恰相反，只有在采取了有效的和议措施后，军事行动作为辅助才能产生微妙的效果，否则只能是屡战屡败，最后还得用和议收场。张居正建议招抚蒙人，册封为王，并在明朝官职中为他们保留一定席位，重启通商活动并给予资金支持，蒙人因此萌生了归化之意。和议政策使宣府、大同边关地带的军费减少至议和前的两成到三成，而给予蒙人经商的补贴性费用只占防御费用的十分之一。张居正还用军垦代替大规模的长途军事奔袭。他认识到，一场战役的成败取决于太多不可测的因素，如地理、天气、军费、粮草供应等，绝非拍拍脑袋就可成功。往往预算一出，大家一看，全都傻眼。明代曾铣曾制订过一个庞大的进军计划，结果战马、粮草、人工等花费粗算下来，其数额足令朝廷财政濒临破产，最后只得不了了之。修建长城的想法也与战争成本有关——修建的费用要远低于出兵大漠的耗费。

由此我们可知，这年头没人真敢给秦桧翻案，那可是个大是大非的原则问题。不过，历史上和议的成本要远低于军事远征的投入，这应该是立得住的一个结论。另外提醒各位看官，看戏时要长个心眼，高兴归高兴，可别让那戏曲家乱编的杨家将故事给骗了。

代战公主好威严

京剧《武家坡》里有两句戏词："两军阵前遇代战，代战公主好威严。"说的是薛平贵投军西凉，阵前巧遇番女，那番女模样俊俏，武艺超群，害得薛先锋不但输了这阵，还憋屈地唱道"她将我擒下了马雕鞍"，丢尽了汉将的威仪。亏他还敢面对苦守寒窑十八年的王宝钏，絮絮叨叨地承认自己蒙番王不斩，梅开二度做了番邦驸马。令人不解的是，聊起这段往事，那薛郎脸上竟未露丝毫愧色，甚至还暗藏着些许得意。

面对这段艳情，胡兰成在《山河岁月》里评道，中国人向来对异族有爱好，戏里皆把番女说成很可佩服；又如民间戏里，大都同情妖怪，不同情正神。唯其如此，中国礼教之邦才不至于是一个笨重凝固的世界，而是一草一木皆泼辣新鲜。胡氏这番议论颇可在戏文中得到印证。除薛平贵，不少汉军小将似乎也艳遇频频，他们因武艺不济而阵前被擒后，纷纷受番女青睐。多数时候还是女子主动投怀送抱，如《四郎探母》中杨四郎之丁铁镜公主、《刀劈三关》中雷超之于万花公主。不少白脸小将似乎不忠不孝，排着队争当那番邦的倒插门女婿，让人好生奇怪。对此戏文八卦，暂且按下不表，先单说说胡氏的史观。

胡氏为人被讥为鄙陋不堪，不过其偶发的史论有时倒也有趣。如他说史家迷信考古资料是不能就已知求未知，反而因未知就把已知的东西给否定了，是很不划算的。胡氏史观的核心在于，了解历史的前提是对一器一皿要有一种"情意"在。"情意"这说法有点软，有点飘，有些暧昧，但对习惯了僵硬史观训诫的人倒清新如风，可以清洗一下脑中的灰尘。若只会整理史料、分类古物，那不过是技术，像刘姥姥见了自鸣钟，只知其会走会敲、有字有面而已，怡红院里的光阴她还是不晓得。这种议论能戳到刻板史家的痛处，划出些血痕来。庸俗的治史者置身历史之外鼓噪呐喊，不知治史要自己生在历史里，对上至群雄逐鹿、下至街谈巷议，情遍慧遍，才能成就良史。

怀揣这份对历史的"情意"，再观戏文里表现汉番夷夏之间发生的种种艳遇，当会有些不同的感觉。汉人自古以来就不是纯种：殷人有淮夷的血统，楚人有三苗的血统，西北的部族也是华夏戎狄混居。华夷的界线不断变动，"炎黄子孙"的称呼不但可疑，"华夏族"是否应以汉人为主进行命名也颇为可疑。因为汉人的成分是不断增减的，其他族群不断渗入，导致其血统根脉日益模糊。雍正皇帝亲审湖南边地跑出来造反的小乡绅曾静，就贬损他比自己这个满人还不懂汉人的历史沿革。雍正说，你张口闭口儒家，没注意到孟子正说舜是东夷、文王是西夷吗？所谓汉人血统的源头，其实都是"夷"，没什么此疆彼界的分别。满人得到天下根本和血统没什么关系，而是因为拥有"德"，凭什么被汉人辱骂？

汉人是"杂种"，这在唐朝已不是什么秘密。唐朝开国皇帝的身体里流淌着胡人的血液几乎成了常识，所以唐朝不重血统，不看是胡还是汉，只看谁的文化厉害，能够调和各族，实现共存繁荣。这真是一种大国自信的表现。大国的雍容由此延续下来，历千年而不变。即便如今韩国有人称李白是朝鲜人，我们也不过笑一下算了，没工夫计较。李白出生地还有一解，据说哈萨克斯坦也有他的"出生证据"。其实，李白的人种鉴定哪里重要，所有的鉴定结果都逃不出当时中国各族相互熏染融合的大局。

再看历史上，凡是总想着把汉人与夷狄的界线画得分分明明的时期，一定是不自信与国土萎缩的年代，如宋代与辽、金对峙时，明代与瓦剌、满洲纠缠时，往往中原政权疆域窄小、军力羸弱、屡战屡败。力气越弱，嘴巴越硬，大谈汉人血脉的纯正，描写北人必定是"胡虏南来""夷氛遮天"，全是不屑口吻，早失了大唐的雍容气象。诡异的是，这套思维被晚清革命党挪用，变成了反满的利器，甚至留下了后遗症，如造就各种汉族中心主义的历史观，可见其境界还比不上雍正皇帝。

大宋的武力虽然不行，但武将个个文气逼人，形象儒雅端庄，以至于慢慢形成了一种偶像派定式。记得儿时迷上《说岳全传》连环画，岳飞出场一定是银盔银甲素罗袍，胯下骏马、手中长枪都是偶像特有，专门定制，更改不得。他麾下战将如杨家将后人杨再兴出征的扮相，也类似这套行头。这个偶像系列还可以倒推上去，《三国演义》里的赵子龙,《隋唐演义》里的罗成、秦叔宝,大体都是这副打扮。电影《见龙卸甲》中,刘德华版的赵子龙顶着二战时的英式头盔,不伦不类的扮相立刻招来一顿痛骂。我想,骂者中一定有人在追索儿时连环画的记忆。

戏中的宋代军人武艺太差,往往连一个番邦女将都摆不平,但很有女人缘。这类儒将遇番女的艳情故事,大多由明人编出。我的看法是,面对满洲压境的现状,明代文人想起当年宋人武力衰弱的往事,有点兔死狐悲的感伤,所以话本里才造出这一厢情愿的画面:"番邦靓女"总会爱上"白袍俊将"。明明是一交手就被擒,还硬说蛮女就爱柔弱郎,哭着喊着非他莫嫁。这帮小将不光打仗不行,还不忠不孝、骗财骗色。《四郎探母》当年被禁,正是因为四郎投了番邦,当了"汉奸"。若严究起来,四郎不但违犯军规,还停妻再娶,跟"悔婚男儿招东床"的陈世美区别也不大。不过人家反省错误的态度不错,偷偷跑回来探营,哭哭啼啼地拜娘。大家心一软,也就忽略了这层。

番女嫁汉将的神话传达出的是一种类似意淫的隐喻:若是军力衰颓,不妨用文化力量填充。也就是说,北方的地盘虽然被别族占领,汉军虽然屡打败仗,但汉文化的优越地位不可动摇,番邦女乃野蛮人,取胜用的是蛮力,没什么可夸耀的。你看,还不是让咱们汉将的儒雅魅力给摆平了吗?汉家小将的杀手锏是高于蛮地的"文明相"。这套以阳(汉)克阴(夷)的性征服逻辑一直流传下来,还是颇有自慰功效的。

近代国体的建立，不断致力于打破这种性征服的幻象。革命党人当年拾起过这套性征服的逻辑为反满造势，等夺了天下后却马上反过来大唱五族平等的调子。他们明白一个道理，文明是天下人的，并非汉人所私有，谁占了中原不重要，还有比民族分野更高的文明构想，即传统观念中天下大同的王道政治。这套东西又改头换面在现代国家的国体话语里存身，差似各族"同心协力，共策国家之进行"。

以国体认同取代各族的相互撕扯是历史的大趋势，只是在国体下如何加强各民族的认同感仍是个方兴未艾的大课题。有一次和朝鲜族朋友喝酒聊天，喝得兴起，彼此变得坦率起来，居然触碰到了敏感的认同问题。他们认为自己是中国人，把自己坚定地视为中国公民，以此作为基本的身份认同；但也觉得他们所认知的少数民族概念隐隐折射出传统以来的汉人中心色彩。这让我想起费孝通先生当年提出的"中华民族多元一体论"，费先生受英国功能学派影响，骨子里还是以族群理论为基线阐述认同的道理。目前在中国境内，汉族人数固然最多，但民族的相关概念仍建立在民族划分的逻辑上，没有充分顾及民族形成过程中各方融合的历史背景，故仍能看出区隔的痕迹。朝鲜族朋友的一席话提醒我们，认识民族问题有时也需要调动所谓历史"情意"的感知力量。

无事时，我爱听 20 世纪 80 年代台湾版的《四郎探母》，周正荣、胡少安、哈元章、李金棠四大须生悉数上场，演绎这段悲欢离合。总觉得里面的离愁别绪听起来荡气回肠，尤其是胡少安见娘一段的唱腔，悲怆得催人落泪。也许这些戏剧名家彼时正身处与家人隔海相望的窘境，更能懂得四郎月夜探母时的"情意"吧。

中国人怕出海吗？

明朝末年，从西土远航而来的传教士初入中国，发现江南水网密布，河道纵横，人们出远门需搭乘各类船只，只有近处才用马车和轿子代步。由此得出一个印象：中国人习惯在江湖河道里慢悠悠穿梭，却很怕出海远航，就是住在海边也没有安全感。利玛窦惊诧地发现，倭寇凭两三只船就能随处登岸，他们攻击城镇、肆意烧杀，就是利用了国人怕海的心理。他对大运河上来往的豪华客船印象深刻，说里面镶嵌着花格，涂饰着金粉，主舱室有罗马学院的礼堂那般大。海路运输既迅捷又节省，中国人却宁可循规蹈矩，窝守在风平浪静的河道中运输货物。这样一路推演下去很容易得出一个令人沮丧的结论：中国就是个古老陈旧的"内陆帝国"，难以和西土新兴昂扬的"海洋帝国"分庭抗礼。"水"把文化区分成了"古代"和"近代"。

尽管如此，"中国人怕出海"这个说法仍不时遭到质疑，其中一个论据就是郑和下西洋的故事。据日本学者上田信考证，永乐帝周边的宦官相貌威武、体格健壮，一般称为"火者"。郑和出身穆斯林，丰躯伟貌，加上英武善战、足智多谋，和清末宫廷中猥琐不堪的变态阉人完全两样。永乐帝给人以热爱海洋的印象，要不怎么这般热心，三番五次地派郑和出海巡游呢？不过，与西洋人把海洋当作交易的舞台不同，郑和的出海与现代贸易无关。有些民族主义自大狂为拔高郑和形象，居然瞎编出中国人率先发现美洲大陆的奇葩故事，目的无非是想给国人上一堂免费的心理按摩课。

郑和的船队付出的多，得到的少，遵行的不是正常贸易的规则，他只做赔本的买卖，不做赚钱的生意。何以如此违反常理呢？永乐帝送多取少挣的是面子，和贸易之间的等价交换不是一回事。今人可能会说面子值多少钱呀，这不是傻瓜才干的事吗？可是在朱棣的眼里，面子无法用贸易价值折算出来，换取邻邦对大明帝国威权的服从才是最终目的。郑和在海外周游一圈，载回了狮子、金钱豹和长颈鹿，足够开个动物园了。今人会问把这些动物带回来有何用，如果郑和还活着，他肯定会说：这些动物代表了当地主人对大明的臣服。

永乐帝的国际政策源自明朝开国皇帝朱元璋的乡土观。朱元璋要饭出身，发迹前在江淮荒芜的土地上到处流浪，满眼是赤贫遍地、游民蜂起，他也曾混迹其中，造反举旗。他的梦想是建立一个背朝大海、扎根内陆的帝国。基本招数就是抑制银本位，用义塾培训宗族，靠里甲控制税收。在贸易上明初完全采纳现货交易，对内不收取税金，直接通过"户制"征用劳力和产品，把人口严格锁定在单位土地中进行控制。明朝的"里甲制"就是把人口按户登记起来，派甲长负责征用劳役和征收粮食等实物。民众负担分徭役和赋役两种，前者指付出劳力，后者指交纳粮食和布匹，直接以实物形式入库。

　　对外贸易活动也是物与物的交换，更多是用礼仪慑服人心，在这个前提下做点赔本买卖是值得的。郑和出海缉捕华人海盗，敦促东南亚、西亚政权效忠大明，宣示明皇威仪，以进贡物品数十倍价值的礼物回赠各国。这类违反现代经济学原理的贸易出超行为，乍看着实令人费解，仔细一想不过是农民思维的体现。因为赏赐给外国的礼品都是里甲户交付的钱粮徭役转化而成，本不需要精打细算；相反，如果能得到邻国效忠臣服，倒是一种超值的无形回报。户制纳税和朝贡贸易互为表里，都是让现代经济学教授大跌眼镜的行为。

　　以物换物的赔本买卖到 16 世纪以后逐渐难以支撑下去，明朝的经济肌体循环中出现了"白银中毒"的症状。"白银中毒"源于户籍制的崩解。朱元璋设计的"里甲制"是一种连带的责任制，要求以十户为单位，各家绑在一起共同承担赋税义务，一户死绝，负担就会转嫁到其他户主身上。这种强制规范初期可能有效，但随着赋税数额增加，民众开始不堪重负。明朝的纳税不是耕田后把粮食交到库里就完事，相当一批农户还得负责把税粮运到指定地点。明朝对西北蒙古和东北满洲长期用兵，办法是遍设卫所守备边防，这些卫所里的人世世代代都是"军户"，粮食主要靠内地供应。农民的一项主要劳役就是向卫所运送粮食，如大运河边的农民就是负责从水路输送漕粮。长途跋涉的艰辛极易累积众怒，激起民变，引动逃亡风潮。如何防止民众逃役向来是君王无解的难题。当年陈胜、吴广也是把无法按时抵达服役地点当作造反的理由，陈胜宣称，不按指定时间赴役是死，造反也是死，于是造反成了抽签撞大运的赌博。重压下的民众个个都像玩命赌徒，劳役越重，冒险赌命的概率越高，这迫使明朝不得不考虑"均役"，即分担劳力的问题。其中一个办法是交纳白银抵充长途运输的责任，然后由政府雇当地人服役。

同时，在官仓粮食储备积压过多、无法运出的情况下，不如干脆折成银两抵交。王朝在税粮之外征集的那些奇珍异宝、方外之物，因无法划一征收标准，也纳入了折银换算的轨道。明中叶以后，各种赋税用白银折算，目的是把原来用实物交纳和由身体承担的各类税粮征派收束成一种标准化的定额，以便于管控。白银作为流通中介，实际上扮演的是统一计量标准的角色。税粮劳役折银处理后，白银的流通量迅速增加，商品经济开始活跃起来。

折换银两交纳税粮和替代劳役都需要大量银子，那么，从哪里搞到这些银子便成了问题。中国境内白银主要靠云南和广西的少数银矿供应，后来银矿开采扩展到缅甸和安南地区，但基本状况还是供不应求。16世纪以后，日本开始用白银换取中国的生丝，尽管朝廷明令禁海出航，白银依靠走私还是源源不断地流入中国。18世纪以后，日本禁止向中国输出白银，白银供应商的角色逐渐由欧美国家取代。它们采购生丝、茶叶和瓷器，输入从拉丁美洲倒腾来的大量白银。18世纪下半叶，拉美白银也因此流入长江中下游地区。从此以后，中国货币市场几乎完全依赖海外进口的白银。东亚贸易地图就此发生改变，中国人对海洋的观感开始从恐惧与陌生转向依赖与倾慕。20世纪80年代有一部著名的纪录片《河殇》，标题就揭出内陆河流代表黄色文明，与海洋代表的蓝色文明完全不在一个档次，海洋成为国人向往迷恋的对象。这种"海洋狂躁症"的源起大致可以追溯到清朝白银大输入的时代。

白银的广泛流通不但改变了东亚贸易圈的格局，还深刻地重置了政府与个人的责任连带关系。既然一切赋役需用白银交纳，官府就没必要再依靠里甲深入乡村面对面征税，户籍制度随之解体。原来属于里甲控制的农户可以自行去县里交纳银两，只要纳税人向县衙设置的特制木箱中投进用纸包好的白银就算完事，这叫"自封投柜"，不需要甲长里长一级作为中介层层催逼，基层里甲制度从此失效。官府与编户之间的沟通多靠县衙里的胥吏，县一级政府的职能作用明显加强。

近些年我们总在讨论所谓"皇权不下县"的问题，好像到了县一级就没朝廷的人在管了，县下唯有宗族，宗族皆是自治，完全是个自由自在的世界。这多少受到费孝通先生"双轨制"思路的影响，即认为传统中国社会有自上而下和自下而上两条不同的政治轨道。但如果从白银折纳的角度观察，县一级行政权力的渗透实际上得到了加强而非遭到削弱。所以，"皇权不下县"的命题大有修正的必要。纳银付税发展到一条鞭法，就是完全以县为单位，用白银价格把税粮徭役合起来计算。这一改革使征税职能从里长转移到县官，县官必须直接向国家负责，从此变得压力巨大。

税粮赋役折银交纳带来的不仅仅是国家与个人关系的变化，也带来了区域流通方式的变革，海洋的作用变得更加重要。原来明太祖希望通过以物换物的方式维系小农思维中的礼仪秩序，限制商品流通的规模，到 16 世纪，这个背朝大海、面向内地的浪漫设计由于白银的侵蚀也逐渐变了质。

那么，当整个帝国都深陷白银中毒时，政府去哪儿了？白银在大陆恣肆横行，不受政府管束，政府即使想管也摸不着门道。白银流动太过随意，是因为政府没把白银入口流通当回事，形成不了管制的理念，只能放任自流，明清两代都是如此。林满红说清朝缺乏货币自主权是很准确的描述。国家管不了，钱庄就成了白银聚宝盆。商人除用白银付税，也在钱庄换成制钱，在国内收购茶叶、生丝、瓷器等出口商品，白银进出便落入私人控制的轨道。这样一来事情就变得有点奇怪。一方面，政府征税统一用银，一竿子插到底好像都是县太爷说了算；另一方面，白银又四处乱窜，不受约束，政府对此无可奈何。后来打起了鸦片战争，鸦片输入防堵不住，导致白银倒流出口。这还是因为政府在白银刚刚入超时就不知道怎么调控，致使后来白银高速泄流出去时，自己照样一筹莫展。

白银从海上来，清廷不屑或不能调控，倒反而证明大清"闭关锁国"的说法是不准确的，此时国人对海洋上漂过来的这个白色怪物早已没那么恐惧。不过，这并不能证明中国的开放完全是西洋故事的翻版。早有人注意到，如果把中国比作一个活生生的肌体，总体上看它还是具有内敛型的人格，对外腼腆矜持，军事上好打防御牌。西洋人是靠血腥杀戮、到处犯浑强抢地盘才发迹的，中国人没有好勇斗狠、疯狂殖民的热情，即使侨民遍布海外也只有和平侨居的意愿。

近些的例子是，志愿军帮助朝鲜打跑美帝，中国却没有在朝鲜驻扎一兵一卒。抗美援越同样代价巨大，中国也没有军事进驻越南的意图。不像美军四处安插军事基地，专门操控他国政治。没有海外驻军的野心，从一个侧面说明中国还是缺少冒险拓殖的基因，就像一个人天生性格内向，是骨子里遗传下来的，很难改变。所以，有人说中国发展的关键还是要走西进路线，因为不仅从战略上说东出海洋的余地不大，这也更符合我们内向思维的基因。如果从历史格局延伸出的思路出发，这样的说法未必没有一定的道理。

生活在哪个朝代最郁闷？

一日友人聚会，有人出了一个选择题：你最喜欢生活在哪个时代？一一问过，答案虽稍显纷纭，却集中在先秦、唐代这两个时段。理由近乎俗套：喜欢先秦是因为这个时代老出思想家。据说那时出现的几个人就已把咱中国人的智慧发明得差不多了，西人给起了个好听的名字，叫"轴心时代"。后人和他们比，简直像傻子，没什么事好干，只能收拾他们思想的唾余。唐代可以用一句话概括："想浪漫，找李白；想诉苦，找杜甫。"用现在时髦的话说，"自由派"的洒脱和"新左派"的忧郁全让它给占了，以至于一提"大唐"两字就最好啥也别说，只有仰慕艳羡的份儿。

轮到我时，我颇感底气不足地闷声说：晚明。大家从惊讶默然到愤愤然开始质问，搞得我呢喃半晌，终于还是说不出什么有分量的理由来，于是现场气氛有些异样，大家多半以为我在搞恶作剧。晚明的奢靡与空谈，早已被定性为亡国的耻迹；晚明士人与先秦的思想巨匠、大唐的不朽诗人相比，也如矮人一般卑微渺小，缺乏光彩。当我面红耳赤地急急争辩又不得要领时，似乎也觉得自己比周围友人矮了半截。

不过事后想来，何必辩解呢？这个问题的答案其实没有对错高下之分，分歧纯在于个人对某段历史的不同感受和判断。我给出的答案完全出自阅读清代历史的那点感觉——现在我痛恨这个经验，因为这是一种催人老成的经验。

余英时曾感叹明代王阳明这样的大儒都有被扒下裤子打板子的经历，与宋代王安石和宋神宗勾肩搭背共治天下的美事简直没法比。可是再看看清朝，你就会觉得官员被公开打板子已是一种幸福，这就是我读清史倍感郁闷的一个理由。近翻《鲁迅全集》，看到其中讲了一个文字狱的故事。说有一个山西汾县的呆瓜书生叫冯起炎，在皇上出巡时拦驾，呈上自己的文章，嚷嚷着要让乾隆爷批阅。如此犯浑也就罢了，他还看中了亲戚家的两个漂亮姑娘——这家伙在泡妞方面有点底气不足，怕人家瞧不上眼，却又贪婪得两个都想要，心想这回可找到皇帝爷撑腰了，于是很自信地说：如果乾隆爷您差个干员，派个快马和地方官知会一声，两个妞奉旨后我照单全收，这事不就齐全了吗？那话透着股肉麻的劲儿，好像乾隆爷就是他老爸。按鲁迅的话说，这傻货不过是中了才子佳人小说的毒，总想着天子做媒、表妹入怀的大梦。傻是傻到家了，可人家的初衷不坏，起码是视皇如父——对自己老爸撒撒娇总是可以的吧！这在前朝有的是先例，明代的皇上恐怕巴不得臣子如此献媚呢。可这次撒娇却撒错了地方，这"才子"的结局是被他的"皇帝老子"发配出关去了。

因此，我以为，清朝比前代更恶劣的地方在于，前代下人想做奴才，主子起码会假装高兴，至少不至于用板子把下人的屁股打烂。到了清代，做奴才还得排队等候，看主子的眼色，随便插队的后果就是一顿挨揍，弄不好还得被发配到偏远蛮荒的地方去。骂人当然要杀头，吹捧也得看场合，这"思不出其位"的火候实在是太难把握了，想要修炼到家非成心理变态不可。还是鲁迅看得清楚，他说，如果你对乾隆爷说这龙袍旧了，咱还是补补吧！进言者以为是尽忠，在皇上眼里却是大罪——那补袍子的话轮得着你说吗？轻则流放，重则砍头！

和明代比，清代获得了大一统的地盘，也拥有维系这个局面的超级能量。可清代皇家为维系这个放出的大烟花不破灭，终使清朝变成了一个千方百计让人活得难受的朝代。难受到什么程度？不是一般的廷杖和杀戮，而是用无穷无尽的洗脑折磨你的心灵，过程犹如慢工出细活般小火煎熬，最后过滤出的，是一个个精神药渣。乾隆这个心理大师有话不明说，让你自己琢磨，你琢磨错了，他便突然冒出来扇你一个嘴巴，你甚至来不及揉揉痛处又得巴巴地继续琢磨，直到嘴巴抽多了，脸颊红肿起来才知道那线该踩在哪里。这番操练的化境就是嘴巴不用皇帝来抽，就知道什么时候该自己抽自己，作践脸颊的习惯一旦养成，就会发展到每天不抽嘴巴就不舒服的地步。

《四库全书》的编修和诛心文网的编织几乎同步进行已不是什么秘密，《四库》书收得全，毁得更狠。可最初，这首同步奏鸣曲只是乾隆爷一人谱出来的，如何使其变成官员士人的混声合唱还得费些心思。据说当初查书的阻力就来自地方官，因为他们实在不知道什么算禁书，常常草草交上几部搜出来的书就想蒙混过关。此时，乾隆爷的巴掌会虎虎生风地扇过去，奴才们脸上泛出了红手印，缴上来的书也变得越来越多。其实上缴禁书的数量还在其次，重要的是嗅觉的培养和态度的规训。

聪明的人脑筋转得快，几个巴掌扇过去，一个叫海成的江西巡抚出主意说，光注意大地方还不够，说不定那些平民百姓的家里还藏着违碍书籍，也许是个搜查盲点。乾隆爷心里暗喜——这奴才开始会扇自己嘴巴了，免不了大大奖赏一番。其他人一眼看明白了，赶紧跟上，于是蜂拥而上出了更多的馊主意。有人说，应该派些闲散人员挨家挨户地搜，大有掘地三尺的意思。乾隆爷虽觉这办法有些过分，可还是忍不住高兴。让乾隆爷有些尴尬的是，靠扇自己耳光换取表扬的海成那厮得了便宜又卖乖，某日想出了一个世界上最馊的主意。他说，天下所有的读书人在写完书后应一律交到地方官那里去接受审查，拒绝交出者就按私写反动言论惩处。这往死里作践人的想法连乾隆都觉得过分，于是一个嘴巴又扇过去，把走火入魔的海成打回了原形。其实乾隆私下里当然还是高兴的——事情虽然做过了头，可奴才毕竟大体知道了少挨耳光的秘诀。

鲁迅曾说，大家向来的意见总以为文字成了祸害是起于笑骂，其实事情没那么简单，文字引祸往往更多起于隔膜。这确是妙论。敢直接笑骂皇家的终是少数，但仅因隔膜便掉了脑袋才真叫人恐惧。而我以为，最恐怖的莫过于有意识地用精神自宫的方式去抹平隔膜的那类人，如海成之流。这厮知道了消除与皇上隔膜的方法，犹如获得了做官的秘笈，但代价是必须摘净残存在身上的那点血性。宫里的太监只是去了男根，而奴才们的心理去势做得更狠，自己变态麻木，却还颇感怡然。如此一来，百姓可真没法活下去了。

我们总有个错觉，觉得清朝大一统有功，不管其手段是否恶劣，但总算把"北狄南蛮"统统攒到了一块，至于人在里面活得窝囊与否好像已无所谓。为了大一统，那些个体的血泪和牺牲仿佛都是应该的。可我以为，人的尊严不应因任何看似崇高的替代品而遭随意践踏，否则表面再光鲜的世界也不过是笼罩在乾隆淫威的阴影之下。

糟蹋人的艺术

上海书店 1999 年重印了故宫博物院收藏的一本名为《名教罪人》的诗集，这本诗集的内容看上去荒诞怪异，它不是文人雅士唱酬应和之作，而是数百人齐声唾骂一人的"批判"诗歌总集。通篇全是词意雷同、恣意谩骂之语，立意、措辞和主旨几乎一致，每一首诗都与文采雅意毫不沾边，字里行间都是刻意撮合与诛心斧凿的痕迹，完全算得上是一株千古奇葩。

什么人竟能获此"殊荣"呢？披览这些清朝的"批判诗词"之余，我感到脊背微微发冷，不禁遐想，这被骂之人在唾池沫海之中到底是被活活淹死了还是侥幸爬上了岸？似乎并没有此人最终去向的历史记载，但可以肯定的是，他没有因此羞愤自杀，而是含辱忍垢地苟活了下来。于是我又不禁感叹，此人心理承受力真乃一流，如在明代，恐怕难见这般心境坚忍的士人。在我的印象里，明代好像没有出现过类似的奇书，士人也就没有做此"忍者"的机会。

据说，明末太监在一个孤本日记中披露了崇祯皇帝吊死煤山前的一段感叹，意思是说，我孤家寡人到了这步田地，全是周围大臣造的孽。崇祯多疑嗜杀，在位时间虽不长，已走马灯似的让近二十位督抚脑袋搬了家。怪不得闯王的大顺军进了城后，自杀殉节的高官少得可怜，投大顺军的却大有人在。不过，若由此断定明代的文人贪生怕死，好像有些说不通，因为随着崇祯帝驾崩的消息沿着运河传到江南，世间随之掀起了一波惨烈的自杀竞赛，一些官员和士人相互攀比，看谁死得惨烈。所以有人形容晚明士风戾气灼人，意思是贵为皇上的崇祯带头一死，芸芸士子哪里还有苟活的理由？这意念风生水起，一下子把大家的脑子都烧得变态怪诞，形同魔障。

一旦舆论蜂起，士林霎时弥漫出一股怪异的味道，好像偷生下来很难，赴死之人倒是仿佛找了条容易的捷径。江南有个怪人叫祁彪佳，死前留下遗书说了匪夷所思的一串话，大意是说，我很难过，选了死亡这条简单的路，我是在逃避，活着的人真是太不容易了！这话猛听起来好像有点虚伪，其实都是真心话。

晚明士人争相跟着崇祯赴死，以愚忠作解释似乎很直捷，却也最无聊。有人说是明朝养士三百年结出的果子，倒有点意思。明朝君主对士人当然也狠戾，否则不会有廷杖的发明。但那些不识相的士人尽管当庭受辱，屁股被打开了花，可就是死不悔改，够狠够毒的谏言还是流水般照上不误，弄得皇帝真没什么办法，只要看海瑞的那股子傻拙劲就知道了。这就是明朝士人和皇帝的可爱之处。上折子，打板子，再上折子……如此相互折磨，循环刺激，气节想不积攒起来都难。

有句讥讽明人赴死的对子："平日袖手谈心性，临危一死报君王。"不少人拿它当明人亡国原因的总结，但极不公平。我更认为这种说法是清人的阴谋。从清朝士人只会挨板子、折子里硬气的话一句没有来看，就可知清朝皇帝为人不厚道。乾隆爷曾发过一记狠话，大意说前朝政事靠宰相，那还要皇帝干什么？我们知道清朝是没有宰相的，谏官也形同虚设。既然如此，士子放言高论自然只有挨板子的份儿，可更惨的是，还要彻底杀灭你继续上折子的念想。由此我们就知道清朝皇帝为什么总是讥讽明朝士子，因为顾忌文人挨了板子提上裤子还敢继续骂人，可见他们心眼小得可怜。这样看来，清初有一帮文人也跟在皇帝后面骂明人无耻，就有些过分了。我恶毒地猜想，大概他们也是忌恨明人的气节，到了大清，挨了板子还骂不出口，憋屈在心里，那个难受劲可想而知。

清代皇帝在肉体上的惩罚招数倒没有比明人长进多少，唯在心灵的摧折上更胜一筹。你不是没有申言上诉的机会，也不是难以忍受肉体之痛；其阴毒刻厉的地方在于，你抗言申辩之后，他会想方设法让你自惭形秽，后悔莫及。经过诱导教化，你就像《蝙蝠侠》里的怪人，手掌自然变成廷杖一类的武器，不过你随即挥手，打的不是别人，而是一脸真诚地扇起了自己的嘴巴。

清人摧折心灵的著名案例有曾静案和钱名世案。曾静策动大清总督岳钟琪造反，本应以反贼的罪名枭首，脑袋挂在菜市口的旗杆上供小民们观赏。可这位仁兄待在狱里一年后，居然心悦诚服地当起思想宣传队队长，跑到自己的家乡湖南支起地摊，耍猴似的当众作践自己，痛哭流涕地倾诉皇上的恩德。面对此情此景，你不禁要为雍正发明如此高超的洗脑术叫绝。对钱名世的处置更具巧思，秘诀全在《名教罪人》一行行诡异的诗句里。钱名世粉墨登场，扮演"名教罪人"这个男主角，那些诗人全是给他配戏的。钱名世成为诗集的歌咏对象事出有因，他曾写诗拍大将军年羹尧的马屁，说他是"分陕旌旗周召伯，从天鼓角汉将军"。年羹尧当时是雍正的红人，雍正朱批中还有"朕实不知如何疼你"这样肉麻的话。钱氏觉得附和着捧捧皇上的宠儿，没准也会被皇上他老人家看中，加恩疼上一下。结果三年以后，当雍正的朱批变成"如年羹尧这样禽兽不如之才，要他何用"时，钱氏的噩梦也开始了。年羹尧因功高震主而被赐死，钱氏牵连其中，背上了污损名教的罪名。

让人没想到的是，雍正糟蹋拍马屁的人比虐杀造反的人还有心得，这就让清朝士子活得不那么舒服了。雍正亲书"名教罪人"四个大字，命人挂在钱名世家居堂前，使其每天路过都能看见，还不时让当地官员跑到家里检查，看大匾是否高悬如常，不然便严加治罪。恶作剧到此并没完，雍正还发动朝中三百八十五个官员写诗谩骂，满朝文武人人挖空心思，操笔诛伐。诗词经皇上审阅后，全部送交钱名世本人，让他自己掏钱刻印。此举虽近于游戏，可雍正却一本正经地说："朕君临天下，凡一颦一笑，皆系天下之观瞻，故内外臣工有赐以匾额者，非仅勉一人，欲使大小臣工各思淬励，以尽臣职也。"意思是，这匾额可不是给钱名世一个人挂着玩的，谁只要稍不警惧，哪天一早醒来，就会发现自家门前挂上了同样一块牌匾，众爱卿可要小心了。

下面一段话更是刻毒得让人胆寒："盖欲使天下臣工，知获罪名教，虽腼颜而生，更甚于正法而死。"说一旦犯了这罪，定叫你生不如死。明明是要人整人，还故意说成"黜恶之典"，把一场让人脸面扫地的表演装扮成盛大仪式。雍正警告大臣严肃对待，不可视同儿戏，后来还真有因诗意拙劣而被发配充军的人。话说到此，可知当雍正的臣子心里有多憋屈。这帮人估计只有考科举时碰上过命题作文，没想到这辈子又逢皇上祭出恩典，特准再秀一把文采。可惜这骂人的作文哪有那么容易秀出花样，他们憋不出像样的诗句，只好不无害臊地自我安慰说，虽然那歪诗看上去"辞采质陋"，却都发于天性。这话说出口时似乎没人觉得不要脸，他们还发明了个好听的说法叫"名节自防"——在我看来，不妨叫作"思想自宫"。

这"名节自防"可是雍正朝的重大发明。明人洒脱倜傥，故时有倔强的拙人挨了板子还胆敢到朝上骂人。入清之后，这种耿介之人不说绝迹，也萎缩成了稀有动物，且从未被列入保护名单。试想门头整天挂个羞辱你的牌匾，时时提醒你是不齿于人类的臭狗屎，人来人往对你指指点点，这是什么滋味？满朝文武不但目睹钱名世的下场，还被逼把感受赋之于诗，看上去不够真诚的又要受骂挨打。

臣子们也慢慢领悟到，主子并不要求词藻华丽，只要着力表达圣恩鞭挞心灵时自己如何惶恐就算过关了。这种让人寻思摸索"底线"的操练还真是锻人心智，使人习以为常，熟能生巧，直至心理僵硬变态到极点还不着痕迹。于是我们看到如此直白的表述："门悬四字昭惩劝，箧贮千篇益悚惶。"钱名世活像一面镜子，可以照出清朝官员憔悴的面容，他们会时时自警，谁也不想落到"含羞无已时"的地步。这般训练下来，根本不用在现实中挂什么牌子，这名教自律的"匾额"早已高悬在心中，分量足以压碎任何残存的不羁之念。

"名节自防"的好处在于，板子没打就预先知道将要落在哪里，于是纷纷喊起疼来，这样板子自然也就无须落下。长此下去人们皆大欢喜，恍惚觉得离收起板子过太平盛世的日子不远了。可在这太平盛世中到处游走的，都是些没有灵魂的人。大家心底想的只是如何躲避板子，只有少数不识相的傻子挨了板子还不叫疼，但留给他们的也只有郁闷至死一条路可走了。

"东林余孽"与读书人的抱团政治

谈哪个朝代最郁闷这个话题，我说比较喜欢晚明，立刻引来网友一片骂声，就差给我扣上"东林余孽"这顶大帽子了。其实我喜欢晚明只是相对清朝而言，是有前提条件的。有一次看《锵锵三人行》节目，只见王朔破口大骂东林结党，先吃了一惊，稍后才觉得朔爷这"知道分子"拿"知识分子"开涮太过正常，只是没想到这貌似特立独行的北京大爷最后还是中了清廷的毒，上了乾隆爷的当。

我想提醒的是，"东林余孽"实际上是清朝皇帝贴在明末读书人脑门上的一张污名化标签，专骂以东林书院为核心的一帮人不务正业、结党营私、空谈误国。后来这标签被人随手乱贴，几乎波及所有的晚明读书人，直指大明亡国就是这些人闹的。这为乾隆大兴文字狱找了一个不错的借口。出人意料的是，这污水最早还是由反清遗老泼在东林党人身上的。他们苦思大明亡国的原因，指责东林人没本事救世济民，满人来了束手无策，最终只有跟着崇祯皇帝上演群体自杀秀，徒留个好听的殉节名声。

东林"结党"的恶名也是明代遗民的发明。清初就有人说聚众讲学有拉帮结派、牟取私利的嫌疑——即使当初没有栽柳之心，最后也可能造就成荫之势。大儒顾亭林已经把东林的活动看作"党祸"，跺脚发誓不坐讲堂、不收门徒，生怕聚众讲学犯了议论国事的忌讳。没想到这反清志士的一席话由乾隆接过去作了归纳总结。他说东林是"声势趋附，互相标榜，糅杂混淆"，才让小人钻了空子，导致明末开门揖盗，局面不可收拾。整肃文人正愁找不到靶子，东林人就这样成了顺手牵来的替罪羊。最后乾隆爷还不忘狠叮一句："不能守祖业，徒以国亡殉节为有光，有是理乎？"意思是说，别以为搞了几出自杀殉国的"行为艺术"，就能以忠义作幌子盖棺论定。这里明显借用的是明代遗民的口气。遗民的想法经由当今圣上复述一遍，震慑人心的效果自然大大增加。

大明灭亡一定有很多原因，反清遗民和大清皇帝却异口同声地咬定东林不放松，硬说东林人应该担起大明灭亡的责任，这事怎么看都觉得荒唐。把东林绑上耻辱柱很像清朝皇帝耍的一个计谋，自从清廷和顾亭林一起抬着屎盆子往东林人的脑袋上倒下去，清初开始编织的文网便有了冠冕堂皇越收越紧的理由。雍正更是写了《御制朋党论》，封了书院，禁了结社。从此以后，清代的读书人学会了循规蹈矩，做起了扎实的学问，但在性格气度上越来越趋向于低下猥琐。

我们不妨暂且把明亡是否就是东林人惹的祸按下不表，单说到了清末，万马齐喑的光景似有松动的迹象。光绪周围聚拢了一批读书人，通过兴学会、办报纸影响政局。一时间，皇帝大有被改革派裹胁绑架的意思。危急关头，一个叫文悌的御史终于按捺不住奋起弹劾，奏文中就有一段谨遵皇旨、破除结党恶习的沉痛告诫。大意是说，他当年外出做官，蒙皇上召见，皇上命其"谨慎当差，破除情面"，他于是把这八个字刻成图章随身佩带。在地方官任上，这老兄三年不与任何人通信，包括那些京中故交也避而不见。当官三十年，据说只与幼年时一起念书的同学偶有来往，但从无结盟换帖的举动。这老兄还在祠堂里安放石碑，警告子孙要减少交往，以免聚众结党的嫌疑。

清朝御史作为纠察的言官，却胆小怕事怂成这样，当然无法指望他们向皇帝严词抗辩，为民请命。可在明代就大不一样，明太祖颁过《卧碑文》，规定除了言官，天下庶民、拥有百工技艺之人都可上书议政。当然这条规定有作秀的成分，平头百姓怎么可能跑到宫里和皇帝理论？紫禁城里哪容得下那么多击鼓骂曹的刁民？可言官的嘴巴是管不住的。明代言官叫给事中，虽属正从七品，是个芝麻粒大小的官，权限却相当大，可直接封驳皇上的旨意。言官品阶设置偏低，正是要他们放言议政，不至于因位高权重而有所顾忌。不少东林人就是出任言官之职，铸就了清议的名声。

因为言官不是摆设，在他们眼光的逼视下，皇帝和大臣的日子都不好过，所以总是有人千方百计地限制言官发表议论。张居正曾绞尽脑汁弄出一个"考成法"，专门用来对付言官，规定所有言官的议论必须经过内阁审查才能生效。张居正是内阁老大，如此一来言官自然奈何不了他。最出名的例子是张居正"夺情"之议：张居正的父亲死了，按规矩应该回家奔丧守制二十七个月，张大人怕丢了官位，拟了一个夺情的方案，借口自己工作忙，无法离开那么长时间，申请酌情留任，结果言官群起攻讦。张大人一怒就动了板子，一路廷杖下去，把这些言官降职的降职、流放的流放。

言官犯起犟来真是不好惹，最惨烈的例子是所谓"大议礼"之案。明神宗违反祖制，偏要把爱妃的儿子扶正成太子，于是言官开始前赴后继地上书，哪怕几十张屁股被打烂、哪怕落下终身残疾，也在所不惜。在他们的眼里，违逆礼制是天大的原则问题，必须以死相谏。和这些言官的角度不同，在今人看来，祖宗之法是否要守、守到何种程度并不重要，但从中可以看到言官对权力的威慑在明代仍然有效，哪怕要为此付出血的代价。直言进谏的大胆带动了批评的风气，甚至有人直接指出神宗以生病为由不理朝政，其病根就是嗜酒、恋色、贪财、尚气。这类言论如果出现在清代，说话人早就掉脑袋了。

言官一拥而上指摘朝政最让皇帝头疼，因为读书人大规模地起哄闹事，自然会压缩自己决断的空间。于是皇帝给这群聚众闹事的人加上一个贬义的称呼，叫作"朋党"。面对这个指控，东林人反驳道，以朋辈身份交往是为了公议而非一己之私，求的是"天下之公""天下之理"。在东林人的眼中，"朋党"应超越以势、情、利的私交构成的朋友圈。"势"是指由科举座师、门生相互援引而成的社交圈子，"情"是指由同年、同门或同乡组成的情感网络，"利"是指以利益交换为主轴的不正当关系。

东林是否成"党"始终存在争议，黄宗羲就认为把东林扣上朋党的帽子毫无疑问是宫里阉人的阴谋。真正称得上东林正宗的不过区区十几人而已，阉党开出的黑名单把本不属于东林一系的人员统统列入，人数达三百多人，明显是故意夸大反对派的声势，为大搞株连寻找借口。倒是后来号称"小东林"的复社，规模要大得多。复社的一个重要特点是通过兜售八股文教科书赚钱谋利，搁现在就是贩卖教辅资料。这与明代商业传播网络日益发达有关，八股标准文本的流通借助印刷术繁荣起来，依靠讲会的力量渗透进民间，使阅读日益成为一种大众消费。

复社在科举上升渠道的争夺中确有拉帮结派的嫌疑，比如通过所谓"公荐""转荐""独荐"的形式影响选拔机制。用这些手法，复社甚至连科举合格的名次排列都能预先侦知。因此，那些梦想通过科举渠道当官发财的人纷纷争先恐后地入社也就毫不奇怪了。所以有人写诗讽刺说："娄东月旦品时贤，社谱门生有七千。天子徒劳分座主，两闱名姓已成编。"意思是复社门下七千人，早已决定好考生的等第。乡试、会试由天子派遣座主考评，但在座主确认之前，谁能及格、谁是第一早已被敲定。复社随心所欲操控科举名额人选，形成势力强大的派阀体系，确实削弱了君权在选拔人才方面的作用。

复社还通过"私揭"，即到处张贴私人文章（有点类似现在的小广告）的方式影响政局，其实是利用学生运动和私人网络达到控制舆论的目的，由此甚至可以逼使政敌下台。特别是一些地方官，因为与复社同道，会把其意旨贯彻到基层社会。如果硬说这也算结党，不过这些地方官确实在乡里做了一些实事，比如推广乡约、遏制豪强等，故不宜用朋党的恶名把他们一棍子打死。

读书人借结社之力抱团取暖、臧否时政，这在历代并不罕见，如今的知识人同样也会呼朋唤友、相互援引。只是抱团来消除一些孤独感也就罢了，千万别太把自己当回事。就如东林，虚夸者说他们是社会良心、国家栋梁，痛贬者却大骂他们空谈误国、百无一用。两种极端评价似乎都有些道理。而我以为，读书人对自身位置的清醒认知最为重要，自以为是当然应避免，但也不必妄自菲薄。读书人平时袖手清谈、沉溺绝学，倒也能体现"无用之用"的风范；不平则鸣，聚而论道，也能颇显名士风流。只是千万别昏了头，以为自己真能登高一呼、左右天下大势。

也有人为东林鸣不平，说大明亡了不应怪东林，都是宫中那些阉党惹的祸。这思维和骂东林的人是一样的，就如一体两面般的相似，实际上无助于切实理解王朝兴衰的成败得失。因为历数下去，我们可以找出无数促成亡国的单因子。常听到的就有皇帝荒废朝政、内阁专权、兵备不整、财用匮乏等，哪个因素看上去不是亡国的征象？何以把招致亡国的屎盆子单单扣在东林人或宦官的头上？尤其是，一旦把东林清谈误国的故事反复宣讲，难免会给专制权力压抑舆论制造口实。这从清朝皇帝疑似呼应明代遗民舆论的假象中可以略见端倪，读史者对此不可不慎。

关于"死节"的闲话

读张岱的《琅嬛文集》，不可不读他给自己戏撰的《自为墓志铭》。其中说到极爱明末的繁华，连用十二个"好"字。"好"是自我欣赏的意思，标示出的沉迷对象包括精舍、美婢、娈童、鲜衣、美食、骏马、华灯、烟火、梨园、鼓吹、古董、花鸟，自称"茶淫橘虐，书蠹诗魔"。这是晚明熟透了的文人笔法，笔底流淌着质感强烈的温软细腻，如挂在枝上的熟桃，满溢落地糜烂前的雅致。

最能显现张岱风雅的逸事，发生在他赴山东探访父亲的途中。当年帆船途经镇江，时值中秋后一日，月光倒囊入水，张岱兴致忽起，掉转船头飞抵金山寺，登岸后快步奔入大雄宝殿。睡眼惺忪的和尚为器乐的喧闹惊醒，纷纷跑到殿中看个究竟，只见张岱端坐前厅，正在品赏随从上演的戏剧。三三两两挤满后堂的和尚都不敢问这大闹佛堂的公子是何来历，不知他是人、是怪还是鬼。直到灯影阑珊、天光破晓，才见这群疯子收拾道具，打点行装，解缆扬帆而去。面对岸边疑惑不定、面面相觑的众和尚，江面上断续飘过张岱一声声的开怀大笑。

甲申明亡之后，张岱眼里的景观顿时换了颓败的颜色，笔端透出无尽的潦倒："破床碎几，折鼎病琴，与残书数帙，缺砚一方而已，布衣蔬食，常至断炊。"又或称：

"劳碌半生，皆成梦幻。"张岱的一生由此让"繁华"与"梦幻"交替转移的情境打成了两橛。

在张岱这样的遗民眼中，满人铁蹄践踏之地，江山处处破损。汉族士人感时忧愤，诗文往往会以南宋遭金人和蒙古人侵扰的情景自况。一个著名的隐喻就是"残山剩水"。"残山剩水"语出南宋遗民，喻示蒙古人南下污染了宋代的大好河山。晚明遗民也多借此抒发对江山变色的焦虑心情，"借宋喻明"一时蔚为风气。如清初大儒黄宗羲就有诗云："剩水残山字句饶，剡源仁近共推敲。砚中斑驳遗民泪，井底千年恨未销。"诗中借助宋朝遗民郑思肖遗书在井中再现的故事，以喻对明亡的哀思。全祖望更是在褒扬崇祯十七年进士之事迹时，赋予残山剩水以守节的庄重含义，说："皆固守残山剩水之节，以终其身。"

张岱煎熬受迫于明亡的惨痛记忆，对"残山剩水"另有一番独到的解释。在《越山五佚记·曹山》这篇小品中，张岱以曹山的命运为喻，昭显士人的不屈气节。他笔下的曹山是采石后留下的一口巨坑，形状犹如废墟。采石人从未把它当作山水景致加以欣赏，但在屡遭采挖之后，曹山的垒石却能厚薄相间、错落有致，自成一种特殊风景，俨然楼台亭树俱备。后人漫游此地，竟会发出感叹说："谁云鬼刻神镂，竟是残山剩水。"张岱对此有一段评论，他说："吾想山为人所残，残其所不得不残，而残复为山；水为人所剩，剩其所不得不剩，而剩还为水。山水崛强，仍不失其故我。"这是拟人的说法，借此昭示遗民坚守志节、屡挫不改的初衷。又说："世不知我，不如杀之，则世之摧残我者，犹知我者也。"这段自虐式的表白把凿石人比作满人，致使其废弃无用，曹山恰似从绝境中获取新生的士人身躯。

如何看待"死节"和"操守"，明清鼎革期有许多议论，特别是有关"死节"的定义，更令时人惊悚焦虑、惶惶不安。如崇祯帝吊死一事激起了巨大波澜，给士人带来难以形容的心理震撼。是随先帝殉死还是苟活在异族淫威之下，成为棘手的难题。要做到"纯忠""粹儒"，标准往往严苛到无法企及。如赵园所说，忠臣历尽磨难，才配称足色，这评价竟是一种隐蔽的施虐。一旦被认为气节有亏，纵使终于杀身，甚至迫令妻妾同死，也仍然难免被猜忌的命运，可见评鉴忠义标准的无情与残酷。

赵园注意到甲申崇祯帝吊死煤山之后"天气阴惨，日色无光"，城破时"阴雨蔽天，飞雪满城"，到处是肃杀之气。环境的变幻不仅是天气变化，当然与心情有关。皇帝吊死在自家门口历朝未有，高挂树上的龙体投下的阴影太重，笼罩在那些苟活下来的大臣士子心中，让他们总找不出再活下去的理由，好像不殉死先帝是个终生难以洗刷的污点，于是掀起了一股自杀的狂潮。以至于到了清末民初，有人感叹时过境迁，竟没有人愿意为大清殉命，难以和明末的时候相比。例外则有梁济和王国维的自杀，勉强为大清的"忠节"添上了一抹亮色。王国维自杀后，陈寅恪挽联中有一句："十七年家国久魂销，犹余剩水残山，留与累臣供一死。"其中也出现了"剩水残山"的字眼，显见是把王国维比成明末的遗民。

其实，不死之臣背负的压力比死节之士要沉重得多，故清初遗民有"死易生难"的说法。方以智在北京城破之后曾经想投井自尽，恰逢有人前往井中担水而不果，失去了一次殉死明志的机会。又有传言说他受贼军追索财物，貌似被动，实则向贼示好。他虽未接受伪职，却仍属苟活下来的不死余孽；虽受刑毒而不屈，但没有追随先帝自杀，至少说明态度摇摆不明，忠心不够坚定。在死守"节义观"的人看来，未死而遭刑戮，等于身心都受了玷污，与失节没什么分别。

崇祯帝死后，南京弘光政权刚一建立，对于冒死突围跑出京城的"逃官"就已详加甄别，后者身上大都染上了变节的可疑污点。无论这些灰头土脸、狼狈逃窜的官员是否曾与贼人合作，都算失了政治贞节。临难不死，臣节已亏，在龙体尸骨未寒的帝都全身而逃，必遭怀疑。官不可逃，如若陷敌，唯有一死以报君恩。这是比着崇祯上吊的身影丈量出的节义身段，不容商榷。

即使是忠臣寻死，也要找准时机，如寻死不得，便有被清出节义册的危险，在注重清誉的士人看来简直是生不如死。史料中记载，施邦曜听说皇上驾崩，就解下腰带自尽，仆人把他解救下来，他恨恨地说："是儿误我！"贼寇满街都是，他不能回家，见到别人家院门就去上吊，却被那户居民放了下来。无可奈何，只得让家人买来砒霜，放在酒中服食，终于吐血而死。于此可见做忠臣之不易。

方以智后来入山当了和尚，与江南文人举止浮夸、衣着亮丽的生活恰好构成两极，可视为心理遭受重创的表现。冒死南逃，却被看成不忠无节之人，内心的创痛是无法与人言说的，只能自己吞咽下去。

有人比较元朝与明朝的待士之道，认为元朝为异族统治，并不信任士人，也不以其为贵，但在困折凌辱之外也不求全责备；明代士人似乎易被接纳任用，但明代皇帝表面上尊崇士人，实则利用驾驭之心过重，对士人多有无端苛求。崇祯死后弘光政权对死节的严酷甄别即为一例。

忠义的履行往往与苦难和坚忍相伴随，但猥琐的忠义观只注重表面的光鲜耀眼，忽视暗地里浸透着的艰辛与泪水；只认可死亡是忠义的体现，排斥其他形式的忠义行为。结果寻死不成者往往落得失节苟活的骂名，一辈子遭人唾弃，难以翻身，却从来没有人问他们是出于何种原因才残留于世。

对忠臣死义的苛责仍如幽灵般在现代世界游荡，如对战争期间战俘是否忠于祖国的争论，有人坚持认为战俘是一种污点身份，在人格上直接将他们打入另册。也有人认为，英勇的牺牲当然可歌可泣，但在一些战斗中，士兵在遭遇绝境、再行抵抗也徒劳无益的情况下，采取审时度势的态度，交出武器以保全生命，不应被视作可耻的行为。在这种认识之下，战俘一旦有机会安然回家，还会被当作英雄受到尊敬。两种观点针锋相对，凸显出对忠义和人性理解的差异。

毫不顾及个体身心对苦难承受的限度，不分青红皂白地对付出生命的"死节"姿态表示迷恋，狞笑着围观他人的死亡，无异于一种残虐的看客态度——这些看客常常打着旌表忠义的美妙旗号，干着戕害生命的勾当。

明清文人的关系学

　　乾隆年间，位列扬州八怪的罗聘有一次到江宁卖画，结识了江南才子袁枚，为其画小像一幅。画中的袁才子，长脸秃头，皱纹密织，眼露狡黠，完全是一副庸人世故相。加上手拈菊花，身段更显扭捏乖张，故作高雅之态衬出戏谑搞怪之相，与市面流行的玉树临风、雍容优雅的袁才子形象判若两人。罗聘此番恶搞似乎有些过头，引起了袁枚家人的不满。袁枚自己打趣说："两峰（罗聘）以为是我也，家人以为非我也，两争不快。"对于画家摆布自己的容颜，袁枚倒是有颗平常心，还幽默了一把："我亦有二我：家人目中之我，一我也；两峰画中之我，一我也。"这个故事说明，袁枚在世人眼中至少有一雅一俗两个形象，只不过常常一显一隐而已。那么，到底哪个才是袁枚的真实面孔呢？

　　袁枚写诗，号称"性灵派"，与重视章法、温柔敦厚的"格调派"诗风大异。他很早辞官，隐居随园五十年，给人的印象是个与世无争、洒脱飘逸的人物，然而史实记载却与此大不相同。据袁枚之孙袁祖志回忆，出入随园的各色人等喧嚣嘈杂，来往之频，一般宅第园林难与之匹敌。不但江宁地区的将军、都统、督抚、司道等各级文武官员喜欢前往游玩，有些地方官甚至会借随园之景宴客交际。每逢乡试之年，普通士子来游园赏景者也是摩肩接踵，不可胜计。随园每年至少举办六次灯会、需两次更换被踏烂的门槛。这真让人怀疑"性灵派"与隐逸之风到底有多少关系，也让人不解如此热衷世俗交往之袁枚何以能发出放浪不羁、震撼正统的言辞。

在一般人看来，蝇营狗苟、追名逐利的行为只属于俗不可耐的芸芸众生，与高洁自律、孤芳自赏的文人雅士无关——这些文人仿佛是打了流俗免疫针的特异人群。在常人想象中，他们疏离于世俗人情网络的泥沼，心境超然，异于常人；艺术圈内人更是如此。因此，一名艺术家一旦擅搞人际关系，好像就会丢失名节，迷失自由创造的心性。

最近读到一本写文徵明的书，名叫《雅债：文徵明的社交性艺术》，它打破了我对文人的传统印象。这本书详细描绘了由家族、师长、赞助人、请托人和各种弟子构成的网络，如何支撑起文徵明的艺术世界。其实作者是要辨析富于个性的艺术创造，是否与人际交往等俗务处于对立状态。艺术史的惯性思维多将自主性创造与因义务或契约而进行的创作活动相对立，认为真正的艺术家只能一门心思搞创作，不能为世俗世界中礼尚往来的人情杂务羁绊干扰，其结果便会对文徵明艺术创造周围的人际关系网络视而不见。

的确，在某些戏说的影视和小说作品中，身为苏派画家之一的文徵明，往往与唐伯虎、徐文长、祝允明等明末才子捆绑在一起，常常见他们结队行走于市井里巷，放浪不羁，蔑视礼教。还有一些精心雕琢出来的故事模板，如这种人一定是早年天赋异禀、中年科场失意，一定是你说东来他偏说西，否则不足以标榜出他的另类与叛逆。不过，别以为这些怪人离经叛道、行为怪异就一定穷酸潦倒，找不到生计活路。"怪异"一旦炒作成功，也可能成为一种时尚，让宫廷贵人趋之若鹜。

时尚可以使每个狂人的背后都站上一名或若干名铁杆赞助人，或是富商或是显贵。名画家陶俏以行为怪诞出名，因身涉与一名青楼女子来往的丑闻，被逐出京师，但他的赞助人多为大学士李东阳这等响当当的角色。这让我们不禁猜想，赞助人网络可能反过来塑造文人画家的品性风格，随之再风靡引领大众时尚。赞助人纵容癫狂与异端，实际上是有目的地把"雅"的品级拉低到俗众层面上来，模糊雅与俗、正统与异端的界线。画家孤傲特异的风格之所以能产生和蔓延，也许正是由于它能满足赞助人的需要。甚或夸张一点说，这些"狂人""名士"是否能够存活，恰恰取决于其人际关系网络内显贵或富商对其放纵行为欣赏与支持的程度。失去赞助人的支持，画家故作狷介也无济于事，最终不是饿死就是穷死，留名于世更是奢谈妄想。

诡异的是，有时画家本人也并非有意识地在塑造自己的人设，却被强行包装成某类形象。以文徵明的一幅画为例。我们习惯认为，像文徵明这类喜欢张扬个性的大画家，他的画作一定隐含深意，往往借喻某个历史人物，表达某种思想感情。但这样的猜想也可能与画家作画的动机没有什么关系，扭曲了原来的意思。文徵明曾经替一位悬壶济世的友人画了一幅《存菊图》，"存菊"是友人的别号，故画名作此。但菊花的形象总是惹人遐想，常与陶渊明辞官归隐、淡泊名利的处世态度关联在一起，于是人们下意识地认为文徵明与陶渊明心意相通，借画隐喻二人有相同的节操情趣。其实，文徵明的作画动机完全与之无关，这幅画仅仅是一幅应酬之作而已。

后人的比附与画家本人的意图无关甚或相反，这种现象在艺术史中屡有发生，看多了也就不觉奇怪。无论真相如何，这种对高士姿态的比附和想象慢慢演化成市场中有利可图的重要资源。商家纷纷炒作菊花这类题材高雅隐逸的内涵，长此以往，对绘画主题的分析距离画家创作的真实动机只会越来越远。在艺术品市场上，通过反复炒作而引申出的文徵明作品意境，与文徵明本身作画的功利目的有天壤之别，画家的庸俗动机与市场炒作的高洁姿态往往反讽般杂糅拼贴在一起，真伪难辨。当然，坊间吹嘘的陶氏高雅之风到底如何也有人表示怀疑，鲁迅先生当年就提醒说，陶渊明扛起锄头到田野里溜达散心，如果没有仆人在一旁打点吃喝，没有雇农在田间辛勤劳作，恐怕吟不出"悠然见南山"那样的诗句来。

画作意图被扭曲，还发生在它被不断倒手的过程中。一个画家完成一幅画作后，这幅画的命运才刚刚开始。它作为礼物在各个人际关系网络中迁转流动，每转送一次，所有者都可能在画上书写题跋，或解释主题，或抒发胸臆，或发掘隐喻，大量画作中的题材如植物、建筑、山水景致等，都与进退的身份转换密不可分。文人所说的"隐"也不尽相同，如明清鼎革时期的遗民常借其表达自己对旧朝的孤忠与对新朝的怨愤，而很多诗词与绘画表现出的"隐"都有一种蓄势待发的矜持，当不得真。

有些山水画看似是画家心灵个性的自然流露，其实也含有应酬俗务甚至攀附权力的意图。美术史家高居翰发现，明朝永乐皇帝的宫廷画师王绂画的《燕京八景图》，其实是为了表现北京到处有媲美南京的景色，以佐证皇室迁都北方的合理性。而"雨前云山画"这个被山水画反复表现的题材，往往拿来馈赠启程赴任的官员，暗喻当地农夫如盼甘霖般企望一位好官的莅临。

高居翰还有一个有意思的看法，他说明清以后画家、书家更加注重"写意"手法，放弃了需要长时间磨炼才能形成的细腻风格，比如书法中"狂草"书写的流行就越发带有表演性；如此变化实与越来越多商人进入士绅阶层有关，他们对艺术品有所需求，却无意追求真正雅致的文人品味。绘画赞助人和购买者更青睐流行主题和装饰效果，底层风俗和日常生活的题材趁机大量涌入艺术市场，粗俗的肖像、各类动植物的摇曳之姿甚或"鬼神"的表情动态都成为描摹的对象。俗与雅的界线就这样被不断突破。

一般说来，"关系达人"与"隐逸高人"向来是对冤家，把他们硬摆在一起似乎有辱斯文。但通过上面的举例可以发现，两者恰恰有可能形影不离，可见"大隐隐于市"的说法自有道理。我的理解是，隐逸非蜗居一隅，不问世事，而是熟谙如何周旋于世道又不失精神品质，如此才是真高人，尽管这确实比逍遥于山林困难得多。另一个感想是，真正优秀的艺术家也需要经济基础，比如通过有品位、懂欣赏的市场达人给予支撑，否则艺术家狂则狂矣，自称绝响、无人问津也是枉然。现下艺术水平难迈前人，固然与艺术家本人的修养有关，同时也与缺乏类似明清时期那样具有高度鉴别力的市场运作体系不无关系。当然我们可以说，艺术家在世时可能如土埋珍珠，光泽无从发显，但即使百年之后再加发掘，同样也有一个市场与艺术相互契合的问题，最终考验着世俗网络的鉴赏眼光。

做一个清朝官员有多累？

平常我们读史，读的都是"大历史"，对于古人的起居生活是啥模样很少有了解。如果你问：一个混迹官场多年的清朝官员会如当今的白领那样坐班吗？他因公因私的作息时间分际应该划在哪里？恐怕没什么人能答上来。作息时间就像条波澜不惊的枯燥流线，琐碎平常，流淌不息，很难寻出什么意义。可是有人偏不这样看，杨联陞先生曾写过一篇文章《帝制中国的作息时间表》，他的看法是，作息有根本的重要性，一个人工作和游憩时间的比例，是他在社会中所取所予的一个指数。杨先生发现，中国古代王朝，越到后期官员享受的假日越少，如唐代到元代十天就有一次休假，到明清则完全取消了。原因大致有二：一是官员处理的事务越来越烦剧，繁文缛节不断增加；二是皇帝权力高度集中，皇帝自己都忙得够呛，还能轻易放过手下的这些官员吗？

还有一个有趣的细节是皇帝上朝时间之早令人惊讶，一般都在早上五点到六点，如果上朝时间延至七八点举行就被认为相当晚了。清代皇帝常在北京城外的颐和园视朝，许多官员为了准时到达，必须半夜起床。皇帝相当忠实地遵守早朝的时间，说明这是个恪守规矩的王朝。最近我读到曾在詹事府做事的官员恽毓鼎的日记，其中的一些记载也验证了这个判断。只是日记里对上朝时间的描述更加让人觉得不可思议，如光绪廿二年二月的一天，光绪皇帝要见官员，恽毓鼎必须四点钟就到景运门朝房等候。三月初的日记则说某次上朝三点钟出门，因为道路泥泞，抵达东安门时天已黎明。也就是说，从家里赶到上朝地点，中间可能要走两个小时甚至更长时间。如果遇到冬季下雪天，道路泥泞，车辆颠簸不止，加之缺乏取暖设备，容易让人染上寒气，身体不适。恽毓鼎有一次见到光绪帝时感叹"天颜清减，深以为忧，竟无人敢以摄养之说为圣明告者"。言外之意，皇上脸色不好看和上朝过早脱不了干系，这声叹息颇似感同身受。如果是去颐和园上朝，就要起得更早。有一次给慈禧祝寿，恽毓鼎一点半钟起床，先到东宫门外詹事府帐篷歇息一阵，再向颐和园进发，到达时见颐和园内灯火通明，光彩如昼。

在上下朝途中，由于时间充裕，官员可以在车中选读一些书籍，恽毓鼎就读过诸如《困学纪闻》之类的经典笔记。他平常还兼悬壶行医，在车中阅读的书目也包括《难经疏证》《脉学辑要》这类医书，有时两天就可看完一本，可见在马车颠簸中阅读的效率不算低。

日记里的一些记载也会改变我们对宫廷生活的刻板印象，比如一次在颐和园仁寿殿赴筵宴，所上菜品很多带有满洲特色：斟酒和奶茶各一巡后，菜单中有羊腿四只，一大盘满语称为色食牡丹的食品，苹果、葡萄各四盘，荔枝、桂圆、黑枣、核桃仁各一盘，五色糖子四盘，五色饽饽二十盘，牛毛徽子三盘。比较好玩的是，等宴会结束后，官员可以用袋子把吃剩的食物打包。恽毓鼎记载说，除了苹果、葡萄可吃，其余或是过生，或是被虫子蛀过，让人难以下箸。还有一次皇帝宴请蒙古王公，菜单更加简单，王公行叩礼后，各赐酒一杯，宴会上只有白肉火锅、一大盘酱油咸菜和两盘馒头。宴后进入表演程序，先奏满洲乐，然后是高跷、竹马、射箭和摔跤表演，由皇帝在摔跤手名单里随意点两人比试。再后是奏僧乐、回民乐及表演各式歌舞。可见皇家平常宴请客人菜单比较简单，并不如今人想象的那样都是满汉全席，让人大吃特吃。

皇家上朝时间虽然很早，不时逼官员天没亮就匆匆赶场，但若据此断定清朝官员平日工作繁重、累死人不偿命，那可就错了。因公劳累只是个假象，一个关键证据是早朝完毕后官员可各自回家，不必坐班，远不及当今的白领打卡那般辛苦。一旦早朝结束，官员可以立刻回家睡上一大觉，直到日落才醒也没人管你。如不打算睡觉，剩下的时间也完全归自己支配，真可以说是想干啥就干啥。

拿恽毓鼎的作息时间表来说，他的詹事府职务相当于史官，负责编纂皇帝的起居注，也就是记录皇帝的日常生活，也兼校一些官修史书，按理说应该随侍皇帝近旁。但除举办例行仪式时他作为起居注官会陪伴皇帝左右，其余时间只是偶尔光顾史馆，平常都是史馆派人把稿子送到家中交给他审阅，交还的日子好像也没有严格的规定。审稿范围包括《儒林》《文苑》这类官修史书的稿本，也包括一些地方志。对于上朝这等公事，甚至也可以自行商量排班。如光绪廿三年年底詹事府规定有十二班，恽毓鼎自己选择四班上朝，其余班次即可免于参加。这四次上朝中，还有一次因起床过早，一点钟起来头晕呕吐，半路折回未去。到了光绪卅一年，对那些缺席早朝的官员好像也没有了处罚的规定，以至于有时上朝陪侍的官员稀稀落落，让人感觉不成体统。

与上朝这类公事相比，恽毓鼎大量时间花费在与科举同科或乡亲好友之间的团拜上面，写一些私人应酬的书法也会消耗大量精力。比如有一阵很多人送来扇面要求题字，恽毓鼎桌面上扇面常常堆积如山，应接不暇。此外，回复信函和闲逛琉璃厂淘书也是重要的活动。据他自己在光绪卅四年十二月统计，一年就收到各省的信件五六百封，内容全是委托办事、谋取差缺等。这些信虽不必一一回复，但拆阅处理也耗去相当的时间。

其他一部分时间会用来悬壶行医。恽毓鼎早年行医多是被动的，属于给朋友帮忙，后来由于经济拮据，才逐渐成了谋生手段。日记中对中国式的治病氛围有很好玩的描述，如一次给朋友的妻子治病，他诊断是实热，家人和病人自身却认为是虚寒。从表面上看确实是虚寒的症状，但恽毓鼎凭经验坚持按实热开方治疗，服药后，"热象大现"，才使众人信服。治病时中国大夫往往不具有西方医生的权威地位，病人和家属有权对病情指手画脚，这是中医与西医处于不同的伦理情境的缘故。医生冒着风险坚持己见，要承受相当的压力，但恽毓鼎有自己的信念："病重药轻，其杀人与庸医同罪。"

表面上看，官员受公事牵扯精力并不像预想的那样多，但私事应酬如一张大网，常常罩得人喘不过气来。从日记中看，赶赴私人饭局几乎占去恽毓鼎每天的大部分时间，几乎到了烦不胜烦的地步，而且多属人情世故之举，不可轻易拒绝。有一次从正月初一到二月初三，一个多月的时间里，"无日不有应酬，无日不有吃局"，以致"疲困浮动，颓然病矣"。所以日记中时常发出自责的声音。在光绪卅一年三月的一则日记中，恽毓鼎就自责说："自去冬至今，会无谓之客，赴无谓之局，终日征逐，身心俱疲，求六时静坐看书而不可得，以致胸怀扰攘，往往夜不能寐。十余年所用心性工夫几全数放倒，若不亟自收拾，将为小人之归矣。"也就是说，再这样消耗下去，和小人没什么区别了，这可是相当严重的一个事情。有一次恽毓鼎连续接待了十几位客人，搞得腿部疼痛、不能举步，他情不自禁地开骂起来，觉得自己"究竟无一正经之事，无一关系之言，费光阴，耗精神"，发出"真冤苦"的抱怨。

光绪卅二年二月二十日午前恽毓鼎连续接待了五拨客人，感到头晕气短，客人刚离去，就呕吐起来。于是发出了一阵感喟，说西人见面时就事论事，聚会后也不迎不送。宴会上则谈论闲情私事，公事免谈。中国人恰恰相反，那些来访的人，明明有想说的事，却先说无数浮泛的言辞加以铺垫，废去许多口舌后才进入正题，已耗去无数精神。等谈到该说之事，说起来又拉里拉杂，没完没了，喋喋不休，听起来让人厌烦无比，其实几句话就能说清。如此下去，主人哪里会不困，哪里会不怕会客？他说遇到一个朋友托他办事，翻来覆去说了七八遍，送到大门，又照说一次。他感叹这种人必不能绝大疑成大事。所以他"每悬想荒江老屋，耕读自娱，不复问人间事，恐生平无此清福也"。

我们从一个清朝官员日常生活的琐碎细节里发现，处理公事其实只占很小的比例，大量的时间会消耗在私事应酬的漫长程式里。这些私事有些是自己能支配的行为，有些则如无法摆脱的劳役，其中甘苦只有当事人自己才能感知。

"杀千刀"的故事

"凌迟"与"砍头"到底有何差别？我一直对此不甚了了。读了莫言小说才知，凌迟与砍头的区别端在于快慢。"砍头只当风吹帽"，烈士以此形容死亡的迅速，以示自己的不惧；凌迟却是慢慢切割肉体、让犯人不得好死的一种细活，专在拖延痛苦上见功夫。这活到底细到什么程度，莫言在《檀香刑》里有几段描述，如引明代杀人秘笈中的一段话说，凌迟分为三等，第一等割三千三百五十七刀，第二等割二千八百九十六刀，第三等割一千五百八十五刀。不管割多少刀，最后这一刀下去，一定是罪犯毙命之时。何处下刀、每刀间隔多久，都要根据犯人的性别、体质精确计算。如果没割足刀数犯人就已毙命，或割足刀数犯人仍还活着，都算刽子手失误。成功的凌迟，犯人流血很少，开刀前突然一掌拍在胸口，封闭犯人的大血脉，使他的血全流在腹部和腿肚子里，这样才能像切萝卜一样用够刀数，还能保证犯人数天苟活不死。如果活儿干得糙，就会闹得血流四溅、腥气逼人，影响刽子手对犯人全身经脉布局的观察，难以准确下刀。凌迟中对于每片肉的尺寸都有严格规定，割下来后要由监刑人或围观者赏鉴一番。

读这类关于凌迟的描写，最大的感受倒不是因杀戮的血腥场面带来的心理不适，而是惊讶于刽子手心理承受力的强大和折磨手艺的出奇精湛。试想，一个血肉模糊的人体挂在杆子上，刽子手兢兢业业地从其身上一片片往下削肉，几天下来手不抖心不颤，恐非一般体力心力所能忍受。所以《杀千刀》的作者卜正民才说，凌迟的主角并非犯人而是刽子手，犯人就像俎上之肉，只是供刽子手施展手艺的活道具。《檀香刑》中还有段极致的描写，说刽子手赵甲的师傅平生顶峰杰作是寸剐一名美妇人。这场凌迟要求罪犯不能过度嚎叫，也不能一声不吭，最好是适度地节奏分明地哀号，既能刺激看客虚伪的同情心，又能满足他们邪恶的审美欲。寸剐美女的代价是这位刽子手从此终身不举。

看杀人的文字，脑中难免会闪出鲁迅所描述的在日本观看的电影中砍中国人头的场面，这段熟悉得早已让人生厌的桥段，反复提示我们鲁迅的思想转变源于憎恨国人围观屠杀的冷漠。不过我倒是发觉在凌迟现场，攒动的人群并非处于麻木状态，而是会表现出观戏般的莫名兴奋，观赏甚至可能演变成一场狂欢。尽管看客骨子里透着如冰点的冷漠，在现场未尝不能感到身心的愉悦。明末名将袁崇焕被寸磔，百姓蜂拥而上争食其肉，就是最好的例子。有人经过刑场时还看到过刽子手把切下来的肉片甩向人群，引发阵阵骚动。可见刽子手的出色表演是为大众服务的，拉长死亡时间有利于延续看客的狂欢，滋养娱乐的气氛。在漫长的凌迟刑期内，犯人肉体的展示给熙熙攘攘的围观人群设置了一道悬念，引诱他们在数天内持续关注受刑人的伤势，不断地咀嚼犯人的痛苦。据说人血馒头还能治病，可见刑场极易变成生意场，凌迟的时间拉得越长，生意当然就越红火。

到了晚清，杀人砍头的轰动效应有锐减的趋势，凌迟的时间也大大缩短，剐割的刀数减至数十刀，对身体施虐的仪式感和对犯人痛苦的欣赏热度大大降低。西人曾拍到晚清最后一次凌迟的照片，刽子手在切割数刀后迅速一刀插进犯人心脏，将其杀死，然后砍掉四肢，最后割下头颅。整个凌迟过程只用了三十六刀，而且犯人很可能在行刑前服下了大量鸦片而神志不清。凌迟变得如此草率必然让围观人群大失所望，这说明晚清的司法改革向人道主义又迈进了一步。

《杀千刀》中引用了不少西人出版的清代刑罚绘画。这些绘画不一定是洋人的作品，大多是所谓的"外销画"，由广州的中国画匠完成。他们根据洋人的口味绘制各类水彩画，据说吃这碗饭的人数量惊人，曾有六千之多。过去画匠作画多是表现才子佳人、风花雪月，只有个别绣像插图偶尔出现行刑的画面。可是为了生意，通商口岸却诞生出一批专门揭露清廷司法丑态的画师，真是此行业中的一朵奇葩。他们熟知洋人的心理需求，有意歪曲中国的司法实情。在《中国的刑罚》这本画册中，每幅画作的行刑场面全无观众，展示的均是各类刑罚的细节特写，好像每幅图像都是杀人的技术草图或教材样本。这类绘画常常把已经废除的刑罚当作社会常态进行描画，比如有人偷了东西被割断脚筋，但这个刑罚在乾隆三年已明令禁止；又如贯耳穿鼻之刑在顺治年间就已废止，却在卖给洋人的画册里堂而皇之地反复出现。

实际上，在处理刑罚题材的绘画时，中西的侧重也有所不同。如西画中有一幅《被流刑的男子》，画面上只出现犯人和差役两人，犯人满脸痛苦地扛着重枷，看上去步履维艰，那差役脸露凶恶、牵索疾行，显然是在威逼犯人赶路。与之相比，《大清律例图说》中有一幅描绘流刑的画面，采用的是绣像白描工笔技法，集中表现家人与流放者告别的伤心情景，标榜犯罪给家庭造成的生离死别，图示道德教化的柔性一面。

在西人看来，中国的死刑执行场面缺乏审美追求和舞台效果。中国杀人不像西方那般兴师动众，搭设高台组织观看，还拉出隔离线严加警戒。中国的刑场似乎不限制围观者接触犯人肢体，所以才有人血馒头的交易。在洋人眼里，中国的死刑还缺乏神圣性。西方对杀人的展示刻意向基督受难的情景逼近，犹如一次让灵魂升华的展演。参与者不仅有刽子手和犯人，还有神职人员，一起为引发宗教忏悔情绪频繁互动。

福柯描述达米安因行刺国王被判死刑，当四马分尸时，达米安因过度痛苦，鬼哭狼嚎地哀叫起来："上帝可怜我吧！耶稣救救我吧！"尽管他一贯满嘴污言秽语，临死时却希望得到救赎。站在旁边的圣保罗地区的牧师年事已高，他竭力安慰受刑者，教诲在场的所有观众。在西方，死刑犯肉体遭受折磨时，总有人在旁诱使他忏悔，以宣示人间审判和上帝裁决相一致。忏悔之于受刑，如响之应声、影之从形。当然也有不屈从安抚、拼命抵制的案例。在电影《勇敢的心》中，当苏格兰起义领袖被施酷刑时就坚不忏悔，他拒绝神父的指引，激情地高呼"自由"，但这分明是电影虚构的桥段。可以肯定的是，历史上绝大多数犯人会乖乖接受神父的操控，表演出那份众人期待的悲情忏悔。

西式死刑犹如展演一出戏剧，犯人是领衔主演，刽子手是"打酱油"的角色。与之相比，中国死刑仪式色彩太淡，犯人与围观人群神情茫然，相互缺乏沟通，只是刽子手一人杀戮技术的血腥展示，技术含量虽高，却无宗教启示作用。在西方，刽子手常常是在手艺玩砸的尴尬时刻才会吸引注意，比如处理达米安的刽子手没按规定完成四马分尸，只好直接用刀斩杀，引起围观群众一阵起哄。还有一例是某刽子手把三个强悍的盗匪折腾得死去活来却无法顺利完成任务，最后只能将他们草草吊死完事，引起群情激愤，刽子手最后也锒铛入狱。

西人为了营利，会把中国的死刑场面随意改造。有一幅画面很好笑：一个男子被赤裸地绑在十字架上，手上却受着夹指刑罚。清代夹指之刑只对女性使用，而且绝不会把犯人绑在十字架上动刑，这幅画完全出于想象。所以，在杀人这个话题上，我们可以看出生活在不同文化背景中的人思考问题的差异到底有多大。

大清亡了有点"冤"

　　最近偶然看到清废帝溥仪皇后婉容写给溥仪妃子文绣的一封信。信中婉容自称"植莲",称文绣为"爱莲",信中说:"爱莲女士惠鉴:昨接来函,知 you 之兰褚现以痊愈,甚欣慰之。至诸君勿怕 me 错误,是于君互相立誓,彼此切不得再生误会。不拘何事,切可明言。所以君今不来,以 our 稍有误会之处。只是君因病不得来,此实不能解也。君闻过中外各国有 you 不能见之理么?若有何获罪之处,还望明以见告为幸。不过自叹才德不足,难当君之佳偶耳。请罪人植莲启。"

　　这封信的语气有点暧昧,若依今人看来,植莲和爱莲宛如一对百合姐妹,引人猜想。而且信里夹杂着英文单词,行文显得不伦不类。据说婉容时髦到不但教会了溥仪吃西餐,还和他互通英文短信调情。溥仪的英文名字是亨利(Henry),婉容的英文名字是伊丽莎白(Elizabeth),她自己音译为"衣里萨伯"。从信中植莲、爱莲戏称到英文乱用,可以得出一点感受,那就是皇室的开放程度似乎远远超出今人想象,一点也没露出我们以往印象中专制禁锢的丑陋面孔。如果有人说这是废帝废后没了弄权的机会才无聊得如此娱己娱人,那么我们可以倒推回去数年,看看辛亥革命前夜的情形如何。不难发现,那时清廷的朝气和活力仍是处处涌现，不输人后。

大清晚年屡有苛政，遂引发戊戌变法之潮，最终惹怒慈禧，酿成六君子血溅菜市口的惨事；可奇怪的是，仅仅过去三年，清廷就仿佛心怀内疚，幡然醒悟，频频开展新政，好像要有意落实被杀君子们的提议。且看1901年1月29日颁布的上谕，其中所列如调整官制及整顿吏治各项，均安排得井井有条。清廷还新设外务部、学部、度支部、民政部、法部、农工商部诸机关，结构已似现代的国务院体制。此外，商业振兴与实业创办并举，交通银行、农事试验场、植物研究所、渔业公司、工艺传习所、电灯公司、官轮总局、文报总局等纷纷设立。文教卫生方面则有废科举办学堂、派遣留学生、设施医馆之举。晚清报业和出版也日趋发达，甚至西藏都出现了白话报和译书局，更别说新式军队的操演也渐成规模。

放眼望去，三年前被视为变祖宗成法大罪的各类维新主张就这么轻而易举地在新政中得到了张扬和落实。吊诡的是，戊戌维新君子的血恰恰是在杀人者的手中化作了变革之花。甚至像"宪政"与"君权"关系这类当年抓住就可杀头的敏感话题，也可以堂而皇之地公开议论。"宪政"的实施计划也被排进了日程表，虽然皇家九年行宪的许诺周期过于漫长，但毕竟是在自己身上试刀见血，还是需要一些自残的勇气的。辛亥革命前夕，清廷更是颁布《十九信条》，突破了皇权所能容忍的底线：皇帝对国会决定之事，只有表面上的审批权，没有否决权；他的工作只是颁布诏旨，用御宝在文件上盖章了事，或者和总理大臣一起参加典礼，当个摆设——皇帝被彻底架空，变成了一块纯粹的招牌。

《十九信条》颁布后，资政院就"剪发""改历"两事装模作样地奏请皇帝批准，皇帝还想摆个谱，打算先奏请隆裕太后允准，再交内阁表决。结果内阁根本不买账，认为《十九信条》里规定皇帝只有颁布资政院议决草案的权力，根本没否决权。还威胁说这是《十九信条》颁布后的第一次上奏，如不答应，就会失信于国民。皇帝只好乖乖地在文件上用了御宝，实实在在成了傀儡一个。由此看来，立宪派基本实现了"虚君"的梦想。大清立宪的诚意还表现在建筑风格上。有爆料称，1909年资政院大厦的图纸已经完成，在这幅由德国建筑师罗克格绘制的图纸上，不仅有能容纳一千五百五十人的大厅，大厦内还安装了电梯、电话和电报室。一切似乎已经就绪，皇帝虚置，宪政登场，一切都这么顺理成章，看起来革命不仅可以避免，而且显得完全没什么必要。可是，大清还是亡了，亡得好像有点"冤"！

这让我们不由想起托克维尔在《旧制度与大革命》中描绘的大革命前夕的法国，那变革气象真有点大清末年的味道，"革命"的爆发似乎也毫无道理。托克维尔对法国大革命发出的两方面疑问似乎也同样适用于晚清。第一方面疑问是：为什么革命没有在中世纪制度保留最多、农民受苛政折磨最严重的地区爆发，反而在人们对压迫感受最轻的地方突然肆虐？法国东邻的普鲁士、奥地利、波兰都盛行农奴制，农奴每个星期起码给奴隶主白干三天活儿，还要交纳捐税，活得很累，却没有革命的迹象。第二方面疑问是：18世纪中叶，法国出现了"文人政治"，文人何以能掌控国家政权的舆论和执制度变革之牛耳？文人掌握领导权后，何以从浪漫的空想家变脸为打砸抢的冷血暴徒，终使局面不可收拾？

托克维尔对第一方面疑问有个心理主义的解释，他认为在苛政不太重的地方，人们反而难以逆来顺受——长期的沉重压迫使人麻木，一旦压迫减轻，人们有了念想和盼头，感觉会变得格外敏锐。托克维尔对第二方面疑问的解释是，法国旧制度在政治自由与言论自由方面的缺乏容易使文人在革命中走向激进，就像一个长期被挤压的皮球，一旦压力放松就会反弹，迸发出巨大的能量。文人用浪漫笔触抒发不满，激起民愤，民众把他们推为政治领袖，于是"文人政治"脱颖而出。文人的浪漫乌托邦想象又借重民粹主义的行动力，钟情于用鲜血染红的暴力旗帜。

从表面上看，环境越宽松越容易引起革命的"托克维尔命题"是在为暴政辩护，我想这是对托克维尔的误解。他的核心观点从未改变，那就是每个人自由的获取和培养比对于平等的奢望与追求更加重要。在旧制度下，自由的获取相当困难，以至于压制松动后长期的不满积聚不散，成为导向革命的种子。托克维尔认为，专制君主本来可以成为危险性较小的改革家。法国革命的特点就是文人与民粹主义合谋实施的一种嗜血暴政，当托氏想到革命中那么多的制度、思想、习惯与自由背道而驰时，他的结论是，如果当初由专制君主来完成改革，则更有可能使他们发展成一个自由民族。

这番议论似乎颇合大清末年立宪党人的心意，两者一拍即合的地方在于都不是简单地为专制君主辩白洗污，而是敏锐感觉到在汲取旧制度合理变革成分时君主所能起到的象征作用。当年遭大清通缉的革命党人嘴边老是念念不忘地挂着法国革命，而立宪党人嘴里念叨最多的则是英国的君主立宪。康有为就觉得法国革命流血遍地，不值得效仿，应该改走平和路线。杨度也表达过类似的意思，说君主的位子并不重要，他不过是个象征符号而已，要紧的是君主具有凝聚政治、文化和社会的强大力量。正因如此，立宪行动完全可以在这顶大帽子底下开开小差，干自己喜欢的事情。这样既可与旧制度衔接，又可跟随民主大潮而不落伍。如此看来，杨度与托克维尔，一东一西，颇可引为同调。

当然，后来对革命爆发的原因出现了各种不同的解释，其中"种族革命论"是主流说法，大意是满人的横行霸道是诱发革命的最重要因素。最流行的一个解释是，革命前夕，清廷貌似有立宪的诚意，却耍了个花招，坚持先组内阁后开国会，而不采用同时进行的合理步骤。结果是1911年5月8日，内阁名单出炉，总共十三人中，满人占九席，其中皇族就有七人，刚好超过半数，而汉人只有四人，所以被讥讽为"皇族内阁"。名单公布后革命党人群情激奋，终于有了"反满"的借口，于是纷纷高举"非我族类，其心必异"的旧旗举事暴动，局面最终一发不可收拾。革命爆发被单一解读为种族仇视激化的后果。对这个极度渲染满汉之争的革命起源叙述我一直心存怀疑，因为满汉冲突由来已久，贯穿大清统治始终，早已不是什么最抓人眼球的纠纷，而内阁组建毕竟是迈向宪政的重要一步，类似"国务院"十部的改革试验也已到位。内阁"种族"比例虽不均衡，但满人占多数也属正常。也许事实正如托克维尔的判断，皇家的任何让步都会引起足够的敏感，似乎正好印证了民众要求得不到满足的现状。

托克维尔的保守主义绝不仅仅是对君主制的复古式怀旧，而是如何在旧制度的延续下重新安排个人自由的现代性问题。他留给我们的警示是，"革命"并不一定具有天然的合理性。因为革命可能带来更大的暴虐，文人的乌托邦激情叠加民众的狂热盲动，如果无节制地释放出来，很容易给宪政制度的演进和个人自由的维护造成伤害，对"革命"成败得失的估计不可不慎之又慎。同时托克维尔也是在警示旧制度，如果不给个人权利和自由以足够的空间，残虐暴力的激进行为也许会随时降临到自己的头上。

皇帝的影子有多长？

一直有一个说法，一些日本人二战后打死都不承认对邻国搞了侵略，还觍着脸说自己是要从西方的魔爪下拯救东亚。何以如此？其中一个原因当与美国有关。美国当年执意不给天皇戴上战犯的帽子，最终放虎归山，这才造成日本高层毫无悔改之心，肆无忌惮地胡闹下去；普通日本人自然也心安理得，听之任之。前不久看了一部美国拍摄的片子《天皇》，讲的正好是在东京审判前如何给天皇定罪的故事。片子声称根据史实改编，主角菲勒斯将军和麦克阿瑟上将用的都是真名实姓，自然会吸引观影者的好奇，让人想看看美国人到底怎样解读这段世人皆知的历史。

菲勒斯将军的任务看似简单，就是搜寻天皇发动战争的罪证，把他押上战犯的审判台。他开始时自信满满，在办公室里贴满了与天皇联系密切的臣子的照片，宛若一张四面延伸的蛛网。他打算按图索骥一一寻访，却一次次铩羽而归，最后只能独闯战后仍属禁区的皇宫，与首相当面对质。菲勒斯想方设法要挖出天皇发动战争的证言，结果仍是徒劳无功，这让他倍感焦虑。审判的时间一天天临近，在毫无定罪线索的情况下，菲勒斯将军反而意外找到了可以赦免天皇战争罪责的证据，那就是原子弹在广岛、长崎爆炸后，天皇顶住各方压力，坚持发布投降诏书，提前结束了战争，甚至为此付出了皇宫被激进士兵洗劫、他本人险遭不测的代价。

当时，宣布投降的谈话已经录制完毕，藏于宫中，激进士兵为阻止录音播出，拼死突袭，杀进宫内，天皇仓皇躲进地下室才幸免于难。当然，仅以此作为赦免天皇战争罪责的理由显然还不充分。菲勒斯在走访过程中才真正了解到，"天皇"绝对不仅仅是个简单的位子，而是凝聚日本文化的精神象征，与日本上千年历史的演变密不可分。日本人对天皇的"忠诚"几近疯狂，如果给天皇定罪，必然引起民心大乱，甚至会遭到全国性的抵抗。如此下去，满目疮痍的日本不但无法杜绝战争根源，相反会重新陷入灾难，要想重建将无可能。这种基于文化考量而不是单纯囿于政治思维的做法，最终说服了占领军最高统帅麦克阿瑟将军，天皇得以在东京审判中免受追责。

天皇被赦到底对日本战后重建作用几何，是否应为日后的军国主义复活买单，肯定不会有统一的答案。东亚政体变革，皇帝的作用到底有多大，到底要不要保留君主制，也一直是道难解的谜题。中国当年搞新政，革命党和立宪派吵得没完没了，也是因为在皇帝去留的问题上观点相左。其实在晚清，这个问题是可以开放讨论的，不是一个简单的非此即彼的选择题。立宪派如梁启超和杨度，想法和菲勒斯将军有点相似。他们都认为，皇帝是谁无关紧要——他只是个符号而已，但这个符号非常重要，不可或缺，如果没有这个符号，大清就会分崩离析。这话不无道理，辛亥革命后的多年战乱实际上与缺乏一个政治文化的核心象征不无关系。

按立宪派的设计，在皇帝这顶大帽子底下正好能开开小差，完全可以拿皇帝当幌子，名正言顺地干出惊世骇俗的大事，既可以促民主，也可以搞宪政，最后把皇帝架空就是了。这个"君主立宪"的顶层设计现在看来并非不切实际，说明立宪派比革命党对大清的历史有更多的同情。大清立国，满洲皇帝不是如以往那样只是汉人的主子，大清的特色是以异族身份总揽寰宇、一统疆域，皇位起的是多民族黏合剂的作用，这与仅由汉人当皇帝的王朝明显不同。大明疆域远不如大清，且军力孱弱，北打不过瓦剌、鞑靼，南收不了藏地、南蛮，所以大明立国总是强调汉人的文化特性，这是出于自尊心的考虑。

与明朝皇帝正好相反，大清皇帝是满脑袋的头衔挂不过来。比如乾隆，他既是满人的主子，也是汉人的君王，还戴着名誉蒙古大汗和藏地大喇嘛的帽子，有点像今天流行的"名誉主席"之类的称号。这些称号可不光是供他自己显摆的虚衔，而是凝聚不同族群的向心符号，有吸引各族归附的魔力。所以，清朝入主中原后的几任皇帝都比汉人皇帝更劳累，他们不断迁移办公地点，除了在紫禁城听政，每年夏天还要搬到避暑山庄，一路行围打猎，浩浩荡荡走上几周。到了避暑山庄后便大摆筵席，宴饮不断，招待各部前来朝贡的藩王统领。夏宫的地点故意选在靠近北方的地区，目的就是要显示自己与蒙古等藩部的亲近之意。

晚清变革，立宪与革命两派互不相让，立宪派正是看到大清皇帝有凝聚各族的吸引力，才坚持走君主立宪之路。革命党却走暴力极端，打的招牌是老掉牙的"反清复明"旗号——这正是当年流窜江南的造反会党玩剩下的东西。特别是在未来民国应该统治多大地盘的问题上，革命党人更是捉襟见肘，完全不能自圆其说。比如革命元老章太炎就说，打倒大清皇帝后中国的疆域范围就是明代的十八行省，这拿到现在当属"汉奸"言论。所以革命党和立宪派吵起架来自然腰板不硬、处处理亏，绝不像后来史书中渲染得那般义正词严。可以这样说，辛亥革命的成功其实和革命党的"革命"论述是否合理没有太大关系，反而是那些过度情绪化的反满言论，的确起到了唤醒暴力情绪的作用。

后来孙中山也感觉到，要推倒清朝皇帝就必须找更多理由，特别是触及疆域统一这类敏感话题时特别需要兼容立宪派的说法，否则革命党会被彻底孤立，甚至成为历史罪人。他早年提出"五族共和"，晚年又受美国流行的"民族自决"思潮的影响，不久又觉此说不妥，赶紧改口，就这样摇来摆去拿不定主意。直到新中国成立，才又在基本沿袭清代疆域框架的思路下进行民族识别，确立了各民族和谐共存的大一统关系格局。追思起来，中国现代国家的建立过程走了不少弯路，很多议题的讨论可以追溯到争论皇帝去留问题的时候。

在清朝，皇帝不仅是凝聚各民族的象征符号，还是维系道德教化的枢纽。中国没有西方意义上的"宗教"，所以也无教会与皇家对抗。中国的"教"并非宗教的意思，而是"教化"的滋润养育，中国的"政教关系"指的是用道德教化襄助政治的运行。这与西方教会老是和皇权较劲打架、争夺地盘的历史非常不同。教化工作人员的培养主要靠科举制度的选拔，把管理人才一层层分配到各个地方。八股文只是一种选拔手段，并非科举的核心内涵。科举不但在分配人才方面有独到之处，还尽量考虑到各地区的不同情况，相对做到了地区公平。清朝皇帝推崇"敬天法祖"，以孝治天下，关键就是通过科举制为中央和地方配置好了人才，在基层依赖宗族士绅养育道德，"皇位"成了一个承上启下的枢纽。

晚清新政时，舆论纷纷以骂科举为时髦，好像无论立宪还是革命，科举制都是个必须清除的障碍。结果，废除科举犹如推倒多米诺骨牌，皇权的保留不但存疑，士绅阶层也渐渐溃灭。换个说法，晚清改革就如下棋，朝廷急于废除科举便是最大的败着。科举既废，教化人才的配置系统随之崩解。王朝运行一旦缺少"教化"辅助，管理系统就如折翼之伤鸟，再也无力腾飞。晚清立宪人才的训练同样缺乏总体构思，全靠临时拼凑。科举进阶尚有道德考量的因素在其中，一旦废除，立宪运动缺乏道德人心的支持，全凭关系门路，各显其能，于是贿选横行，政坛一片狼藉。怪不得有人大骂民初政治龌龊、小人横行，比晚清还不如。从某种意义上说，正是晚清的皇权给自己掘下了坟墓。

可以假设一下，若科举不废、皇权虚置，所有民主改革在传统轨道上进行，管理人才自上而下通过科举体制渗透到乡里民间，皇位是表，宪政是里，如此应机安排，改革起来也许会有序得多。当然这只是假设，皇权倒塌无疑宣告了皇朝体制的彻底崩毁，如一串玉珠脱线，滚落一地，无法收拾。一切试图恢复帝制的尝试必然是逆潮流而动，不得善终。袁世凯逼清帝退位，自以为最有承继清朝大统的资格，但其实他的汉人身份就不具当年满人皇帝统合各族群的多元符号意义；加上军事强人当道，政教体系脱节，都无法使他顺利塑造起自己的传统权威形象，只能在一片谩骂声中郁郁而终。袁氏称帝在一个普通汉人士绅的眼里，都是不齿的事情。山西乡绅刘大鹏在日记中有一段描写，说他梦到袁世凯称帝，在山西崇修书院升堂，自己被迫随身着朝服的官员拜舞，觉得羞耻至极，欲死不能。当袁氏秉笔书写他的名字准备封赠官职时，才猛然惊醒，方知是一场噩梦。刘大鹏赞成复辟，却主张宣统复位，认为袁氏做臣子才符合君臣之义。可见在一些汉人眼中，满人皇帝仍具有无可争议的正统性，至少在他们的心中，还拖着一条皇帝残留下来的长长身影。

"创伤记忆"唤醒辛亥浪潮

"发妖风"的由来

有些历史记忆就像谶语，可以对突发事变发出警示。湖北鄂城人朱峙三有本私藏日记，里面记了一段"发妖风"的故事。在少年朱峙三的记忆里，父辈中经常来串门聊天的洪大爹是出了名的故事篓子，喜欢谈论"长毛"（太平军）旧事。有一次老人说长毛把官兵叫"妖"，官军一到就说是妖来了。当时武昌在长毛手里，一有警报，人们满街乱跑乱吼，称"发妖风"。以后凡是没来由发起疯来胡乱奔吼，都被看作"发妖风"。

几年以后，在武昌上学堂的朱峙三事出偶然，当真陷在了"发妖风"的人群之中。1911年农历八月十九日晚，因第二天两湖学堂要考试，监学嘱咐学生早睡，大家十点纷纷熄灯就寝。朱峙三因病不能安枕，十一点长街上响起了五六声枪响，不久枪声开始密如连珠，房顶上清晰地听到有人碰动屋瓦，如侠客疾走。十二点枪声中开始夹杂着大炮声，彻夜轰鸣。天亮后听说革命党人臂缠白布向督署进攻，中午城内大乱，人们顾虑满人反攻屠城，开始纷纷向城外奔逃。这让朱峙三恍然觉得好像"发妖风"的情景又出现了。只见文昌门半开着，逃者嘶喊连连，蜂拥挤出，沿途人流络绎不绝。好不容易窜到江边，船费已从五十文涨到五百文，只好忍痛被讹，一路狂奔回鄂城家中，整夜惊魂不定，恍如隔世。听说县里昨晚还在演戏，仅是隐隐听到省城传来炮声。

事后回想，貌似偶然爆发的历史事件都是由各种潜在的要素慢慢积累，最后才酿为不可逆转的巨变，其中记忆的沉淀、萌动和唤醒尤其值得仔细体会。以辛亥首义的前几天为例，学堂中就密传"杀鞑子"的日子要到了。八月初八日，朱峙三下午四点从家中赶到学堂，听说马上就要举行毕业考试，晚上友人刘菊坡来宿舍聊天，此人两年前因思想异端被两湖学堂开除，后入高等警察学堂，他预测革命党马上要动手了，因为元末八月十五是杀鸭子（鞑子）的纪念日。朱峙三只当玩笑听了，根本没在意。中秋节这天，刘菊坡又神秘地出现，告知今宵必有大变，十二点以后可静听风声，语气就像个会占卜的巫师。中秋当晚平静无事，可四天后"发妖风"再袭武昌城，用事实验证了刘菊坡预言的力量。

仇满传说与禁书踪迹

时间回溯到 1895 年，朱峙三念私塾时就听洪大爹讲过"杀鸭子"的传奇。话说胡人得了天下建立元朝，待百姓极刻薄，胡人老担心汉人造反，就把兵器全收缴了，只准十家共用一把菜刀，还派一个蒙古人监督。朱元璋和陈友谅起兵反元时，百姓密约"中秋杀鸭子"，取"鸭"与

"毶"谐音。中秋月圆之夜，全城百姓纷纷争杀"毶子"，"毶子"一个月就被杀绝了。"杀鸭子"就像砍瓜切菜般容易，听起来难以置信，内心却大感爽快。可见十余年前种族仇杀的记忆已开始不断蕴积。

另一段记忆的唤醒发生在1899年的清明节，这天洪大爹聊起了明末洪承畴与满人订"十不降"条约、剃头换衣冠降大清的掌故。这段掌故暗指汉人与满人表面达成妥协，实则潜藏敌意。这"十不降"是：一为生降死不降，指死者入殓服用圆领大袖，戴方巾，这是明朝打扮，孝子留发留须，不剃头修面。二为男降女不降，女子仍穿大袖衣，梳髻，大衣盖过膝盖，穿裙裹脚，一切与满人妇女的打扮不同。三为官降役不降，官穿清朝制服，皂隶穿青衣，戴高篾帽，不改明代定制。四为文降武不降，文官尊清朝，武官迎霜降时戴盔着甲。五为士庶降乞丐不降，乞丐办财神，戴纸盔，逢节索喜钱。六为俗降方外不降，道人僧尼均可穿前代服饰。七为阳官降阴官不降，府县城隍庙里的城隍神，塑像均穿明代服装。八为头降脚不降，官吏穿袍套马蹄袖，足穿方头状朝靴，仍遵明代规制。九为科甲降秀才不降，秀才出入科考之门，穿圆领蓝衫。十为长降幼不降，指襁褓中的婴儿，穿僧道服装。

这"十不降"的传说到底含有多少历史真实成分不易判断，很难想象当时已穷途末路的洪承畴竟能如此放肆地与大清皇帝讨价还价，逼成恪守汉俗的强硬契约。即使其中部分确有史实依据，到了清末，到底还有几项规则能坚守下来也让人生疑。"十不降"中有些是我们熟知的情节，如汉人女性不改裹脚风俗，有些汉人家族一直坚守"深衣"下葬的传统，不少明代遗民为保汉人仪容出家为僧，等等。这些现象在明清易代之际屡见不鲜，但发生的程度和范围无法一一验证。我们不妨把这个传说看作汉人为延续种族尊严编造出的一个神话。只不过这故事被托付在洪承畴一人名下，口耳相传，沉淀成了一种强势的集体记忆。这套表述经过晚清异端杂志不断挖掘强化，在革命党人的各种文章和回忆里频频出现。如《苏报》中有《释仇满》一文，作者谈到自己幼时就听说过"生降死不降，老降少不降，男降女不降"的故事，内心从此种下仇满的种子。流传的"十不降"版本虽然不尽相同，却支配着满汉冲突记忆的基本格局。

辛亥革命又称反满革命，对清初满人杀戮历史的重述在其中起着突出的引导作用。满人暴虐的印象不仅通过口述故事流播扩散，文献的发掘重整更是追忆早年创伤经验的关键步骤。嘉庆以后文网渐疏，有些被官方严厉查禁的书籍又悄悄流通起来。清末封疆大吏张之洞推荐的书目中居然出现了《明季北略》这样的禁书，这在清末以前是难以想象的。晚清对乡土中禁忌文献的搜集复原以区域为单位呈散点状铺开，透过编纂杂志和汇集遗文典册的方式勾连成面，营造出高效的传播网络。

禁书大多先由各地编纂的杂志以摘要片段重新发布，如《湖北学生界》编印宋、明两朝遗民与湖北有关的诗文，杂志后改名为《汉声》，鲜明标举出种族竞争的主旨；《云南杂志》专意披露南明桂王在云南的活动及明末云南抗清事迹；《国粹学报》以保存国学的样态刊载遗民文献，杂志甚至远销山西，有读者特意寄来明末山西遗民傅山的遗稿。晚明遗民文献的刻印传输在各地之间互通有无，当年清廷屡兴文字狱专力剿杀的这批史实经钩沉与流播，呈死灰复燃之势。易代之际的个人零散经验有了大面积传递串联的机会，一幅种族屠杀的集体施暴画面也由模糊渐趋清晰。

禁书或有序或无序、半明半暗地弥散，重新唤醒了汉人对满人的种族仇恨。不过，记述满人施虐史实的焦点仍集中在江南地域。满人入关在江南杀戮最惨，后来传播最广的两本禁书《扬州十日记》和《嘉定屠城记》都与江南有关。尽管里面的记述是否属实一直存有争议，例如在冷兵器时代清军在扬州杀了八十万人的说法就令人难以置信。然而数字的夸大与否已不重要，只要阅读者头脑中存留下满人见汉人就杀的血腥印象即已足够。

大批青年在阅读禁书时逐渐积累起来一些相似的疼痛经验，如晚清文人日记中不时出现"读此记毕，泣下数行"的记载。只不过一般文人的感受和革命党渲染出的疼痛记忆之间仍存在明显差异。读禁书的文人最初大多对清朝的统治抱有持平包容的态度，后来情绪渐趋极端，才开始全盘否定满人的统治。这个转向显然受到革命党舆论的支配，说明疼痛记忆的程度是可以反复加以修正的。例如，对于清朝是否曾经有恩于百姓，朱峙三的看法最初与革命党观点并不一致。他在看完《扬州十日记》后，仍认为"本朝有恩于百姓"，只不过在学术昌明之世，清廷恪守满汉分界，才导致落伍。后来通过不断阅读一些同时代的升级版禁书，朱峙三慢慢转变了看法，比如《革命军》里的说法就对他的思想形成了很大刺激。《革命军》作者邹容根本不承认清朝对汉人有一丝一毫的恩典，他在《革命军》中说，扬州十日、嘉定三屠只不过是满人残害汉人一州一县的代表而已："有一有名之扬州、嘉定，有千百无名之扬州、嘉定。"这种满汉势不两立的极端思想不断透过各类杂志传递给读者，逐渐酝酿累积成共同的心理预期。甚至触动心扉的泪点都很相似，交流起来会互相传染，营造出泪奔不止的效果。如看到《江苏》杂志中刊登的史可法遗像、遗墨，朱峙三的眼泪就禁不住哗哗流淌——阅读禁书让哭泣变成了一种习惯。这和邹容看《扬州十日记》"吾儿不知流涕之何自出也"的情形如出一辙。深究起来，朱峙三观点的转变显然是从阅读《革命军》而来。邹容针对满人"二百年食毛践土，深仁厚泽，浃髓沦肌"的说法，有如下的议论："中国者，中国人之中国也，非贼满人所得而固有也。夫谁食谁之毛，谁践谁之土，不待辨别而自知。"结论当然要倒过来："贼满人入关二百六十年，食吾同胞之毛，践吾同胞之土，吾同胞之深仁厚泽，沦其髓，浃其肌。"

受此影响，朱峙三才有如下与过去中和立场彻底决裂的判断："吾邑旧学先辈未见此书，总曰本朝深仁厚泽。奈何！奈何！"这番议论并非凭空而发。有一次朱峙三从省城回家后与塾师大吵，缘由就是他的老师程先生说现在就业容易都是本朝的恩慈所赐，劝说他收敛大逆不道的言行。朱氏毫不犹豫举出《扬州十日记》和《嘉定屠城记》两书当场反驳，证明满汉界线分明，汉人做了二百年的奴隶，与在元朝时没啥区别。谈话自然不欢而散。看来动不动就拿扬州、嘉定说事，几乎成了一种时髦举动。

革命党复制满人杀戮记忆

满人除了在江南制造杀戮，文字狱也多以江南士人为清算对象，这与屠杀记忆交织叠合，构成满汉冲突最灼汉人心灵的两大创痕。两桩最为惨烈的文字狱"庄氏史案"和"《南山集》案"都发生在江南。朱峙三在阅读《浙江潮》《新广东》《新湖南》杂志中零星刊出的文字狱记载后，得出"康、雍、乾三朝文字狱，以浙江人为最多"的结论。这说明底层阅读经验与作为舆论焦点的革命谠论之间已形成了默契的互动关系。章太炎甚至把文字狱升格到秦廷焚书惨剧的历史高度，他说乾隆烧书，先消灭的就是那些有关胡汉冲突的历史记载，其次才是明朝官员的奏议文献，清廷心理的阴险程度不亚于秦始皇。

正是受激进言论的影响，江南屠城与文字狱这两个并不是同时发生、性质也不尽相同的事件，常常被故意拼贴在一起，仿佛是在同一时间流中持续不断发生，致使阅后的惊悚感觉剧增。如云："回思扬州十日，嘉定三屠之惨，以及吕留良、徐述夔、戴名世以文字遭祸，凡我汉族之有血性者，当如何感想前辈文人欤？"里面提及的三人都是最惨烈的文字狱的受害者。这些例子与扬州、嘉定的屠城惨景捆绑叙述，震撼效果自然加倍。

有些仇满言论完全是对革命党极端观点的模仿。朱峙三回忆，读完《猛回头》《革命军》的感受是："觉满人入关待汉族极苛。雍正以后文字狱大兴，汉人多被杀害者，则皆系倡革命排满者，为极有道理。幼年初读，并不知满人是何种人，皇帝姓甚么，十二岁乃知满族为明代皇帝之大仇敌。"

满汉隔阂的情绪就是在这类阅读中一点一滴积累发酵起来，个人记忆经革命话语锻造，会像涟漪般不断扩散，一些貌似不相干的事件又像藤萝攀援古木，陆续挂靠在"满汉隔阂"这棵大树上，发挥越来越强的隐喻功用。以至于小到官员的任命，大到制度的安排，都被不经意地看作满人耍弄阴谋的表现，时时拨动满汉相仇这根敏感的神经。中西发生冲突，不仅是当朝政府的错，更是满人的错，具体的行政失误也不是一个简单的制度运作问题，而是被上纲上线到种族冲突的高度。如有人议论说庚子联军入京错在西太后一人，她还大修颐和园为自己祝寿，其心中何曾念及汉族小民？修缮颐和园的罪过已不只是耗费国财，更严重的是对汉族小民漠不关心。这个"民族主义"式的判断明显受到革命党种族宣传的感染。又如报载清廷任命贝勒载洵、萨镇冰为海军大臣，载涛、毓朗管理军咨处事务，也被认为是重用满人亲王、排挤汉人官僚的荒谬举措，汉人只能敢怒不敢言。清廷的立宪活动被看作是一种模仿日本天皇、妄想保持满人皇帝万世一系的欺骗行为，是故意缓解汉人反抗情绪的阴谋。1908年时，朱峙三发现，满汉隔阂近三年来日甚一日，所以满人才动了立宪的念头。他们不是真的想改革，而是"欲借立宪美名以消汉人正气"。这也是革命党人的典型观点，虽极具煽动性，却不一定与事实相符。以常识推测，清廷推动立宪虽迫于压力，但改革本身终是大势所趋，绝非恶事，改革议程也基本在按有序的方向进行且颇有进展。然而革命党人生怕立宪成功会使革命失去合法理由，于是有意通过杂志散播关于屠杀和文字狱的酷虐历史记忆——清初的杀戮和言论钳制虽与晚清相隔二百年，却仍能反映出清末改革的虚伪。这套宣传技术和策略确实影响了国人对局势的基本判断。立宪活动在反满的喧嚣声中就这样不知不觉被妖魔化了。

满汉隔阂反映在一些微妙的日常情绪变化中。慈禧过世，时人读到一条八卦新闻，说为慈禧哭灵的武昌各大员到场后都自带胡椒粉，到灵前手摸两眼，熏出泪水，才开始号啕哭泣。这自然引起一番满汉相互猜忌的想象，有人就说太后素恨汉人，她的死怎么可能让人们动起真感情呢？这场哭灵闹剧明摆着是鼓励民众争相作伪。这个时刻，似乎没有人注意到，清末与清初的满汉关系格局早已不同，满人汉化导致的文化融合程度大幅提高，满汉官僚在处理政务中的协作关系也并非如人们所想那般恶劣。革命党人故意混淆清末与清初的历史现状，把清初满汉冲突的逸事重新发掘散布，模糊了时代界线，构造出一种时空错位的想象效果。

朱峙三读到从东京寄来的《天讨》杂志中有一幅《猎狐图》，上有章太炎的题句说："东方贱种，曰鞑与胡。射夫既同，载鬼一车。"朱峙三觉得这段题句"论民族极明晰，硬说满洲人实非人种也"，心里虽觉得革命党恣意丑化满人好像有些不妥，却也在慢慢习惯如此粗暴的语言风格。当时革命党急于扩大舆论宣传，不惜扭曲史实，采用极端刺激的议论贬低清廷，妖魔化的范围既包括制度，也针对个人。包天笑回忆"革命和尚"苏曼殊当年在一扇面上画了个小孩子正在敲破储钱瓦罐，题名叫"扑满图"，这个打破瓦罐的动作中就藏有反满的隐喻。可见反满情绪已渗透到日常生活的细微脉络之中，隐约变成了汉人的潜在心理共识。满人与汉人难以等价齐观的思维只要传播开来，青年学生的历史观就会失衡，身上潜藏的激进因子一旦勃然萌发，就要寻找释放奔突的出口。朱峙三在革命前夕就已极端地认为，满汉因种族差异形成无法调和的世仇；明代虽然苛税繁重，盗贼蜂起，但毕竟还是汉家天下；假如没有吴三桂、洪承畴这些汉奸襄助满洲君主，明朝未必迅速灭亡。日记中的另一段话更是说得偏激："噫！吾不恨满人杀汉族，独恨汉族为虎作伥之汉奸，以媚异族杀同种耳。"

"集体记忆"的流播路径

创伤记忆的养成、驯化和传播犹如植物生长需奠基培土，科举制崩毁造成的学生流动恰好可以担负起记忆传输的任务。在晚清新政以前，科举应试大抵是底层士人脱贫的一个重要渠道，大多数士人家里没有恒产，通过科举有可能改变经济贫窘的状况。科举一废，应试子弟失去救贫的这条道路，一部分囤积在学费较为低廉的学堂，一部分流向军校，成了军阀崛起的渊薮。军队中读书人成分增多，他们一起阅读新书、杂志，心理必生变化，相当于为反满革命储存了军事人才库。时人就评论说，如果科举不废、学堂不设，学生蜗居乡村、坐井观天，没机会在大城市里串联走动、聚众议论，种族思想自然难以风生水起、四处散播。都会中有学堂，受学监控制，尚不能放言无忌；但清廷又鼓励出国留学，留学生在国外朝夕相聚、畅读禁书，如日本纸张价格低廉，出版印刷禁令宽松，留学生编辑杂志渐成风气，各省青年学生即相互攀比，以搜读编印禁书为快，华夷界线由此分明，革命思想经此点燃。清廷就这样给自己的灭亡提前准备了坟墓。

创伤记忆的传播路径受地域影响颇大，江南本就是人文荟萃之地，密布的藏书楼和刻书印刷的流通网络，给新书和思想的播散提供了快捷的通道。包天笑曾提及江南一带的报纸流通状况，说苏州虽没有邮政却有信局负责收发信件，时尚的报纸如《申报》可通过信局订阅。苏沪之间没有通行小火轮时，普通民船一般需要航行三四天，《申报》传递则靠一种"脚划船"穿梭飞送——这种船形制极小，只能容一两人，划起来可手脚并用，因此当天出版的报纸，第二天下午三四点就能送达苏州城中各家。甲午战争后，苏州设立了日本邮便局，赴日本留学的各省学生编辑的《浙江潮》《新湖南》《直言》《江苏》等杂志都能通过此渠道获得。包天笑与友人自办的书店也叫"东来书店"，取书籍从东洋贩来之意。苏州每天来往船舶中不时有人送上一张书单，开列所需新书杂志，书店负责配送，生意遍及常州、无锡、嘉兴等地。书店出售的日本印刷的中国疆域图，因印制精美，销量极佳，不仅供应学堂地理课教学之用，甚至许多士绅之家也大赶时髦，买来悬挂在书房里，代替传统挂屏。

湖北也有类似情况。1901年，黄安地区的信息来源主要依赖《申报》的消息。黄安同样没有邮局，上海、九江来信及报纸都由北大门的森泰昌号民信局订阅转达。朱峙三的父亲除了订阅《申报》，还从当地一个叫郑赤帆的富户子弟家中借阅书籍。这家富户购买了许多新书，用来装点门面。朱峙三阅读《新民丛报》《中国魂》等新派报纸书籍后自述："精神为快，可以开文派又一格矣。"于是经常模仿《新民丛报》文体风格，作为应试科举的利器。当时科举考试已开始逐步加入评点中西时事的策论内容，他预测1902年各省中举卷子的行文，肯定会模仿《新民丛报》的报章体，世风已在悄悄转移。1903年以后，郑赤帆自费留学，一些观点更加激进的报纸杂志及禁书开始从日本频繁流入。《张苍水集》《扬州十日记》这类禁书已颇常见，《警世钟》《猛回头》《革命军》等革命党书籍也已私传泛滥。朱峙三进入县师范学堂念书后，学堂中已流行黄兴、宋教仁主编的《二十世纪之支那》。1907年军机处开列需查禁的杂志书单，其中所列的杂志朱峙三在县里几乎全部读过，可见在县一级异端书籍的散布已呈相当规模。

1906年，朱峙三进入省城的两湖学堂后，涉猎异端书报的范围更加丰富，包括《民报》《天讨》《太平天国战史》，还有于右任主编的《民吁日报》。因有禁书被学监搜出当场示众惩罚的先例，阅读禁书都是在晚上寝室学监查房后秉烛而读。私下传阅的书籍，必须亲手交给下一个人，同时备有记录，以便层层转交时能够确认下落。到辛亥前夜，革命书籍的传播已波及高等警察学堂和陆军特别小学这些与军事相关的机构，武昌首义的舆论准备就这样悄悄完成了。

无人否认，辛亥革命的爆发有多重思想资源同时起着作用，如最初流行的是会党反清复明的旧说，复兴明朝的欲念一旦与近代民族主义接榫，就成了直接助燃反满烈焰的催化剂。明末江南屠杀与文字狱记忆通过现代媒介转输，为科举制崩毁后的新式学生提供了反叛的精神资源。晚清的"发妖风"现象也随之被注入新的时代内涵，终于把革命风潮推向了不可逆转的激进境地。

忙人与闲人

"与其做一个不生不死、半生半死一年无事的闲人，正不如做一个整年寻死没路的忙人。"这是沈定一在1922年写的一首诗《死》里面的诗句。沈定一是个怪人，怪就怪在无法断定他是"好人"还是"坏人"。沈定一活的时间并不长，却是个"忙人"，忙着做各种不可思议的怪事。他当过晚清的县长，却胆敢鞭打巡抚父亲；他是地主之子，却忙着在家乡发动农民抗租，砸自家的饭碗；他跑到上海当诗人，一时心血来潮发起组织了最早的共产主义小组，不久却摇身一变，成了国民党浙江杭州党部的要员，直忙到被人暗杀在路上。他一生做事总是逆流而行，一反常态，身份诡谲难辨，无法归类。

民国初年，像沈定一这样忙活不停的怪人还真不少。他们大都遵奉"与其闲死不如忙死"的人生信条，但"忙"什么和怎样"忙"却是大有讲究。让人艳羡的是，当年这些"忙人"可以瞎忙乱忙，没人管你说应该忙什么、不该忙什么。当然，即便整天闲着无所事事也没什么不妥——民国初立，万象更新，皇帝倒了，溥仪这小家伙腾出的位子如何填补还没着落，满街都是"闲人"，大家抢开了撒野放肆，正落得个逍遥自在。与"闲人"的自由相比，闹革命或反革命的"忙人"们也在琢磨着如何折腾出些新花样。如梁任公组新党，乱忙了一阵，又觉得国会里武人当道、文人醒醮，于是跑去给自己的学生蔡锷当参谋，干起了他当年反对的"革命"来，想灭掉袁世凯的皇帝梦。参谋当然只是客串，等新皇帝倒了，任公腻烦了政治，干脆躲到清华当起了教书先生。

那时的生活选择相对多样化，文人政客们忙里偷闲，闲中有忙，各得其所，身份可以不停地变来变去。民国早期到"五四"以后的若干年，无论是激进的革命党、温和的政客，还是悠闲的文人、强横的武夫，似乎都有选择或忙或闲的自由。就算忙，忙的理由和内容也不那么单一。可是到了 20 世纪 30 年代以后，不但闲人容易背上慵懒落后的骂名，连忙人应该忙什么也被统一规划好了——只有一种忙才是正当的，那就是"革命"。

忙人一旦全闹起革命来，对闲人的评价就会越来越低。凡是忙死或累死的人，大多与革命脱不了干系。与之相对，闲适是可耻的。凡是以优雅俊逸成名者，往往是革命的对象，或最终沦落为帮闲分子。

1928 年，朱自清写了一篇《哪里走》的文章，代表一批城市青年宣判了闲适人群的灭亡。文章说，在十年以前，时代的界线是很难划出的，而以 1928 年为界，逐渐可以清晰地看出时代发展的三个步骤：从自我的解放到国家的解放，从国家的解放到 Class Struggle（阶级斗争）。"在第一步骤里，我们要的是解放，有的是自由，做的是学理的研究；在第二、第三步骤里，我们要的是革命，有的是专制的党，做的是军事行动及党纲、主义的宣传。这两种精神的差异，也许就是理想与实际的差异。"他接着分析说："在解放的时期，我们所发见的是个人价值。我们咒诅家庭，咒诅社会，要将个人抬在一切的上面，作宇宙的中心。我们说，个人是一切评价的标准；认清了这标准，我们要重新评定一切传统的价值。这时是文学、哲学全盛的日子……在这革命的时期，一切的价值都归于实际的行动；军士们的枪，宣传部的笔和舌，做了两个急先锋……几年前，'浪漫'是一个好名字，现在它的意义却只剩了讽刺与诅咒……现在是紧急的时期，用不着这种不紧急的东西。持续的，强韧的，有组织的工作，在理知的权威领导之下，向前进行，这是今日的教义。"这段文字勾勒出了时局变化如何摧毁了"五四"青年自我发展的玫瑰梦，完全可以视为一种刻骨铭心的个人体验。

在革命的忙人面前，不但闲适的文人自惭形秽，就是学院里的教师也会自贬自贱，如《青春之歌》里那始终一脸土灰色的余永泽，一旦遇到阳光大美男卢嘉川，尽管自己满腹经纶、贵为胡适之弟子，也掩饰不住一袭长衫之下的满脸猥琐相。虽然这副窘态是后人丑化的结果，但终归还是反映出当时人对忙人表达出了怎样的倾慕态度。闲人与作为革命者代名词的忙人相互对峙，界线由此变得分明起来。

因自小所受的宣传教育，我们现在对"革命"的记忆大多是正面的，不一定问其内容如何。即便"革命"的狂欢轻则是激进青年发泄无聊的苦闷，重则是打砸抢的暴力施虐，我们还是从心底渴望那无畏的叛逆能打破生活的孤寂。革命的魅惑可能是与广场上漫天飞舞的旗帜、噪嚷疯癫的劲歌狂吼、扭曲变形的狰狞面孔与声嘶力竭的仇恨表白贴合在一起的。

"革命"在晚清文人的字典里不一定是个好词，也会被当作脱缰乱奔的魔兽，放出来极易伤人，所以任公用了一个"骇"字形容革命到来时的恐惧心理。与革命风潮刮起时的狂乱不羁相比，缓进的改良是优雅从容的行为艺术，值得一试再试。可是辛亥以后，革命避无可避，人人都像打了鸡血，在街上横冲直撞，玩起了广场政治。随着历史车轮的滚动逐渐加速，以革命的名义忙起来的人越来越多，闲人们或者变成忙人，想当看客而不得；或者干脆被甩出革命的列车，被历史的车轮碾压得没了踪影。

古人常讲"名正言顺"，就是先要给自己的行为和立场一个合理的说法，做起事来才会感到心安理得。古人还有一种人生经验叫"循名责实"，意思是按照自己设想好的名目，去尽量求得事实与之相符。这道理看上去像是一段好经文，可一旦好经被念歪，就会贻患无穷，尤其是"革命"的概念一旦被歪批放大、肆意曲解，人们的好日子也就到头了。因为在"愤青"们看来，在"革命"的名义下做任何事都是合理的，否则统统有犯罪的嫌疑。"革命"成为那个不容置疑、必须遵守的名分，大家在日常生活中要时时提醒自己按章办事。

"革命"自从变成一个名分以后，它就会硬性规定所有人的行为逻辑，这条锁链把那些忙人和闲人箍得越来越紧，强行把他们拉到同一个轨道里来，没有别的状态存在的余地。人们起初半信半疑，后来开始确信，词语本身拥有一种正名的魔力，它释放出来的能量可以荡涤掉所有生活中的杂质，做到玉宇澄清万里埃。如果追根溯源，"革命"这套剧本的编纂应该起源于"反革命"罪案例的出台。据王奇生考证，当年北伐革命军兵锋直逼武汉，北洋吴佩孚守将刘玉春、陈嘉谟孤军死守，相持四十多天才城破被俘。革命党在随后的罪名判决上始终摇摆不定。最初的舆论焦点聚集在南人与北人的利益之争上，居于北方的鄂籍商人怕影响生意，主张轻判；上海的鄂籍商人则要求严惩，结果以人民公审的形式才了结此案。公审的难题是罪名到底如何拟定，最终专门为此制定了一个《反革命罪条例》作为审判依据，这意味着"反革命"由一个谴责性的政治身份升格为一种严厉的刑事罪名。一开始它只表示在舆论上对一个人的政治态度进行贬斥，后来却可能成为拘禁、关押和处决的理由。

　　由此可知，循名责实过了头，只能离事实越来越远，害人也越来越烈。为防止类似的悲剧发生，我们还是尽量去求实求真，不要总是习惯以时髦名目为由去编排他人吧。

老冬烘的无用之用

　　和普通百姓的死法不同，大清崩灭后，京师文人多了个爱好，那就是找个湖景好的地界投水淹死自己。其中有个掌故，说大宋名臣江万里守襄樊城，城破前盖了个亭子，题匾上写"止水"二字，没人知道这是什么意思。城破后，江万里投水而死，人们这才知道止水是指找时机淹毙自己。后来余英时考证晚明当了和尚的文人方以智到底是病死还是投水尽节，发现他儿子的诗中也出现了"止水"二字。原来是怕清廷追究，不敢明说老爷子有意殉身明朝，只好假称病死，在诗中用暗语。

　　民国代清而立，按古时说法叫"鼎革"。明清鼎革时，据说为朱家殉死在当时成了最时髦的行为艺术，各路名臣争先恐后地或上吊或自残，拼命展示各种死法，唯恐落个羞惭苟活的骂名。可到了民国代清，不叫鼎革，改称革命，明末前赴后继、视死如饴的悲烈场面没再上演。满朝文武个个缩头惜命，没有一个为大清殉死。这让当时一个小吏很焦虑，于是他准备了七年，洋洋洒洒写了数万言，满纸说的都是自己想死的理由，有点像今天那些搞行为艺术的人，生怕观众看不懂，自己白忙活一阵，于是在表演场子边支个架子，加写一段标签式说明。

　　这位小吏名梁济，他的儿子是大名鼎鼎的哲人梁漱滨。梁济写的说明文字明确说自己的行为是殉清,却又加注说殉清只是个说法,实际上是殉中国、殉文化,意思是和明末那些殉朱家一姓的"义士"有别。这积攒了几年的"绝命书"读起来真是义正词严,让人觉得梁济殉死的确经过深思熟虑,理由看上去相当充分,却也把死的意义缥缥缈缈地神秘化了。当死亡之举在积水潭终于完成后,自然惹得风波迭起,舆论哗然。其中当然少不了《新青年》这类好打笔仗的刊物加盟,也少不了陈独秀、陶孟和、徐志摩以及当代的林毓生等文坛精英隔空混战。

议论梁济之死,最简单的办法就是扣个效忠末朝孤儿寡母的帽子,嘲笑这傻老头白白搭上一条老命。按徐志摩嬉皮笑脸的嘲讽,故宫都成博物院了,"坤寿宫里有溥仪太太的相片,长得真不错,还有她的亲笔英文,你都看过没有"。意思是美女皇后都快成了古董,您老到20世纪还来展演明末殉节的死亡行为艺术,岂不是傻到家了?

陶孟和是社会学家,自然持的是功能论或曰利益最大化的观点。在陶孟和眼里,梁济的自杀并不能产生他所期待的效果——"唤起国民的爱国心",因而是无谓。按照西方社会学的理论分析,"东方式的自杀是消极的,不是对于政治上、经济上、宗教上有所奋斗而流血,乃是奋斗无力而流血"。整个一彻头彻尾的冷血逻辑。

陈独秀倒是性情中人,说梁济虽然有守旧的嫌疑,但遗书中针砭民国时政却是犀利到位,有真诚纯洁的精神、誓死不渝的品性,不像满嘴道德、朝秦暮楚的圆通派。他痛骂不少主张革新的人是浅薄小人，颇让人觉得有些意外。

其实如不限于革命家的刻板印象，陈独秀真性情的表达一点不显突兀，徐志摩的话可以为他作注解。老徐说，梁济自杀的真实原因是觉得民国建立缺乏信义，使得人不能成为人、国不能成为国，在这个缺乏信义的时代，还不如死了拉倒。此话倒也不虚——有人就说溥仪被赶出皇宫，违背了民国优待皇室的条例，没有契约精神。

当然，徐诗人向时人喊话的腔调拔得有点高，颇显迂阔之态。他说，在一个最无耻的时代里往往有一两个最知耻的人挺身而出。他举了文天祥和黄梨洲作例子，认为他们拼死所争的是"人之所以为人"的人格，"在他们性灵的不朽里呼吸着民族更大的性灵"。理想主义者总是失败的，因为如果理想胜利，那就是卑污苟且的社会政治的失败——这愿望太过奢侈。结论当然是"决不能让实利主义的重量完全压倒人的性灵的表现，更不能容忍某时代迷信（在中世纪是宗教，现代是科学）的黑影完全淹没了宇宙间不变的价值"。

徐志摩是性灵派诗人，写政论也像写诗，猛看显得不切实际、不合时宜，但我心里对他却有些默许。私以为，这家伙比梁漱溟都要了解他老爹。梁漱溟仍辩护说他老爹人格伟大，但知识落伍，没看到咱中国未来一片光明，才有那"止水"的行为。说到底还是把他老爹硬生生套到知识论的框框里比划衡量，犹如把人质强行塞进木桶里的江洋大盗。也有性情温厚者如林毓生，老老实实地说梁济的儒家思想过时了，因为儒家是毛，没有制度的皮可供攀附，忙活到底也是没用。这话说得虽然实在，但还是实用主义的哲学观，和儒家早已变成游魂的说法相似。

我想说说我为什么要挺徐诗人，因为在所有的评论中，他的观点最看不中用。除他一个诗人，所有评价梁济之死的议论都是在算计这老家伙的死到底有用没用，都在这个思维光谱里打转，只不过左右移动的幅度稍有差别罢了。他们认为，知识和精神是同一种东西，可以拿来在科学仪器的标准刻度下反复检视裁量，仔细想想这和医生解剖尸体没什么两样。没有人认为梁济之死的真正意义是要实现一种无用之用。

记得每回上历史方法课的时候都要面对如此提问："历史到底有什么用？"每次我都会被问得气急败坏，被逼急了难免大声呵斥："没用就是历史他妈最大的用处！"明知这有语言暴力倾向的断喝是硬充好汉，冷静下来还得软声解释：历史是一种精神气质的累积，知识的堆积尚在其次，精神不是实用的知识，无法直接与具体的社会效用挂钩，是看不见的滋养……自知说了也白说，白说还得说，自己都觉得沮丧无趣。我相信梁济的无奈心境与我相似，差别只不过是我已习惯苟且而他却决然舍弃，以昭示处世大节。这是古人才能端起的范儿，看起来有些陈腐过时，让苟活着的人嘲笑是必然的。示范的效果如何也不得而知，但若没有这种示范，则满街奔走的，不过是些挂着知识招牌的游魂而已。

什么叫无用之用？当年庄子与惠子对话，惠子曾焦虑一棵巨树大而无用，不但大的树干不中绳墨，小的枝节也卷曲着不合规矩，工匠对它都懒得挥斧头。惠子的心思就如现在的势利小人，满脑子的实用念想。庄子出主意说，既然这样，那不如把这大树挪到广漠的原野，一个不知名字的乌有之乡，人可在树下逍遥憩息，树可免遭匠人砍伐，不被拖去打成衣柜家具，这时"无用"才有了"用"的机会。这是《庄子》里的一个故事，相信很多人都读过。

对庄子的话我们可以稍作引申歪曲：树大不中绳墨的寓意是精神的境界不一定与知识的积累同调合拍、共舞相谋。我不想说庄子是物质主义的解毒剂这类堂皇的废话，却深知梁济所痛心的，正是一种无用的精神提升机能正在丧失和远去，已到了必须用生命去验证其价值的地步了。

民国初年，对道德沦丧的忧虑很容易被斥为遗老遗少的杞人忧天，激进的革命者鼓励对传统摧枯拉朽，鼓吹革命与漠视道德在某种维度中是成正比的。谁对无德之人当道感到忧虑，谁就难免被扣上抗拒革命的帽子。逆流而上的梁济犹如扛着那棵无用大树行走在旷野中的愚夫，无非是想为身后之人送来树下的一片清凉。如今时隔已久，那老冬烘的无用之举似乎更让人发笑。不过异样的声音还是若隐若现。今天似乎也有人对众口同声的革命高调有些厌烦，呼吁对清帝逊位的意义予以重估。争议初起，民初政局到底是革命还是禅让的结果并无定论，但终究还是撕开了一道交锋的口子。梁济当年就坚称是清帝禅让成就了民国的立国之基，只不过民国官僚忙于肥己营私，反而把清室禅让的苦衷给糟蹋了。这话听起来不无道理，只不过后来的革命史观根本没给"禅让说"辩解的机会，梁济自然有白死的嫌疑。如今"禅让说"终于有发声的空间，至少梁济死于那无用之用的深意有可能为更多人理解。

我一直以为，当今很多读者太受黄仁宇史观的蛊惑。黄氏历史写作，远非像被调侃的是"史界之琼瑶"那般简单，其内核乃是升级版的厚黑历史观，彰显的是一种赤裸裸的实用主义。他的基本意思是，明代是道德感弥漫的帝国，结果只养出几个只管吃喝玩乐的木匠戏子皇帝，清朝也好不到哪儿去，只有西人的"数目字管理"立竿见影，最有效也最厉害。在他眼里，道德在数目字面前不值一提，所以殉道之人就如狗屁释放到大气层里，肯定会瞬间消失得无影无踪。我怀疑这史观为人们奔走经营找到了冠冕堂皇的理由，才使它异常流行。可中国历史上必须有梁济这样的人戳在那里，不求多，但不能没有，否则人生于世就像一堆行尸走肉，到处游走吃喝，只配由一个没人性的机器管理他们的生活。在这点上我永远站在徐诗人这边——即便只有一两个人挺身而出、坚持不渝，也一定会带来诗样的灵性。

科举考试果真一无是处吗?

晚清末年,改制无数,"科举"被废大概是让遗老遗少们最糟心的一件事,那些残留乡间、懵懂憨痴的老童生,从当年颇受尊敬的人中龙凤,摇身一变成了下岗待就业的收容对象。他们就像长在现代国家肌体上的脓疮毒瘤,似乎人人都有份变身外科医生将其切除。今人看待科举被废,多抱事不关己、幸灾乐祸的态度,搭上过科举末班车的人倒是很讲实际。他们觉得考科举是穷人谋生的门道,寒士中选是荣耀门楣的大事,父辈不识字,儿辈却有机会登堂入室,所以不好轻易啐骂科举害人。

科举挨骂的一个原因是今人不了解考试规则,把八股文误当作科举的全部。以为那些驼背缩腰、面目可憎的考生不过是一帮只会引经据典的迂腐书虫。需要澄清的是,明清以来的科举考试至少举行三场,第一、二场铁定要考四书五经,关乎死记硬背的笨功夫。为了应考,考生不挨塾师几顿板子脱掉几层皮算他厉害;若屡试不中,一辈子窝在童生圈子里,的确容易把人逼成呆子。不过别忘了科考还有第三场"策问",其中涉及兵、农、刑、礼、吏治、河防、工赈,完全是聪明人摆弄的学问。如果仔细分辨内容,很像现在大学里的专科考试,考的是"经济史""法律史""民族史""思想史"之类的题目。

与前两场相比，第三场的应答有点像体操比赛的自选动作，仅靠那点作八股的死板功夫不大容易蒙混过关。到了殿试一级，皇帝也会特别强调不要一意揣摩古人文字，鼓励考生说出心里话。顺治年间殿试就规定策论不限长短，不得用套话官话敷衍，要求直陈胸臆，无所隐瞒。乾隆以前，第二场还有所谓表、诰、判等内容，表、诰模仿的是臣民上书皇帝或皇帝下诏令议事，测试的是考生站在不同立场处理政事是否允当；判就像现在的法律案例解读，列出几条案子考法律知识和断案水准，几乎条条应对都须切近实用，不说空话。如果再加上策论的部分，考生就如同被摆上地方官员的位子处置公务，临场应变要求机敏迅捷，绝非现在考生所能想象。乾隆之后虽取消了表、诰、判的测试，策问部分仍有相当难度，想靠花拳绣腿的陈词滥调蒙混过关绝无可能。

后人痛骂科举，大致是因为八股文写作设置在头场和二场，在应试策论之前，要模仿一段格式严苛的八股文字，摹写一首矫揉造作的试帖诗，这部分通常称作时文制艺。头场、二场不过，考生即使再有经世之才，能写出天花乱坠的治世奇想，也是白搭。于是大家纷纷在八股文上比拼较劲，这是最痛苦虐心的事情。如果遇到聪明人，这请君入瓮式的写作套路立刻就会变成束缚心灵自由的枷锁。尽管如此，在骂科举的人中也几乎无人质疑策问的重要性。

策问的结构一般是四到五问，第一问大都与经学有关，相当于基础学科测试，有强调"经"是立身之本的意思，这部分考的还是记诵的死功夫，与一、二场的内容有交叉的地方，目的是摸清考生文献学的根底。从第二问起，考生自由发挥的余地开始增加，提问大多涉及制度史演变，例如中央官制沿革、官吏选拔考课之法，甚至会出现"何谓循吏"这样很难用只言片语回答的题目。第三问常涉及地方治理方案，水利海塘如何整治等问题会安排在这部分提出。第四问包含历史地理沿革的辨析或是各类仓储积粟之法的议论，我曾看到有一题要求结合现实分析古代农书《齐民要术》与《农桑辑要》，有点像是在考经济学知识。考卷中如有第五问，可能会涉及兵事和海防等议题。策问还会考虑地区的差异，如江南的试题就多问海塘工程沿革和漕运利弊。道光年间海宁乡试的一道题曾专门讨论明代治河名家潘季驯的治水著作《河防一览》以及相关的多篇治河策。

策问的标题一般都较长，往往是考官发表一种见解，由考生辨析。道光元年海宁的乡试卷子中有一道讨论"保甲"的题目，从周代保甲创立谈起，一直讲到明代的保甲制度沿革，俨然就是一篇"保甲制度演变史"。考官的提问也很尖锐，一是问：宋代王安石厉行保甲，百姓多觉不便，经司马光上疏废止，可为什么明代王守仁在江西实行起来却卓有成效？二是问：城市乡镇人口稠密，容易稽查，可那些山谷密林等零敲碎打的地块和寺庵等隐秘偏远的居所，应如何巡查？对于密布客家棚民的萧疏地界，或者来往飘忽、踪影难寻的商船渔户，保甲又如何发挥编查的功用？提问结尾处不忘提醒考生们来自田间，可以凭借各自的实际经验从容应答。

要准确回答策论中的提问，确实需要广博的知识储备和丰富的人生阅历，不是光凭死记硬背的笨功夫就能搞定的。那么，考生这部分的知识从何获取呢？从当事人的经历看，一条途径是在少儿的启蒙家教中被有意识地灌输。曾任安徽大学堂总教习的姚永概，其父就强调须在农田水利上讲求一番，开具的书目分地理（附天文）、兵盐、漕河、水利、农田、度支、礼乐、洋务数门，督促姚永概逐一细究。实际上，儒者一直不回避研习日常俗事，一种说法叫作"习农业而无农心"，每天忙忙碌碌处理俗务还能守着心底澹然纯净的道德气象，这才是真君子。

正因策问有利于实用，所以清末科举首先就从颠倒考试场序入手，开启变革之路，最著名的一个举措是光绪二十七年（1901）两江总督刘坤一和湖广总督张之洞联衔发出《江楚会奏三疏》。第一疏提出头场考试考中国政治、史事，称为博学；二场考各国政治、地理、农工、武备、算学，名叫通才。这两部分考试内容相当于科举中的策问，一般都放在第三场，奏疏中却请求放在头场和二场。最传统的根本之学四书五经被挪到第三场，称为纯正。道德之学与经世之学被完全倒置，随着时间的推移道德之学逐渐处于可有可无的位置。

江楚三疏发出后，在底层士绅中立刻得到了响应，同时也有所动作。一份日记记录当年八月湖北黄安的童生朱峙三去私塾上课，塾师突然宣布不作八股文，改作"义论"，讲求时务。我猜塾师说的"义论"大致相当于策问类的题目。这天塾师出的题是"练兵论"。据说此人喜读新书，思想新锐，就在几天前还出过"中国易于富强论"这样时髦的题目。更有如下新式策问：中国欠西洋之款项四十年才能还清，有何办法解决？让人有些吃惊的是，这名草根塾师居然还能抛出这样前卫的问题：君主之国、民主之国、君民共主之国的区别何在？可见其时距戊戌六君子被杀虽只有六年，君主、民主之议却已如潜藏的地下之火，在底层塾师的意识中蔓延开来。不过，在乡里民间，对时事策问考试的抵制一直存在，县级考试出题凡涉时务时，往往就有大批学生罢考。

要在策问里填充进现代知识，光靠科举系统内部的变通改制显然不够，以日本为师遂成时髦的进学捷径。清廷没有明令开设学堂时，各省都是自行发动，地方官也是不理不睬，听之任之。私塾改为学堂，最缺的就是教师。塾师的知识结构太旧，对算学、理工、政法这些新学问茫然无知，最简捷的办法一是请外教，二是派青年赴近邻日本留学，归国后做学堂教员。这个时期小学堂大多喜欢聘请日本教习，原来热衷科举的家族也愿意把孩子送往日本进行短期培训，其中不乏速成的功利考量——去日本读速成师范和法政科目的学生居多。由于赴日学生太多，日本人也逐渐做起了骗钱的生意。据包天笑回忆，速成师范不管学的程度如何，文凭照发，一年就可毕业回国，混个教师资格骗吃骗喝。对不懂日语的国人，日本人一律迁就，干脆雇来口译人员，老师一面讲解，译员一面解说；有的日本教员甚至就把日文教材直接翻译成中文供留学生阅读。这些"海归"日语有多差，可想而知。

从日本归来的速成师范生经常闹出笑话，有人学问装了半瓶子，就敢上台东拉西扯，全靠在日本偷来的逸闻轶事吹牛媚众。县级师范班中的教习只认片假名、平假名，日文程度浅显得惊人。时人觉得日本近代文化本来就贩自欧美，再经一道转手，国人成了三道贩子，对贩卖货色的纯度发生怀疑。怪不得当时的试卷中会出现这样的问题：游日学生个个猖狂放荡，不为人表率，不勤治学问，这样的学生可靠吗？若不废科举，恐自强无望；若不惩学生，则有自由放任的弊端，到底应该怎么办？

科举被废，但教私塾的先生数量太多，又不能听任他们失业。于是各地纷纷办起了师范传习所，聘留日学生给这些老冬烘授课。旧塾师经短期回炉培训后匆匆出任小学师范教员，算是暂时可以谋生。这一过程就闹出了不少笑话。台下常常坐着若干白发苍苍的老者，台上却站着个二十多岁的青年；有的人出国前曾是台下某位老塾师的学生，回来一转眼就成了老师的师父。这些台下的学生比台上的小老师年岁要长上一辈甚至两辈，在乡里要被喊公公的。台下没准还坐着姻亲中的尊长、世谊中的父执，这类师生尊卑颠倒的例子实在太多。包天笑回忆，有一位青年看了一张传习所报名的单子，摇头道："我不能教！"问他原因，原来里面有一位是教过他的老师。此青年太过顽劣，曾被此老打过手心，而今要反过来教他，面对面觉得太难堪。没办法，只好把这老先生调到别的讲习所才作罢。有趣的是，这些老学员还常把不离手的小茶壶和水烟袋也带到课堂来，听得兴起还要不时喝茶润喉，摇头晃脑，点头称是，甚至干脆咕噜咕噜地吸起水烟来。

科举既废，基层教育立刻陷入新旧杂糅的困境，在安徽办学堂的姚永概深知此弊，提出分流办学的思路。他主张一部分高等学堂招收有旧学根底之人，让他们尽量多学西文和普通科学，因为无须担忧他们的国学基础不牢、良莠不分。发蒙阶段的小学堂应招收年龄偏小的学员，特重伦理道德根基的培养，同时兼顾研习算学、体操和音乐。但这一想法的提出无法改变中国人文教育日趋滑坡的命运，府州县中学太偏于西学理工，国文素养持续走低，大学堂学生国文优秀者也寥寥无几。国文考试时经常搜出夹带作弊者，学生也并不以为耻。姚永概已洞察到学堂学生的心理变化，觉得他们戾气太重，藐视师长的行为随处可见，最终愤而辞职。他在给侄子的一封信中写道：士大夫搞旧学应开通，玩新学应守法。大意是指迷恋新学者肤浅躁妄，很难打好学问的根基。

比较科举训练和新学教育，我还是觉得科举三场考试兼顾道德人文与经世致用的均衡，学问导向甚为妥帖。现代教育一味追求实用，缺乏人文根基的底色，培养出的人才有时难免步入偏颇狭隘之途。

"呆子治国论"错在哪儿?

《儒林外史》有一段胡屠户打女婿的故事,说老童生范进考了二十多年的科举,五十四岁才中了举人,没承想,一看到报帖就乐迷了心窍,一跤跌倒,不省人事,被几口开水灌醒过来,傻笑着往外飞奔,一脚踹进池塘里,头发跌散,两脚黄泥,淋淋漓漓淌着一身水,拍着笑着一路走到集上去了。到集上一个庙前已是满脸污泥,鞋都跑掉一只,嘴里径自叫着"中了",众人一看劝不住,赶紧把他杀猪的老丈人胡屠户叫来,胡屠户凶神恶煞般走到跟前说道:"该死的畜生!你中了什么?"一巴掌扇过去顿时打晕,众邻居替范进抹胸捶背,舞了半天,范进方才苏醒,等他眼睛明亮起来,胡屠户却觉手掌生疼,向上弯曲,心里懊恼,觉得天上文曲星果然打不得,而今菩萨计较起来了。

这番话细说胡屠户打了"文曲星",好像一副知罪的样子,可这范进看上去哪里有半点文曲星的影子?这出"屠夫打贵人"的桥段因为夺人眼球,被刻意从小说中截出,硬生生塞入当代课本,目的当然不是讲一个乡间俗人的励志故事,控诉科举的虐人灭性才是背后的真意。

就这样,范进作为戏谑对象,不知成了多少人少年时代提神醒脑的愉快记忆。在人们的眼中,考科举如吸毒,沉溺惯了，结局不外变成疯人或者傻子。在胡屠户眼中，呆坐屋里的那厮平时就会摇头晃脑，呻吟些无用的蠢话，纯粹就是找抽。

科举使人精神不正常的印象大约与后世对宋人的观感有关。宋代文人受宠骄纵远过于武人，他们整天就喜静坐发呆，无所事事。如果看见某人心事重重、打蔫愣神，他八成是在苦心琢磨那个看不见摸不着的"道"或"理"。他们说话云山雾罩，行为乖僻不群。没想到这帮常人眼中羞与人来往的偏执狂后来竟堂皇入室，他们的怪言怪语被编进考题，成了官学考生必须死记硬背的教条。有趣的是，怪人们大多闲散淡雅，不愿做官。道学掌门朱熹勉强干了十几年的地方小官，在朝廷内只待了四十几天就不耐烦了。然而他编的《四书集注》却成了普天之下应试文人必读必考的"圣经"。

在人们的想象中，既然宋代文人都是一帮呆子，平常束手闲心到处游逛，写出满篇的疯话呆话，那满脑子只记住这些疯话呆话的"范进们"就难免染上一些举止乖张的毛病。胡屠户这一巴掌扇过去只能权充一剂临时的解药，不可能巴掌一直扇，从根子上救治那些坏了脑子的考生。更为可怕的是，如果满朝任由这些呆子颐指气使地瞎闹下去，武人又劝不住管不着，岂不是大宋以后就是个疯人横行的世界吗？那还成何体统？

这种"呆子治国论"在近代尤其流行，它的核心观点可以概括如下：无论是皇上还是官僚，都坚决从前朝（主要是宋朝）的呆子语录中琢磨管理王朝的经验。管理的支柱是无休无止的道德训诫，管理的方法是文牍往来。道德说教至高无上，不仅能指导行政，而且能代替行政。皇上同样要以身作则，不停忍受呆子们枯燥无味的讲经布道。尽管经筵仪式繁冗无趣，讲官们唠唠叨叨，让人昏昏欲睡，皇上也要装出聚精会神庄重听讲的乖巧模样。

我的看法是，科举制是呆子生产线、明清国家全由呆子治理的说法令人生疑。就拿清朝来说，试想，一个到乾隆时期人口已达三个亿的帝国，如果全凭一个呆子皇帝或者一帮满嘴胡说的庸吏操控着，将是个什么模样？至少我们应该承认，在明清两朝，科举制可能生产呆子，却也能丝毫不差地输出能吏精英。《儒林外史》中就有这样的故事：范进的恩师周学道发现童生魏好古用诗词歌赋来搪塞考官，遂变脸道："当今天子重文章，足下何须讲汉唐？像你做童生的人，只该用心做文章，那些杂览，学他做甚么？况且本道奉旨到此衡文，难道是来此同你谈杂学的么？看你这样务名不务实，那正务自然荒废，都是些粗心浮气的话，看不得了。"这是科举选拔远离文艺范的小例子。"杂览"在这里特指诗词歌赋。一般明清官场上对同科中作秀的文人同样也不感冒，张居正就对王世贞那股卖弄文采的酸腐气十分反感，故意抑制他的升迁。

当然，有意阻断诗赋骚人的上升之路未必就能撇清科举出产呆子的恶名、恢复它的清誉，因为参加考试的童生们都要戴上理学这顶大帽子四处闲逛。脖子被压疼了不免憔悴伤神、牢骚满腹，稍感不爽就纷纷生出理学杀人的怨念。翻阅清代官员的文集，也都是套话连篇，满纸冠冕堂皇的理学说教，开口闭口全是道学圣人的语录，个个活像迂腐的老学究。但实际上，这都是在"装"，就像作报告喜欢穿鞋戴帽，当不得真。

我们可以举清朝封疆大吏陈宏谋为例，用来说明"呆子治国论"的荒谬。陈氏在历史上常被硬性归到最坚定的理学弟子一边，甚至当乾隆爷大倡考据之风、奖掖汉家学问的时候，他还言必称朱熹，似乎是个不折不扣的腐儒。不过我们千万不要被他谦恭的姿态给蒙住了，实际上陈氏的许多言论完全与朱熹的教导南辕北辙。此话怎讲？仅举一例，在宋朝，像朱熹这类道学先生都爱大谈特谈"夷夏之别"，意思是汉人具有绝对的文化优势，环拱在周围的其他族群都尚未开化，只有老老实实接受管制的份。理学虽讲"变化气质"，不过这是汉人的专利。然而在陈宏谋眼里，无论"汉人""蛮人"，皆是我朝"赤子"，都有"天良"的潜质，没必要非在他们之间划出那条永生永世无法弥合的界线。

在雍正皇帝的嘴里，这叫"中外一体"，意思是不仅满汉一家，其他族群也应和谐共存，同享一种公认的文明生活。陈宏谋的"赤子论"与他遥相呼应，能不能做到暂且不论，至少在这一立场上，陈氏和皇上搂抱在一起。可见他的一些理学言论分明是口是心非的套话，从中丝毫看不出呆子的痕迹。

在具体的经济举措上，陈宏谋也经常阳奉阴违，不会死守僵化的道义规则。如逢灾年，按照朱熹制订的方略，政府一定要强力介入救灾过程，地方士绅也要出于道义责任捐粮纾困。陈宏谋却主张使用现钱流通的市场运作方式，反对单纯发放救济粮。这在理学呆子们看来简直就是见死不救。但如果换一种场合，陈宏谋又是理学原则的坚定贯彻者。比如在地方治理中，陈氏坚持政府干预应有边界，给宗族、乡约这些地方势力留出足够的发展空间，这个思路又是不折不扣的朱子家法。因为在理学家的地方治理设计中，给民间组织让渡更多地盘、减少政府干涉的程度是降低治理成本的一个有效途径，这是宋代以后才形成的一套思路，带着鲜明的理学特征。

那么我们要问，很多明清史上有名的循吏既然都是科举出身，为什么没像范进那般疯成呆子？其中到底有何奥妙？破此迷局的关键是不能吊死在科举这棵树上。只要把观察视野稍稍放宽，搜检一番官员阅读的书目，即可知他们原来全是"自学成才"的典型。晚清张之洞在四川当学政管教育时，特开出《书目答问》作为士子的阅读书单，洋洋洒洒列出了两千多部书。除必读的经史书籍，还包括金石、地理、诏令、奏议、地理、医家、兵家、法家、农家、小说家、释道、术数、天文历法等，仅门类目录一眼望去就林林总总，让人眼花缭乱，更别提内容之庞杂多样了。看了这张书单，几乎令我辈绝望，觉得这辈子也不可能读完其中的内容。如果相信他举荐的这些书自己都浏览一过，那真是令人难以想象的巨大工程，哪里是科举考试的范围所能包容的？真让人不禁惊诧这些官员何以有如此多的精力沉潜其中。

我由此感到，官员们治理国家的能力大多与科举的应试训练无关，主要靠后来恶补修习而成。陈宏谋在湖南推广一种水车，旱时可车水到耕田高于水源的地界；在陕西推广薯类种植，解决粮食紧缺问题。这些都与科举研习的主要内容无关，而是专门用心钻研的结果。他脑子里储藏的精耕、除草、嫁接、轮作、复种、施肥的技术是从一本叫《授时通考》的书里学来的，这本书脱胎于明代的《农政全书》。陈宏谋养蚕纺织的知识来自一位关中地方学者的专著，赈灾时用现金流通替代直接发放实物救济的思路则得益于明代福建一个不知名学者的著作。可见他们的阅读书单不拘于官学指定的经典，只要对治世有用，均属杂览的范围。清朝官员对经世致用的重视甚至渗透进义学的教育之中。陈宏谋治云南时给七百所小学规定的必备藏书中，经他自己缩编加工的明代经世读物《大学衍义补辑要》，收藏的数量要远远高于朱子格言等理学读物。这本书充满了各种有关刑律、武备、贡赋等民生现象的讨论，他很期待就读义学的少年自小就打下关心实学的底子。

一般认为，普通人做官是出于道德的责任，科举应试都是为了体现道德修习的正当和完满，仿佛这种培训可以不食人间烟火，不和日常生活发生联系，只是充当记诵先人语录的复读器。这也加重了人们的误解，以为科举熔炉中陶冶出来的不是呆子就是傻子。实际上，大多数能臣循吏，都是在上任后经过多年摸爬滚打的历练，才提升了自己的治世能力。当年科举的训导只是为获取一种入官资格，与治世的阅历经验和见解并无直接关联。更夸张点说，从科举生产线中脱颖而出的官员，其成就大小恰恰可能与科举训练的程度成反比。同样是科班出身，流品却有高下之别。陈宏谋有一句话说得贴切："自古流品，诚不足以限人也……有志者，正可乘时自奋矣。"流品的高低实在于能否真正冲破应试规定的束缚，给自己一个自由发展的空间。明清为官功绩的大小确也证明，谁对应试八股规定的阅读范围超越得越彻底，谁就越有可能依靠自身的力量去创造一个新世界，这就是"流品不足以限人"这句话的真正意义之所在。

中国人为什么好为人师？

中国人好为人师，大约可以从孔子在世时算起。孔子一开始喜欢当君王的老师，不辞辛苦到处推销自己，可惜生不逢时，还时常遭人揶揄，最终得了个"丧家之犬"的名号，无奈只能私下找些学生开班授课。孔子这样不受待见，后来开始有人为他打抱不平，慢慢把他捧成了儒家的圣人。"儒"最早就是专门为"王"服务的神职人员，负责在王办事出行前观测天象、沟通天地、预卜吉凶，俗话中所说跳大神的"巫"就是指这批人。跳大神要有规矩，蹦跶久了形成仪式，就是儒家常挂在嘴边的"礼"。春秋战国时期，"王"的位子被切割成几块，数家争抢不断，每个王都说自己有资格直接和上帝沟通，再不需要"巫"作中介，结果"儒"一失业，"礼"的规矩就坏了。孔子有责任心，想把这套规矩在民间传下来，迫不得已私收弟子，当起了平民教师，才说出了"礼失而求诸野"这句心酸话。话里虽透着凄凉，心里却还想着有朝一日朝廷金榜招贤，他可以重出江湖，当上帝王师。

转机发生在汉初，汉武帝喊出了一句"独尊儒术"的口号，透露出想召回儒生上朝问政的意思。今人琢磨着这回儒家铁定又能当上皇帝的老师了，大汉帝国的芸芸众生也顺水推舟全成了儒家的徒弟。其实这是个误解。汉武帝嘴头独宠儒家，目的是安抚民心，缓解他们对秦朝苛酷统治的恐惧，并没有举国上下真拿儒生当老师的打算。到了唐代，情况也没有多少改变，唐朝开国皇帝有胡人血统，尚武轻文，佞佛缘崇道家，优容各族多样文明，对儒家那套烦琐规矩更是不屑。黄巢起事据说在广州杀了十二万"胡人"，包括穆斯林、犹太人、祆教徒和基督徒，唯独难见儒生的影子，与后来农民军嗜杀读书人的做法大不相同，可见胡汉杂居中儒家未必能得到什么特殊的礼遇。邓子琴先生品藻唐末五代士人习气是"无父""无君""无夫妇"，一片欺师灭祖的气象，看样子即使是受过教育的人群也根本没把儒家教条放在眼里。

宋代军力薄弱，与北方蛮族对抗少有胜绩，难免产生自卑感。儒生痛心道德沦丧，野蛮与文明界线模糊难辨，想用"文治"的风光掩饰被蛮族欺侮的尴尬，提振自信，这正对皇上的心思。儒者鼻子很灵，嗅到风向已变，纷纷抢着上殿，和皇上面对面谈心。最有名的例子是名相王安石与宋神宗来往密切，疑似成了好"基友"。宋儒当了皇帝的老师，按当时的说法是要"格君心"，把皇帝教化成一个有道德感的人。只要皇帝肯当一回道德模范，民众才会趋行效仿，下一步才有可能"格民心"。邓子琴说北宋是"士气中心时代"，给出的评语是"宽厚""沉静""淡泊""好学"，恰与唐代嚣嚷蛮横的特性相反。晚清康有为搞变法，还在用同一路数。他的设计是先把光绪皇帝包装成一个"道德完人"，"格"他的心，这皇帝版的道德偶像登台亮相，必定光芒耀眼，吸引疯狂崇拜的人群，维新变法自然水到渠成。

没想到，清朝末年，中国人这套以德服人的方法在洋人身上完全失灵。你讲礼义廉耻，人家却不由分说用洋枪大炮把你一顿暴揍，再把奄奄一息的你拖到谈判桌前问话。洋人的意思很明白：说理不重要，道德是虚幻，武斗讲的是拳拳到肉，谁能使蛮力把对方扳倒，谁才有资格发话。这种"秀才遇上兵"的强霸姿态古时就有，区别是当年"秀才"一开始示弱，再后发制人，靠道德渗透的柔骨术迂回取胜——肌肉男块头再大，也会因姿态不雅而自惭形秽，最后拼的还是道德高下。以往宋朝对抗辽、金，就如小民赶路遇到打劫的强人，强人虽耀武扬威、声势逼人，最终还是面露羞惭，在儒家文明点化下乖乖就范。可惜西人不仅有舞刀弄枪的强横霸气，更有整套"奇技淫巧"的硬通货在后面撑腰，靠打粘柔的道德太极吞噬对方没一点胜算，反而被吸纳进去失了立地的根脚。这次拼的不是所谓道德，而是知识到底有多少实用的技术含量。儒家的训诫始则失位，中经妥协，最后是全面溃败。

从"拼道德"转为"拼知识"是从科举崩溃开始的。科举第一场，士子仍需靠背四书五经拿分——强化道德记忆永远是第一铁律，不可动摇。不过后几场有论、表、诏诰和判语、策问等项，专考如何灵活运用脑子里储备的知识。如此一来，道德涵化与实用践行的目的一致，学校教育也围绕此目标配置。科举一废，教育多追从西学知识而设，尤重政法理工，其中道德内容大多压缩到可以忽略不计，批量生产出的都是"理工男"和"政法官"，怪不得吴宓当年骂清华只生产满脑子投机的世俗小吏，缺乏大智大勇的精英人物。学堂老师的作用类似复读机，传授的是硬性刻板的规条，没有人生经验的示范。"知识"与"道德"从此脱节，这正是中国文化真正变质的开始。

网罗知识的目的仅仅为了寻"客观"、求"真实"，"道德"虽柔软圆滑，无奈一触碰这硬邦邦的道理，支持不了多久就碎了一地。古人谈玄论道本来就是模糊的生命体验，不是非要在"真"与"假"的两极辨个你死我活。学问中最灵性的部分一旦放在"客观"模子里锻造敲打，那就如拿张强盗的大床，把活人放在里面拉来抻去，等到肉身真和床具两头齐等，早已变成毫无生命体征的僵尸一具。最著名的例子是胡适和铃木大拙吵架的公案。在铃木大拙眼里，禅宗是不立文字的生命感悟、生意盎然的活泼体验，而在胡适眼里，却如一堆冷冰冰的数据，是可以摆弄计算的客观学问。把禅宗塞入知识的牢笼无异于对感觉能力的谋杀，胡适恰好做了凶手。

日本作家三岛由纪夫在《不道德教育讲座》中曾经有一讲的题目是："应当打从心底瞧不起老师吗?"这说法在咱们貌似尊重教的环境里看上去足够骇人听闻，他却硬是讲出了几分道理。三岛认为："人生的道路该如何走下去，这问题应该由自己去面对。这个问题必须透过阅读、自我思考，才能想出答案。而这方面，老师几乎没传授过我什么。"如果把三岛置于中国古代的学校之中，他肯定不会提出类似的疑问，因为古学要求老师的职责即"传道授业"。"传道"貌似枯燥的道德说教，实则包含不少教师亲历的人生经验和生活体会；"授业"才指实用的处世知识。近代以来，"道"的部分被贬斥到边缘，故才有三岛之叹。他的结论是："有了这番体认以后，往后面对老师时，你大可在心里瞧不起他，只要尽量汲取他所传授的知识就够了。你要知道，不论小孩或大人，都一样得耗费完全相同的气力来各自解决人生的难题。"这分明是在骂现代教师无资格自称人生导师，充其量只能当知识传输带里的一个齿轮。由此联想，古代的"好为人师"与现代的"好为人师"区别大概在于，古人"传道"与"授业"是一体的，无法割裂；现代老师只输送知识，不关心"知识"背后的"道"是什么、这道理与自己的人生经验到底有何干系，所授之"业"仅仅是专门化系统中的一个零件，只需要在松动时把它拧紧；至于学生脑子里到底在想什么，他们的心灵需求是什么，完全不重要。

可怕的是，现今国人往往根据西方标准伪造出一套貌似放之四海而皆准的人生经验，然后执拗地把它灌输给自己的后代，试图垄断他们的个人选择和获取知识的途径。类似的现象如传染病般四处散播，几成精神瘟疫。在生活中，中国父母最容易集体着魔，相互传染，疯狂"逼学"。最奇葩的例子是，中国有百万琴童整天在父母呵骂下苦苦操练这西洋玩意儿，他们家长的脑子里似乎隐藏着一个集体魔念：钢琴是提升孩子综合素养的工具。没有人问：自己的孩子到底是不是喜欢？弹琴不是孩童内心自发滋养出的一种热情，而成为被父母灌注期许的面子道具。

"好为人师"的心态如果在国家层面上持续发酵，就会发展成一种盲目的自大心态。比如中日关系方面，我们始终深陷于"为日本人之师"的心理。中国自古视日本为朝贡圈内臣服之国，遣唐使的故事一直被反复渲染摹写，好像日本文化不过是中国文化的仿制品，故国人面对日本时总有一种当过"奶妈"的优势心态，觉得把你养这么大，你不但不知恩图报，反而恩将仇报，岂有此理？可日本从未真的把中国当文化母根看待，日本人汲取文化纯取功利态度。他们在近代积极与西方靠拢，终于成功切断了和中国的文化联系，就像甩掉了一个拖累人的包袱，这是他们引以为傲的事情。负担一卸，日本才真正脱胎换骨，从此具备了和中国争当东亚老大的资格。

自明治维新以来，日本从历史上多方寻找证据，苦苦寻求自己与西方社会的同构之处。比如他们说幕府藩封制度即与西方的封建制极其相似，而与中国的皇帝集权制大相径庭。于是日本人越发自认与西方同源，"脱亚入欧"犹如触手可及的梦想。与之相应，中国积贫积弱，早被日本人贬为落伍。日本学界有个"华夷变态"的说法，意思是说原来的"华"（中国）因为不思进取，逐渐堕落成了野蛮的支那人，而本来属于"夷"的日本则转眼变成了文明的代表。强弱角色发生如此惊人的对换，给日本带来了强大的自信心，面对中国这个巨无霸，过去的"岛夷"终于可以扬眉吐气了，这也是日本侵华所凭恃的重要理由之一。日本好不容易才摆脱中国文化附加在身上的历史阴影，自此以后绝难容忍这个心理优势再次发生逆转。当然，当代中日冲突的背后操盘手仍是西方世界，他们时刻观察着中国和日本的发展，利用双方在历史中所发生的心理暗战以及日本争当东亚老大的心理，操控双方相互打压对抗，个中款曲不得不察。

谁的东亚？

前几年，忽然听说有位韩国学者批评中国人眼里只有西方，没有东亚，倡导共同编织一个"东亚梦"。有些国人心里不免犯起了嘀咕：一是隐约想起了当年日本侵华曾大谈"大东亚共荣圈"，触碰到了内心的伤痛记忆。二是觉得，中国何曾亏待过周边的兄弟？可人家却把自己当成没德行的黑社会大哥，好像总是无端欺负身边的小弟，真是天大的冤枉。的确，当年中国在东亚圈子里做过一阵老大。清朝的版图像个同心圆，内地行省外，还分内藩、外藩和属国。在清朝的"天下"地图中，日本、朝鲜都和中国有朝贡关系，属于外藩之外的"远亲"。如果勉强说有什么东亚圈子，那就像是个松散的帮会。中国貌显威武、权充大哥，日本、朝鲜就是小兄弟，小兄弟偶尔向大哥递上个帖子示好，关系再疏远暧昧，毕竟也是有名分的。直到20世纪晚期，到日本、韩国街上转转，满大街的汉字招牌虽远没到"书同文"的地步，但也是帮内小弟服从老大的证物。曾经的中华文化即使无法号令天下，惠泽周边的兄弟似乎不在话下。如果脸皮再厚一点，直接说中国文化曾经当过日本、朝鲜的"奶妈"，肯定也有不少人点头称是。

到了近代，世道变了。西人挑唆，兄弟反目。如果说儒教文化圈大致可以算作东亚母体的话，日本采取的便是"弑母"的办法。先不认中国这个"奶妈"，再谋权篡位，想过过当老大的瘾。于是放出话来，说无论从社会还是文化来看，日本怎么都像是西方的种，和中国这个"大哥"根本不是一家人，只有分家一条路可走。当年日本有一种说法，大意是中国已没有资格夸耀自己文化优越。它从文明中心一路下滑到野蛮的境地，那副惨样自己都觉丢人，就该被看不起。这个讲法还是模仿清朝当"老大"时定下的规矩，只不过把中日两者的位置颠倒了过来。和这类"谋反"言论相比，福泽谕吉的"脱亚论"更是致命。他破罐子破摔放出狠话，干脆把日本当作一个西方国家。在福泽眼中，日本自古就是天皇一系，武藩割据下，藩臣是贵族，武士能世袭，等级分明，土地财产按分封传递下来，只能由嫡长子继承，像极了欧洲的贵族制，和西方的封建制貌似也没什么两样。再看中国，西周以后贵族体制土崩瓦解，财产均分，嫡子失位，平民、贵族血缘混淆，家谱窜乱，哪一点有西方的影子？福泽说，我来给日本重新做一次亲子鉴定，非得把这错划的基因谱系给改过来不可。

日本在近代改革方面先于中国投奔西方，国人想用当年江湖老大的口气和日本说话，底气已明显不足。当年孙中山谈中日比较总觉得心虚气短，为了和日本套近乎，发明了一个"大亚洲主义"的口号，希望在东亚建立"王道政治"，让日本不要总是露出"霸道"的凶相吓人。个中语气已经相当低调示弱，有点祈求先进带动后进的意思。石原莞尔提出"东亚联盟论"，也区别了"王道主义"和"霸道主义"，认为东方思想中蕴藏着丰富的"王道"思想，而西方统治则是杀人放火、暴力横行。不过在他的心目中，只有天皇才能体现王道的最高价值，也只有日本才能实现王道的美妙理想。他不回避区分"王道""霸道"的构想来源于孙中山的"大亚洲主义"，却毫不犹豫地认为只有日本才能担负起实现王道的责任，中国是没有这个资格的。这才是新型东亚论的底色和关键，其他卿卿我我、腻腻歪歪的甜言蜜语都是幌子。

以后日本制定国策，表面上附和"王道"的主张，却在处置中刻意效法西方历史，采取的是相当血腥的强霸策略。当时有日本人写过一篇《新亚细亚主义》的文章，说西方当老大那是纯粹靠实力，不是靠什么别的东西。他假设亚细亚某一国——从文意看明显指的是中国，一旦受到欧美列强干涉，日本应挺身而出，采取积极干预的姿态。这种言论真像帮会里为小兄弟出头打架时说出的流氓黑话，但孵化出的只有赤裸裸的军事征伐和殖民野心，最后标举出的"大东亚共荣圈"理论完全成了邻国的一场梦魇。

不少中国人倒是对此有所警觉，如李大钊就发现，日本的"东亚论"不是平和的主义，而是侵略的主义，是吞并弱小民族的帝国主义，也是一种军国主义。李大钊说这番话的时间是 1919 年，五四运动营造出的舆论氛围富于激情浪漫，大钊先生还梦想着用中国老套的道德仁义去充当东亚各国相亲相爱的黏合剂。可日本的行动早已证明，谁能用枪杆子顶着对方的脑门说话，谁就是老大。东亚圈子里根本不存在有话好好说的"王道"，只奉行黑道上弱肉强食的法则。大钊先生像入山遇到劫匪，只和他讲秀才的道理，根本就是个书呆子。

和日本相比，历史上的朝鲜对中国长期保持一种"事大"的低姿态。明清易代以后，朝鲜人一度觉得满人是关外"鞑子"，没资格和自己谈礼仪讲文明，于是高傲地自称"小中华"，想和清朝在谁是中国文化正统上争个高低。只要看看韩国历史电视剧就知道，朝鲜宫廷中官服穿戴守着明朝的模样，好像死活也要为大明守个贞节，面子上非得臊一臊大清，衬出它的野蛮无道。这真是给满大人心里添堵。清廷虽感不爽，却还是对它客客气气、安抚有加。

甲午战争，中国败于日本，清朝的形象一落千丈。朝鲜报纸曾出现一种"贱之清"的言论，处处揭露清朝的懦弱、卑贱、愚昧、肮脏，说中国人毫无爱国心，"受人贱待而尚不自知，受人蔑视而不知愤恨"。还有一份报纸把中国比喻成对朝鲜毫无帮助的"吸血虫"——中国人不但抢走朝鲜人的工作和生意，使本来就不干净的街道变得更肮脏，还诱使朝鲜人吸食鸦片。清朝商人的形象也是卑鄙好色、贪婪无耻，这在当时的朝鲜小说《土豆》中有鲜明生动的描写。当年朝鲜人誓死捍卫明朝，以证明自身"小中华"的正统地位，可一旦狠下心来，在"去中国化"的道路上却比谁都走得远，好像朝夕之间就要一雪多年屈当小弟的耻辱，不顾一切地切断和中国文化关联的脐带。

我们发现，现在再谈什么"东亚连带"，早已失去了往年凝成的共识，所有的评判都不是原有"文化"意义上的讨论，而是在现代民族国家的框架内进行的考量。自近代以来，无论是韩国还是日本，都在积极摆脱中国的道路上越走越远。眼中只有西方标准而没有东亚历史，以民族主义的立场来鉴别各项历史遗留问题，恰恰是中、日、韩各国所拥有的共同视野。比如中韩之间曾有关于高句丽遗址申遗的争论，这不是一个文化语境中的问题，从根本上说是国家利益的冲突。单说中国眼里没有东亚邻国的位置的确冤枉，根源在于，如果日本和韩国不摘掉中国文化这枚金箍，他们就无法真正建立起自己国家和民族的自信力，这才是东亚连带意识消失的关键原因。

中国有中产阶级吗？

　　中国知识界经常乱撒癔症，问出一些很傻的问题，比如"中国的中产阶级是何时诞生的"。因为有人听说，西方有一帮叫"中产阶级"的人当年老躲在幽暗小巷的咖啡馆里，嘴里品着咖啡，手里耍着笔杆子操弄报纸密谋造反，结果居然搞成了，贵族和皇室都给弄下了台。报纸的作用之大，到 19 世纪仍很显眼。本雅明说，巴黎的咖啡馆里经常挤进一些付不起 80 法郎高价订阅报纸的人，围在一起抢读一张报纸。密谋家也常蜗藏在小酒馆里议论造反，灌饱了黄汤才上街垒去流血斗殴。西人后来给这些造反的策源地冠上个很好听的名字，叫"公共领域"。法国大革命时期，街上到处闲逛的人形迹鬼祟、神秘兮兮，有点密谋者的味道，既像面目可疑的侦探，又像微服私访的君主。巴黎幽暗诡异的煤气灯发出若隐若现的光亮，特别适合闲逛者走来走去，当电灯粗暴地把街头暗角照亮得灯火通明时，巴黎街头那明灭闪烁的味道消失了，中产阶级彻底堕落成了食利阶层。在本雅明看来，中产阶级并非有钱就能冒充，它是一种"造反文化"的产物。

　　于是有人说了句，咱们也有茶馆呀！但好像没人听说，中国最后一个皇帝是被几个爱耍嘴皮子的茶客给喝下台的。茶馆可能是草莽英雄狂饮抽风的地方，即使造皇帝的反也是想取而代之，和中产阶级摘掉皇权帽子的做法毫不相干。当下中国咖啡馆里坐着的人，倒是不少可能拥有"中等资产"，他们有房有车，闲来打打高尔夫球，露一手毛笔字，一般有闲者找个贴金包银的澡堂，泡在池子里谈生意，更有闲者在商务会所弄个票房，搞些吹拉弹唱的玩意儿。这样看来似乎真有些模样了，但既不显得特别有文化，也没有造反的打算，和当年的中产阶级无关。

近读费孝通《中国绅士》，发现中国乡村里当年倒是散存着一些疑似中产阶级的人群。"绅士"的出现是和贵族对立的，这是疑似中产阶级的第一点。在绅士出现以前，流行的是分封制，权位像块蛋糕，但肥水不流外人田，皇帝只管切给他的亲戚们吃，底下人想要染指王位，或者变成皇室的一员，就像男人要变成女人一样不可能。贵族与底下人的关系亦然。封建制一完蛋，任何人都有当贵族的可能。科举是途径之一。唐代以前一提家族，指的都是贵不可攀的大户人家。唐代以后，才有了从草根家庭里改变出身的希望。只要家中大伙合力攒钱，把一个人推出去考学做官，回来不只是光耀门庭，还可积累财富；朝廷里若没人，在乡间守住钱财就很难了。家族管理财产也有一套，不仅有公共的族田、专门的祠堂，还有祭祀祖先用的祭田，通过祭祖驯化家族的意识。族里还可能配置学田，让小孩子专心读书。

研究华南的英国人科大卫干脆说，家族就是个现代公司，族长就像老板，运营、选人、理财样样操心，至少运作起来后的复杂原理极其相似。记得他在人大演讲时，居然就大大咧咧摆出"家族是个公司"之类的题目，听起来似乎把两个完全不搭调的东西硬揉在一起，好像有点哗众取宠之嫌。他的专著《皇帝和祖宗：华南的国家与宗族》张扬的也是这种"公司观"，捧读以后倒是令人有几分赞许。而操控家族这一"公司"的骨干就是绅士，这是绅士疑似中产阶级的第二点。

绅士在朝里当官不是终身制，而是上下流走，当官时在城里拿俸禄，辞官后到乡下当绅士，有点像公司里的聘任制。在朝官员不能靠血缘关系赖着不走这一条，真是让西人羡慕得要命。有人竟说，只有中国才出现了柏拉图向往的"哲人王"。当年西方为此掀起中国热，据说伏尔泰就是看中了中国绅士当起平民来个个潇洒自在，觉得法国贵族都不厚道，总是觍着脸赖在位子上不走，不给像自己这样的底层绅士让位。其实，西人也很功利，等到这些绅士（后来叫"资产阶级"）真掌了权，立马翻脸不认人。比如法国大革命后那些曾说过中国好话的洋绅士，一旦得势就转而狠批，把中国说成东方最暴力最专制的国家，中国绅士为此无缘无故当了一回法国中产阶级抢夺君主权力的炮灰。

绅士疑似中产阶级的第三点是自治色彩。按费老"皇权不下县"的经典说法，中国县级以下都处于无政府状态，他用了个词叫"无为"。犯了法，官不理，靠调解，家族甚至可以用私法杀人。等到现代官场收税的篱笆筑到了每家门口，好日子就结束了。从此"双轨制"变成了"单轨制"，一切由国家承包，家族破毁成了绅士的梦魇。

绅士疑似中产阶级的第四点是有自己的文化品味。中国绅士当官时住在城里，拿着俸禄；退休后最爱住在景色秀丽、环境幽寂的小城镇，就是城乡结合部一带。那些江南小镇，离繁华都市并不遥远，不像欧洲的城乡那般差异巨大。中国县级以下的小城镇人口总数常不逊于县城，青山绿水环绕左右，景色宜人，生活舒适方便，既沾染了城市的富足闲适，又没有无度的奢靡喧嚣，坐享城乡两边的好处。绅士当然得有点钱，否则买不起房子圈不了地。但乡下有钱人的回报机制是良性的，有钱不但要修桥铺路，还要建书院、兴祠堂、印族谱、刻儒典。那些没有走功名路线而赚到钱的商人，常常自惭形秽，觉得自己特没文化，于是到处积极刻印儒家经典，做些盖园养士的风雅活计。江南遍地的藏书楼，有相当多就是徽商盖的。

绅士消失后，现代作家还在继续编织行将破碎的小镇之梦。郁达夫在上海成名，却一个劲地痛骂它是物欲横流、精神糜烂、犯罪横行的"魔都"。丰子恺形容石门湾小镇的诗趣画意，用的是"小桥、流水、大树、长亭"这样酸掉牙的笔调，还说哪怕以秦始皇的阿房宫换自己的书房"缘缘堂"，也坚决不干。即使如乱世枭雄袁世凯，政治失意后，怡养性情的首选仍是家乡小镇。他在河南彰德北门外的洹上村筑园隐居，其中遍植果、菜、瓜、桑等。《东方》杂志上曝光的那张袁翁垂钓图，虽被用来说明袁氏大行韬晦之计，却也暗示出，如政局无法逆转，陶醉小镇风情也不失为一个栖息终老的选择。

绅士不愿待在城里，老往乡镇跑，意味着城市的人群向下流动，不断给底层社会注入活力，这是科举制的功劳。这些人生活太闲适了难免招人妒忌，近代革命的一个目标就是造这帮人的反，最后结果是绅士滚出了乡村。近代以来的新教育只管城里人，科目训练也都是为了让学习者准备留在城里的，不像科举的设计。科举制度虽是为了选拔高层次的官员，却也为乡村人才预留了储备。那些考不上进士、举人，没机会入城的秀才，就沉淀在基层当起了绅士。他们也许比不上那些在城里当大官衣锦还乡的老爷，但毕竟也是头上戴着儒冠，可以免征徭役的上流人物。绅士滚到了城里，尽管他们西装革履，成为疑似的"小资"，却使乡间失去了作为文化源头的活水，一路萧索下去，自然变成了文化空巢。小镇风情的记忆犹如老照片里模糊的影像资料，中产阶级的覆灭也就随着革命的进程开始了。这段故事的发生与西方资产阶级革命促成中产阶级诞生的历史演变过程恰好相反。

"叶"的隐喻

"叶"是树叶的意思，叶子盛夏茂密如云，秋天又随风飘落，正好对应着安庆叶家随世势沉浮的无常图景。此"叶"虽非彼"叶"，此"叶"又似彼"叶"。家族是树干，个体是枝叶，几代人彼此遮护又相互磨损，造就了温情与苦虐并存、怀想与忌惮齐涌的记忆。

徽州素以巨族聚居著称于世，家族规模以大为美。据籍贯绩溪的胡适称，他家在太平军起事前有六千人之众，经战乱杀戮只剩一千二百人，消减了百分之八十。这个数字虽令人起疑，却可从中想象其家族规模之大。叶家也不例外，据叶笃庄先生回忆，1853年，先祖叶坤厚在逃避太平军追杀的途中，为确认四十人的大家庭各自无恙，踏雪四处奔波，花了数天时间才最终把大家全员收拢到一起。

聚族而居是有条件的，族人要有机会做官发财才行。明清以前，聚族而居基本上是贵族大户的事，世家大族的奢华气派完全与小民无关。科举使得庶民有机会跻身高位，才促成了明清以后宗族的平民化发展。庶民子孙读书可依托族田作经济底盘，宗族自家开设的私塾书院也可为族亲入仕的梦想提供实实在在的支持。入朝的官员从朝廷退下来后可以在家乡买房置地，继续做棵经济大树荫蔽家人。所以无论是当官还是做百姓，传统文人一辈子辗转漂移，奔走四方，脑子里的那个罗盘针还是一律指向自家的祖居地。族人错落有致地围绕祖地形成交际网络，如瓜蔓藤萝绵延伸展。

晚清科举被废，课业内容大变，族人的升官渠道被堵，连锁反应是对于"族田—书院—祠堂"一系列的资助断裂。科举和宗族就如一根藤上的两颗瓜，一瓜坠落，摇动另一颗也触地迸裂。宗族瓦解的直接后果是亲属之间渐渐失去牢固坚韧的家乡意识，那根终身指向祖居地的罗盘针在人们头脑中全部偏移失灵。近世入侵、内乱、战争、杀戮纷至沓来，引发空前的人口播迁离散，如大树遇秋风，纷纷摇曳到落叶飘零。人们的生活预期已无法通向做官这一条路，科举崩解后的学堂教育使族人可以到各处扮演军人、法官、职员等角色，离散的家人难以返回祖居地，也淡化了认祖归宗的愿望。

叶家的先祖凭科举做到道台和巡抚一级，恰恰遭逢太平军攻占安徽，他们信奉"寓兵于农"的古训，操习团练，守护乡梓，名为国实为家，所以才肯拼尽全力，不像那些吃官粮的腐败大兵。19世纪后半叶，叶家子弟在科举网络的卵翼下，勉强还延续着宗族香火。等到科举崩塌，叶氏子弟开始彻底脱离宗族这棵大树，枝叶飘散，各奔东西。他们学习的专业和从事的职业也是五花八门，有学气象学、农学、政治学、历史学的，还有说相声的。兴衰浮沉中已看不出仕途催生宗族荣耀的旧轨迹。

近世革命最重要的特征是对阶级身份的唤醒与强化，

它成为政治利益再分配的强大动力。对于那些离家漂泊的人，关于家族的美好记忆逐渐转变为被压迫意识觉醒后产生的敌意，家族在认识中沦为诱发不平等的罪恶根源。传统的宗族制度虽也讲究等级秩序，却一般采取淡化处理的态度，并尽量保障各级安排相对公平，使得每人的高下位置不至于太过悬殊，"不患寡而患不均"永远是不灭的古训。叶家到叶崇质这一代一直为人厚道，对仆人从来不发脾气，也很少辞退。有些仆人是祖父时代留下的老人，即使已不能干活，也照样养起来，不但管饭，而且给工资，这与一些电影中残忍狠毒的地主形象相距甚远。

"五四"是给家族体制送终的最关键时刻。孔子被认为是家族制度可耻的代言人，"打倒孔家店"的口号与对宗族秩序的丑化不过是一个意思两种表达。白话小说里的家族形象宛如黑社会再现，巴金的《家》更是把标准的近世家族故事渲染成了惊悚片。家长高老太爷的阴郁刻板，长房长孙大哥觉新的愚钝木讷，与两位胞弟觉民、觉慧的激越叛逆构成强烈反差，喻示着家族内部阶级裂痕的不断扩大。我们几乎可以在叶家找到一一对应的角色，只不过《家》深受"五四"口号的熏陶洗礼，人物形塑更加夸张和戏剧化，里面描绘的人际关系一点看不到叶家宽厚待人的风格。不过在革命的叙述框架里，东家的隐忍和慈悲永远会被看成是收买人心的险恶伎俩。

叶家的结构与《家》中描写的家族秩序差不多，主人夫妇周围环绕着几个小妾和成群的儿女。20世纪叶家的核心叶崇质因为妻子没有子女，从妾的身边过继来一个儿子，即长子叶笃仁。叶笃仁由此具备了相当于正室所生的长兄地位，就餐时可以和大夫人同桌吃高级饭。叶笃庄回忆说，家里每天一共开几桌饭，除上房高级饭一桌和普通饭两桌，还有书房、门房等各一桌。吃上房高级饭的有叶崇质、大夫人、祖母、大哥、三哥、四哥，吃上房普通饭的有二夫人、三夫人、叶笃庄本人和六弟、七弟、九弟、三姐、四姐，剩下的菜给女仆们吃。这种按嫡庶出身安排餐饮秩序的办法在传统家族中是很常见的，没有人会公开提出异议。而一旦家族被妖魔化成害人的怪物，那些庶出子女心中酝酿已久的压抑情绪就会释放出来，发出反抗的声音。

叶笃庄在做思想交代时，就强调自己的母亲只是一个小妾，只有大夫人才能穿大红裙子，二夫人、三夫人穿的裙子得有绣花以示区分，也不能和大夫人同桌吃饭。他痛恨母亲和兄弟姐妹受到不公平待遇，这促使他反对自己的阶级出身。可能你会觉得这样的思想自白太公式化，水分太多，到底哪些是真实的想法难以辨明，无法抹去言不由衷的痕迹。不过从字里行间还是能感受到，家族秩序中呈现出的不平等至少可以作为宣泄不满的心理依据。尽管这种不平等是相对而言的，本来完全不必夸张成势不两立的紧张局面。

家族身份的差异还会造成利益分配上的不均，家族中长子对财富分配的控制往往会引起其他子女的猜忌和不满。有一次叶家子女要求查账，长子叶笃仁生气地把账本摔在桌子上，表达对弟妹们不信任自己的愤怒。后来叶家分家，表面上是兄弟姐妹一人一份，基本做到了公平，但嫡庶子女间不平等待遇所造成的阴影并未消除，反而成为年轻一代叛逆的心理根源。父亲死后，叶笃仁成了一家之主，继承了父亲在天津商界的优越地位。对此兄弟们都不买账，尤其是当兄弟们的学历教养纷纷超过老大之后，老大貌似银行家的吝啬面孔就变得更加可憎了。

一般而言，率先出生的长子大都会被家族赋予重任，起着协调家庭事务和合理分配财富的职责，所以其性格的养成往往趋向保守谨慎，会刻意维护自己在家中的优势地位。他们有意培养自己的社交能力和维系秩序的态度，借此赢得家长的信赖。相反，那些年幼一些的孩子因难以掌握家族实权，故喜欢以标新立异的反叛姿态在家中赢得一席之地。在时代乱局中，新型学校教育的力量越来越超过家族控制的力量，成为叛逆心理滋生的新土壤。叶家出现了两个共产党人，一个左翼分子和一个彻底背叛家庭出身、在天桥说相声的演员。这可以部分回答，在革命风暴中，为什么相当一部分共产党人出身于富裕家庭。按常理推测，这些人应该是家族利益的坚强守护者，但事实上，家族内部的不平等状态造成的身份差异会不自觉地沉潜下来，最终积淀成幼子们的革命动机。

对家族内部不平等待遇的记忆有时会影响成员们的人生态度。叶笃庄在为八路军 129 师服务时，旅长陈赓尊重知识人，想和他一起吃"小伙"——八路军生活艰苦，平常吃小米饭、红萝卜，油很少；"小伙"则是吃大米，虽然同样也吃红萝卜，但油放得多，里面有时还掺点蒜和香菜。叶笃庄感到了其中的不平等，坚决谢绝了这种特殊待遇。尽管在战争年代，这种特权是微不足道的，但也许正唤醒了他当年在叶家分桌就餐时的记忆。

在漂泊的履历中，作为叶家幼子的叶笃庄心境是复杂的。一方面他出生在一个旧式官僚和新兴资本家的家庭，从小身上不乏优越感。他以间谍罪被捕后的审讯记录中就记载说他态度傲慢，自视清高，这可能正是他家族优越感的本能反应。另一方面，这一本能反应也许造成了他与民众感情的隔阂，以至于他和民众始终无法融为一体。在前线，旧家庭遗留下的阶级烙印会不时凸显出来，如在广阳店火线上，叶笃庄总觉得要别人照顾的感觉不好，在行军中自己好像一匹难以负重的骡子，令人伤心。怕在老红军面前变成累赘的心理负担迫使他终于离开了前线。

由此可知，一部中国近世史，也是一段家族撕裂的悲怆历史，同时也是"老人权威"崩解的历史。家族以祖先为中心搭设生活舞台，努力依靠旧秩序维系和谐与平衡的时代已经结束。叶崇质作为家长虽已弃官从商，仍始终保持着每天到老太太房中请安的习惯；到了叶笃庄辈则个个奔走无常、风流云散，礼仪的持守即便在形式上也已消失殆尽。个体选择的多样性确是以摧毁庞大家族的延续为代价的，个中滋味真是一言难尽。

梧桐三味

中国知识分子头脑中"近代化"观念的形成，与西方启蒙主义"进步"概念向世界范围的渗透密切联系在一起。就一般意义而言，在西方人的视界里，"进步"概念并非某种超凡脱俗的圣坛箴语，而是血与火、金钱与丑陋浇灌而成的"罪恶之花"。在近世中国人的思维世界里，"进步"一词被幻化成圣洁的道德之魂，一切旧传统则被视为与之相对抗的现实魔鬼。作为具有良知的激进知识分子，在咀嚼这顿难以消化的西式思想快餐时，至少从表面上已经拒绝掺入任何传统的调料。这样一来，西式快餐的味道是否可口，是否真正符合国人脾胃的健康，实际上已难以成为关注的重点。人们大多沉浸于想象中的味觉感受，以致"错把杭州当汴州"，犯了消化不良的毛病。在这种情况下，诊治"西化病"的调味大师就会翩然而出，挂牌营业。

近代屡为世人诟病的章士钊，正可称为"中西文化配餐"中的"调味大师"。既然是"调味大师"，而且是以守旧闻名的人物，章士钊之生涯自然不如那些以激进思想为佐料、烹调西化佳肴的文坛主厨们来得风光。尽管张君劢早断言章氏实乃民国初年梁启超之后、胡适之前"三四十年学术史上"屈指可数之人。

章氏以独行侠自况，我们颇能从其名号三变中窥其一生际遇。其少年读书长沙东乡老屋时，前庭有两株桐树：东隅一老桐，西隅一幼桐。老者叶重荫浓，苍然气古；少者皮青枝直，翠然如新。二十岁的章士钊日夕吟诵其间，以梧桐有直德，隐然以少年自命，套用白香山"一颗青桐子"之句，自号"青桐"。以桐之直朴自许，传达出一种少年狂放不羁的命运隐喻，且暗合他"吞长江而吹歇潮"的早年激进行踪。青桐之恋的少年情怀叠合映现为时事躁动之行，一变而为"拔剑狂呼""以四万万人杀一人"的"杀人主义"。

　　"青桐"性格的发抒，也表现于章士钊受吴稚晖鼓动学界风潮的影响，以罢课辍学为革命时髦，以呼啸进击为风云游戏。章氏中年以后曾慨叹此举使江南陆师学堂三十名学子精英失学惰废于一旦，"有百毁而无一成"。其晚年对此仍有椎心之恨，引为终生之诫。

　　章士钊"青桐性格"的转变大致以西渡英伦为界。正如自述所云，其心境渐沐秋意，趋于持重一极。近世国人之激进求变者，端赖于间接浸染欧风美雨，尚且不过是偶饮甘露而已，一旦跳入"西学"这座染缸，均自忖断能脱胎换骨，通体西化殆尽。不料章氏西渡则如霜打桐叶一般，堕入了"逻辑自闭症"中，几视政治为畏途。爱丁堡校园中由此多了一位漫步沉思的智者，后人评论其已成为继严复之后深研逻辑的最著名学者，与后世逻辑大家金岳霖并称两大逻辑哲人。尤可注意者，在于其疏远政治的散淡心态。此心态之发生当然有外在的原因，同乡挚友杨笃生因黄花岗之败蹈海自尽，使他有黯然秋临之思，有感于诗人秋雨梧桐之意，遂易"青"字为"秋"字。"秋桐"之名在处于激进亢奋状态的"青桐"们看来，无异于未老先暮，不合时俗。他们不理解，章士钊要做的恰在于引导国人细品正宗西式思想大餐的味道，而不在于以想象的中式理想情结去开出医治中国老病的西式药方。其爱丁堡之思，亦在于通过研治最具学理之征的程式，寻究中国传统思维的新进境。

大可为"秋桐性格"作一注释者，乃章士钊夫人吴若男的一段英伦逸事。吴若男曾是同盟会的英文书记，思想倜傥激进，以西方女性贞德与罗兰自许，几成极端典型的"西化追星族"。然而一旦入英伦之境，往来于大学教授与牧师家庭间，忽悟贤妻良母之规非中土所独有，乃其时世界妇女之共途。于是"造反英雄"一变而为"淑女佳人"，直到自英伦归国，吴若男誓不参与外事活动，更公开鄙弃妇女参政的激论，平日闭门谢客，专治文学女红，若非极近的亲戚，实难见其芳容。章士钊一度百思难得其解，继而豁然大悟，白嘲道："嘻！欧化真似之辨，吾妻今昔之殊，诚不料其相违之度如此之大也。"其结论更是令人称奇："庸讵知吾辈须眉男子之论西政西学，不与吾妻未游欧前之言社会革命者，同其谬妄耶？吾思之，吾重思之。"

从妻子前后相悖的行为之中，章士钊终于悟出曾经枯坐室内狂饮欧化甘露的"须眉男子"，原来和赴英伦之前的若男一样，都上了假冒伪劣产品的当。满肚子的欧化美食，起码不是原汁原味的。妻子行为所昭示之"欧化真似之辨"，启发章士钊重审中国传统的功能，认定中西道德层面的仪轨渊源并非扞格不通，而是互渗互融的。这与"五四"手持西学巨锹铲除传统"毒蟒"的那些造反巨人形象，相去何啻千里。也就在此时，"调味大师"针对"五四"知识分子的西化速食病，提出了诊治的药方。

调和观念的形成，还在于章士钊自英伦归来后，倍受民初政争党同伐异之苦，他不得不创办《甲寅》来申发民主之真精神，条述"两力相排，大乱之道；两力相守，治平之原"的道理，而暂缓政制建构的论证。最终在"开明专制论"与"极端民主论"之间大搞平衡。章士钊几乎是拳打脚踢、两面开弓，既要摘去"开明专制论"备德全美的"圣王"面具，为民主精神呼风唤雨；亦要为误食西学赝品的革命狂人刮骨疗毒。

作为"中庸思维大师"，章士钊颇谙"体常尽变"之道，尤擅把玩"常""变"的界度与张力。正如时人所论，中国近代之革命狂人与造反学子，并不真正关注西学内涵义理的爬梳与诠释，而是大多饥不择食地嗜食对国家总体富强目标有利的成分。章士钊所论往往悖于时流，针对民初数党拳脚相殴的竞选乱象，章氏极言历史常蕴含"常""变"两种面孔，民主变革并非基于任何普遍抽象的原则，而是应以现实条件的承受力为尺度，不是一次廓清之功可成。尽管如此，章氏并不囿于历史之"常"态，他屡攻

"帝制"之弊，大申民权之理。只是在革命狂人们看来，仍很不过瘾。在民初人人纷言"变"之际，士钊独以"常"为制衡枢机。其论不落窠臼，颇能把政客早已咀嚼变味的共和空想，辅以正宗的学理佐料，烹出一道虽有孤芳自赏之嫌却未尝不切中时弊的"中庸"大菜。这确实需要一些"吾亦往矣"的大家宗师气魄。

在常人的头脑中，凡冠有"保守"之名的人士，往往毫无例外地被想象为长袍马褂、无病呻吟的衰朽形象。实际上，被"五四"风潮扫荡得旗靡辙乱的保守思想界，早已酝酿良久，重整队形向"文化造反者"们突袭过来。在呼啸而进的保守方阵中，我们不难发现晃动着一些西装革履的西学小生身影。与只会口吟旧典陈章的腐儒士绅不同，保守派中的西学精英早已摒弃了"中体西用"的陈套，他们把中西文化作为两个同等的实体加以比较诠释，从而放弃了"华夏中心论"的传统立场。晚清以降，西学挟坚船利炮之势，撞门而进。由于缺乏可资抗衡的理论架构，传统士大夫常常是挥舞儒学"体用之辨"的旧帜仓促上阵，却拼死难敌欧化席卷之势。"五四"以后，曾在欧化染缸中通体浸泡过的西学绅士加盟其中，使保守派阵营声威陡振。西学绅士辩言文化之同异，独从诠释中国传统精神之真义入手，攻击西方倚重"物质主义"之弊，似有高屋建瓴的心理优势。20 世纪 20 年代恰逢西方理性主义大受顿挫之时，于是有梁启超与泰戈尔等联袂组成东方舆论后援队，去急急拯救濒死于西方精神荒漠之中的芸芸众生。文化保守主义者如大病初愈，脸上终于泛出了血色。

章士钊恰于此时再赴欧陆英伦，此行已非纯出于求学目的，而是自信地去倾听西方哲人智士一吐满腹精神沦丧的苦水。小说家威尔斯悲叹道，民主政治虽死而未僵，但只需十分钟就能把它驳得体无完肤。文学家萧伯纳更语出诙谐，说无论是"人治"还是"民主"之道，就像编写剧本一样。剧本并非人人能编，如果有人说咱们来玩"人人编剧，人人欣赏"，恐怕只是一个笑话。所谓戏剧，人民只能由欣赏而快乐，却不知为何快乐，欲问其由，还得问他这个专业的编剧。政府建制也是同样的道理。英美的传统思想，认为人人可以治国，其实不然；根据中国的传统，要跻身于治人之位，必须通过考试程序。故政治的变革应强调考核程序的完善与否。

萧氏漫谈中虽多调侃的意味，却有为章士钊"精英主义"思想添薪助燃的效果。"五四"以来的精英思想界确曾屡屡发生"平民化暴动"，陈独秀、胡适等文化"绿林英雄"频频举起"伦理革命""白话文革命"的大旗，不断打劫儒家思想的传统营垒。在此情况下，章士钊仍稳守新旧杂糅的"合统"与"适时"二旨。"合统"指创意求新不脱历史传统之轨，"适时"则言思想不拘泥于古训。从表面看，这种各打五十大板的中庸思维未免过于油滑取巧，实际上正是章士钊曾经沧海心境的曲折映照。章氏每一时期的思想各有倾斜。民初政党相争，王旗变换，帝制阴魂不散，他的思想天平多倾向"适时"一极，强调民主建构的革新功能。一旦孔家店的坛坛罐罐被砸得粉碎、学人心理之真空几乎无物填补时，"合统"之说自然成为"毁弃黄钟"之徒的一副清醒剂。"平民主义"浪潮造成的"新旧失衡"之情境，使"秋桐子"不得不与胡适同台演上一出对手戏。

章士钊手中的利器，是一个"历史原型论"模式。在他看来，东西方文化大可简单化约包装为可以把玩鉴赏的对称概念，如中国文化的特质是以"礼"为核心，西方文化则以"利"为趋向；从制度结构上看，中西又有"农国"与"工国"之分。两者最关键的区别乃是由不可通约的文化先天性格所致。这种不可通约性落在文化的本质上来说，是基于古圣先王的荫泽所赐。历史溪流的峰回路转，不过是源头滴泉的放大积聚而已。他举例说，达尔文的进化论貌似新颖，实则是希腊思维火花不同形式的再次显现，柏格森的创造进化论实系近宗黑格尔，中国文化绍继先哲原典的传统更是不言自明。因此，东西方文化与社会的进境自应沿循自身"历史原型"的路标提示而行，不可轻易改弦易辙，以防陷入混乱。

与20世纪30年代以后逐渐羽翼丰满的"新儒家"不同，章士钊"文化重建论"的主要焦点集中在文化如何与社会结构相接轨的具体运作中，而不像"新儒家"们那样迫不及待地拾掇宋明理学思想库中已生满铁锈的陈旧刀枪，更不似他们热衷于在抽象层面上梳理比较中西哲学的概念。章氏提出所谓"业治"说，倡导自食其力者方得参与政治，为业者各习其业，分别集聚为若干团体，然后合治其国，为一大团体，各业就可平流而进，荡黜游闲之徒于诸业畛域之外。在"业治"的运转模式下，章士钊拟设计恢复"科举"与古代监察制度，意在否弃代议制在中国实施的可能性。当然，这种复古的浪漫构思，与他对民国政客恨铁不成钢的深深失望有密切关系，牵扯的是政治的实际利害，而不仅仅是迂拙古朴的文化观念。这一特点透露出章士钊之思维具有湘人的务实品格。徐志摩就曾一语点破，章士钊只是"玩旧"，而非守旧。

章士钊在臧否人物时，将近代好谈"主义"者划为三种类型，作了一番梳理概括。他认为梁启超、吴稚晖、陈独秀分别是立宪、革命、共产三个阶段的代表人物。章士钊承认此三人为所谓"魁异奇杰之伦"，却攻击他们是"主义"语境阐释的"大玩家"，实践主义过程中的"蒙古大夫"，"丧人之命至夥者也"。章氏认为这三人的通病都在于其言论缺乏政治行为的可操作性，只囿于理论诠释的自我封闭状态。与此三人相区别，章士钊在设计文化复古蓝图时，一直注意其理论预设在现实政治运作层面的可行性，甚至不惜背负千夫所指的骂名，去躬行自己的文化主张。作为政客与学者的双面人，章士钊在出任农业大学校长时，即开始使"以农立国"的复古宏愿脱离纸面。一朝登上教育总长的宝座，更是以宣布统一大学考试、设立编译馆、合并京师八所大学的三大举措而惊骇当世。不难发现，三大举措中，前两项便是为科举与文言文的复归预设的制度化伏笔，第三项之深意则是使教育改革后已趋于"专门化"的人才还原为符合儒家教化标准的通才隽士。由此三项举措反观细辨章氏文化重建之本意，可知其早已超越了文化概念讨论的范畴，具有更为政治化的目的，不如说其"文化建构论"是一种政治文化的近代表现形态。难怪鼎盛期的章士钊也是学界、政界聚诃丛骂的中心目标。为明其以复古为求新之志，章士钊不得不常吟白香山《孤桐》诗以明心迹："直从萌芽拔，高自毫末始。四面无附枝，中心有通理。寄言立身者，孤直当如此。"自注云："孤桐孤桐，人生如此，尚复何恨！"因改其笔名为"孤桐"。

"青桐—秋桐—孤桐"，章士钊一生际遇正如其自喻的梧桐生命周期一般，由苍翠欲滴到秋意萧瑟，直到如一枯槁老木，当空而立，显示了其生涯从激进转趋保守的完整过程。只是我们不要以为从青桐到孤桐的变化，可以套入"由进步变为反动"的政治公式中。正如论者已经指出的那样，"五四"以后的思想界，激进派一方以一元论整体观的方式全盘否弃传统，恰恰是戴着传统的镣铐跳舞。受过中西之学教育的保守派承认中国传统的独特价值，同时并不抹杀西学的革新意义，反而比激进派多了一些宽容，少了一些绝对，更具有文化多元共存的心态，起码可以作为激进狂热、无端摧毁一切的文化暴力的制衡力量发生作用。品鉴梧桐三味的意义亦在于此。

－ 下 编 －

动情的历史学

侍卫官揭去珍贵文物上的保护罩并掸去灰尘，我挨个询问有关它们的细节："向朕谈谈这个吧！"

"这是在东魏时代由兖州刺史李珽塑造的孔子的塑像。"

"这些供牺牲用的器皿是哪个时代的？"

"汉章帝在这里礼拜时留下的。"

"这些画中，哪一幅画是最真实的？"

"那幅据说是孔子的徒弟子贡画的，又经顾恺之临摹过的，最真实。"

"这书法呢？"

"是宋徽宗皇帝的。"

……

有一棵是孔子亲手种的树。我问道：

"这棵树没有腐烂，为什么没有一根枝丫？"

"因为树叶和树枝在明代被火烧掉了（在 1499 年），只有光秃秃的树干还存留了下来；两百多年来，既未腐烂，亦未开花，它坚硬如铁，故以'铁树'闻名于世。"

我让我的侍卫去摸摸它，因为这是一件奇怪的事情。

上面一段文字摘自史景迁《中国皇帝：康熙自画像》一书。描述的是康熙皇帝南巡过程中拜访曲阜孔庙、与孔子后人孔尚任问答对话的情景。其中的"我"就是康熙皇帝。这段对话现场感实在太强，让人觉得仿佛康熙帝身后正紧跟着一架摄像机，随时记录着他的一举一动。史景迁也由此犯了当代历史写作的大忌——书写者应永远站在第三者的立场冷静观察，不得随意闯入现场胡乱搅局。让历史人物随便开口发言，完全破坏了客观公正的科学教条。通篇都用自传体口吻娓娓叙说历史更是"大逆不道"，弄不好会身败名裂。

但我以为，20世纪以来的历史学受科学主义的毒害太深。写史被要求克制自身的情绪判断，反过来却要把各类人物统统绑架到"规律""计划""因果"的战车上去，使其如牵线木偶般翩翩起舞。我们翻看历史书写中的人物事迹，有时像是在看僵尸片：个个面孔茫然，曲拐着四肢，眼光无神，四散挪步，真正的活人却奔逃躲避，不见踪影。

最近读到一本名为《动情的观察者：伤心人类学》的小书，此书集中讨论的问题在于，在人类学的田野调查中，是否可以投入观察者的感情？如果允许动情，那究竟如何把握分寸？我们发现，这同样也是历史学家面临的问题。

《动情的观察者》中有一段记录哈佛比较文学课程的规则，中心思想是，好的学术文章，最终目标应该达到去个人化，永远都不能说"我"，当然也不能以任何方式把自我感受带入批评中，不能故意作一些幽默的评论或纯粹玩弄词藻、谋求文学上的效果。按照这个标准，让康熙爷化身为"我"，发表大段大段的自述显然是违规的。如果严格划定界线，从"我"的角度表达任何意思，已是纯粹的文学表达。心态的起伏往往虚无缥缈，最难把握，以往的历史书写避之唯恐不及。现在康熙爷却站在前台自说自话，用倒叙、补叙、超时空回忆勾连场景，大有穿越古今的味道，着实让习惯虚化作者"自我"的老派读者感到不适。然而，隐藏真实的那个"我"，可能会使研究者变得很虚伪，比如人类学界就发生过某个大佬的日记中有侮辱其考察对象的内容，与他标榜的研究准则背道而驰，曾经引起轩然大波。如今时代不同了，个人情绪的表达越来越堂而皇之地进入论文，据说一些评论读起来就像诗歌和小说，文学与批评的界线也变得越来越模糊。

一种骇人听闻的极端说法随之产生，认为写历史一样可以进行情节设置，内容甚至可以虚构，就像写小说一样。人们担心，这个口子一开就乱了。历史和文学的边界到底在哪儿变得众说纷纭，吵得一塌糊涂。其实要想划清史学和文学的边界并不困难：史学家如同戴着镣铐跳舞的舞者，必须守住依凭史料说话的底线；小说却可以恣肆狂想，不必在意放飞出去的思绪会不会漫游无度。在我看来，如果想让历史写作不显刻板和面目可憎，在叙述某个历史场景时，只要确认某件史事发生过，那么，它由谁来叙述没有根本性的差异。也就是说，这个事实由第几人称说出来并不重要，重要的是所聚焦的是一个有明确记载的历史对象。史学如果真把文学当情人对待，二者谈恋爱的默认规则应该是这一点。

《中国皇帝：康熙自画像》里有一段康熙第一人称的自述，说自我儿时拿枪挎弓时算起，共杀死了一百三十五只猛虎、二十头狗熊、二十五头豹子、二十只大山猫、十四尾麋鹿、九十六条狼、几百只鹿和一百三十五头野猪。当围猎或设陷捕猎时，有多少动物被我所杀，简直无法计算。普通人一生杀过的动物，还不及我一天所杀的数目。在史景迁的笔下，这一长串数字仿佛是康熙帝一口气不间断说下来的，就像表演一段评书。实际上这段文字是一种史料"拼贴术"，它把不同地方发现的史料，故意集中在一起，然后由康熙帝用第一人称说出，以增加权威性。这些原生态的分散史料，如果不加重新组合，未必可以使我们产生同样的印象。

可以设想一下，如果是文学描写，大可大肆渲染康熙帝对狩猎过程的迷狂，甚至猜想他的狩猎心理与后来平定噶尔丹之间有什么内在关联。历史学的严谨却要求审查记载的狩猎时间和数目是否属实。一旦验证完毕，这个历史描写即可成立。至于是由康熙帝说出，还是出自一段史官的记述，或者是由今人进行复述，已经变得不太重要。当然，这只是一己之见，严格来说，事实由谁叙述仍有如何认定的问题，只是史学面对文学如果有意放宽自身边界，那么叙述者身份的模糊就是小说和历史书写之间可以交叠互融的地带。

做史之难，难在能"同情之理解"，这个口号前几年喊得很响，做起来还真没那么简单。人们厌烦了今人每见史实就要预先戴上一副现代眼镜进行细密审查，他们对前人的脊梁指指戳戳，见识却大多矮于先贤不知几许。即如那些把梁任公和革命党人相比，说他是阻挡历史前进的"跳梁小丑"云云的妄说断语，实在荒谬不堪，却在以往的史册中俯拾皆是。所以"同情之理解"强调贴近古人心境，要求我们细致揣摩，慎加评论。

"同情之理解"这个说法虽出自史家之口，却与人类学的做法相通。民国初年的文人学者浸淫科学方法已久，对此多有自觉。如费孝通就说，一批现代文人带着文字下乡，拼命向乡民灌输西方的文明观，反而忽视了乡间常识的威力，遭遇尴尬那是必然的。费孝通被人夸赞是因为他不是那类专门跑到"野蛮人"部落猎奇的洋派人类学家，他工作的田野是姐姐的家乡。如此一来，"在地化"成了中国人类学家的宿命，他们操着家乡方言进入村舍民居，做到"同情之理解"自然容易得多。不过，无论进入现场的难度是大是小，都会遭遇一个问题：如何避免只同情不理解或只理解不同情的两极窘态？前一个状态中的"自我"容易被田野融化，后一个状态的学者又多有先入为主的毛病，如何拿捏二者的平衡，不仅是人类学家的课题，也是一切人文学科的难题。

近读沈从文旧文《凤凰》，文章详细描述他家湘西凤凰的古风侠影，以及那些放蛊、行巫、落洞的野蛮习俗，让今日读者恍如身临其境，看上去又像一篇历史观察或人类学笔记。且看沈从文如何拿捏分寸。他详说凤凰女性与洞神结缘的习俗和侠客田三怒的风仪，动情动意，却又不免点缀些貌似学术的评判，如断言落洞女性与性压抑有关，根源可追究到具体的生存环境云云。他聪明的地方在于拒绝给落洞风俗戴上迷信的帽子。他说："用现代心理学来分析，它的产生同它在社会上的意义，都有它必然的原因。一知半解的读书人，想破除迷信，要打倒它，否认这种'先知'，正说明另一种人的'无知'。"这和费孝通的态度是一样的，即在充分体验乡情乡音之后发出一个审慎的判断，保持自我对历史观察的敏感度，可见人文学科之间的感觉是相通的。

历史书写是否应动情动意，肯定是见仁见智的问题，不过在学科专门化日渐霸道的今天，多读到一些见出真性情的历史作品，应该是大多数人的愿望。

"桃色"怎样入史？

近代有一位名士王韬，一辈子没得什么正经功名，好像也没干出什么惊天动地的大事业，脑门上却顶了不少头衔，比如"改革思想家""长毛状元""夷情专家"等等，尺寸都大得吓人，各类标签的意思也相互打架。思来想去，王韬暴得大名，大约是因为协助洋人对译中西经典。他曾帮一个传教士把《圣经》翻译成中文，后因私通太平军被清廷追杀，逃到香港，又反过来帮另一个传教士把《诗经》等五部中国经典译成西文。这些来回转译文字的营生在当今算是件大功德，自然有人愿意给他戴上中西文化交流的先驱这顶桂冠。可在晚清普通人眼里，他充其量就是个洋人买办、文化掮客。

王韬经常干的另一件事是到处给大官写信自荐，出谋划策，指点江山，好像真把自己当成了怀才不遇的卧龙诸葛孔明。结果自己给自己写了一辈子推荐信却根本无人搭理，完全是剃头挑子一头热。所以他才在《自传》中自嘲说："既不能上马杀贼、下马草檄，又不能雕琢文字、刻画金石以称颂功德，徒为圣朝之弃物，盛世之废民而已。"这口气颓唐得几近撒娇了。

其实，王韬记述冶游狎邪的文字更有意思，只不过后人总想刻意把他打造成改革变法的英雄，往他头顶罩上些政治光环，反而羞于提及他猎艳狎游的一面。那些满脑僵硬思维的学者，面对这类文字更是不知所措，干脆视而不见或有意忽略。我翻检某版本的《漫游随录》，赫然发现在王韬记述冶游经历的文字旁，有今人用不屑语气作了一条批注："低级趣味。"可见学界假道学多矣。

在我的阅读范围里，只有王尔敏是例外。他曾以《王韬生活的另一面：风流至性》为题撰写专文，可惜的是王老虽然触碰到王韬的情色故事，但还是羞羞答答，欲言又止，未予详细申说。

王韬冶游于欢场，流连于酒肆，晚年心境淡漠萧疏，于是学蒲松龄，写起了女狐故事。又仿唐代《教坊记》《北里志》纪丽品、撷艳谈的传统，为妓女作传，称"美质良材，岂以古今殊、南北限"，于是"搜罗近世之娇娃，采辑四方之名妓"，编为《花国剧谈》。另一部艳影集《海陬冶游录》更声称是一时游戏之作，说是览读此书，可以于"沪上三十七年来南部烟花，北里风月，略见一斑"。

王韬的友人蒋剑人曾为一本叫《苦海航》的奇书作序——这书在现在看起来也算是淫书，大致是罗列情色，再予警戒，类似《肉蒲团》讲完淫荡故事，再刻意缀上几句道德说教作尾巴。蒋剑人说，太多人堕落在这情天恨海之中，能入不能出，反而畅游得欢欢喜喜，一定有其理由，何必为他提供一苇渡海呢？所以苦海航行的警示如清夜钟声，虽响却毫无用处。那意思是，《苦海航》学《肉蒲团》《金瓶梅》，在细写花团锦簇之欢后再用劝善箴言包装说教，纯属虚伪。但若将王韬的作品与之相比，仅把他的情色观定位成猥琐刺激的俗艳之论，似也过于简单粗暴。王韬的冶游之中或许另有玄机。

早有人指出，与妓女打情骂俏、诗酒唱酬乃名士文化的一部分，自有其优雅别致之处。情色若只是透过床帏诱惑，肉欲泛滥无度，那才是下品。高级的妓艺交流颇有些精神恋爱的味道。王韬有句话说得实在：“至于绮靡障碍，未能屏弃，亦是文人罪孽。然秾艳风华，乃其本色，儿女之情，古贤不免。”如《冶游录》所记蔡韵卿一角，多识儒生名士，其中就有《苦海航》的作者姚梅伯。文中说韵卿棋艺琴技、茶经酒谱无不精晓，“每当柳荫蝉静，帘月如水，琴声辄发。然不屑轻见人，为客一抚也”。

才妓幽居的氛围也相当雅致怡人，居室都有雅号，当看到“彤琯冰蚕阁”这类大有闺阁女史风致的名称时，真分不清是书舍经楼还是艳香妓馆。又如才妓张若涛“弹琴赋诗，敲棋度曲，无一不臻精妙，书法尤工簪花小格，秀骨天成”，确不可作寻常“路柳墙花”看待。有这样的才情自有相应的绝配故事，如有名士二石生与才妓云仙吵嘴，不久云仙特请来蒋剑人说和，举出汉武与阿娇不睦，长卿为之作《长门赋》的典故，请他作赋向二石生一吐衷情。蒋剑人果然洋洋洒洒地写出《彤琯冰蚕阁赋》，代之抒发思念之情。

除了对才妓的倾慕，王韬的文字也反映了世事百态。如提到黄浦江中有船妓，虹口还有专供洋人的娼家，华人可以假扮洋人前往寻欢。再如粤东妓女寄居上海后均不缠足，招接洋人，称咸水妹，穿戴衣着也与其他妓女不同，昭示的是职业分工的细致。又说沪上穿衣一度以青楼服饰为尚，丽制雅裁都在一条街上采办，居然一度领风骚于上海时装界，也是一奇。王韬也记述妓女唱腔的变化，透露了京班在沪上的流行逐渐取代西昆雅调的过程。徽腔紧随其后，自改声调，以至于市井儿童信口都能唱出一嘴的二黄调，勾勒出的是一幅徽腔取代西昆、京班又改造徽调的戏曲变革线路图。

不过民国以后才妓已属罕见，青楼中能赋诗度曲者更是稀有。有人回忆说民国元老于右任拟于坊间寻找一优雅女子对答赋诗而不得，只好怅然离去。理由是在现代人的眼里，倚门卖笑是社会病态之一种。妓女被想象成与性病紧紧捆绑在一起的社会毒瘤，成为传教士、医生、社会志愿者纷纷侦缉监控的对象，纳入甄别控制的档案。甚至那些对此质疑的人，也只是把妓女身份看作现代工商业社会中的一种"职业"。虽然拼命想为她们"正名"，却又恰好落入今人对分工认识的俗套——这类正名行动与传统文人对才妓的欣赏品评毫不相干，完全是现代划分人群的办法。

面对一些绳趋尺步，把妓女视为祸水、艳藻看作淫词的假道学，王韬的回答倒是直率犀利，直斥其"不知西曲繁华无非元气，东山妓女亦是苍生"。在《花国剧谈》中，妓女多恋才子、不屑商人，侠女柔肠百转、义重情深，甚至不惜以死相抗，经常拼得香消玉殒，满纸情天恨海。如此描绘出的种种艳史虽仍不出红颜薄命、情郎负心的旧套，却也映射出他独特的女性观。

在《花国剧谈》的序言里，王韬不免说些俗套的话，如什么"身无艳福，而心郁古凄，仅品评名花于三寸之管，要亦空中色相而已，具大智慧者，何容征实？请事观空，则以《花国剧谈》为苦海之航也可，为愁城之筏也亦无不可"，仿佛是想招呼大家一起走一趟苦修之旅。这话看上去怎么都有点虚伪，好像是在模仿《肉蒲团》极度宣淫后的道学口吻。而在《海陬冶游录》自序中，他又决绝地与世俗见解划清界线，他说："铅华宝髻，不讳言情，浊酒残灯，乌能妨节？与其高谈耸听，毋宁降格求真也。"又说："意无寄托，旨乏劝惩，见斥于礼法之儒，遽指为文字之障，则亦姑听之而已。"这些话降格求真，蔑视礼法，别开出一番气象，这恰是王韬率真任情的一面。那些厚着脸皮兜售真善美教条的人，在王韬嘴里就像卖假药的骗子。

要是认为王韬流连于情色世界，不过是一寻常浪荡公子哥之所为，倒也有些低估了他。我宁可把这些貌似游戏的文字看作借坊间红粉境遇自况的正经作品。在《浮生六记》跋中，有段对才女命运的评论入情入理，读起来让人扼腕长叹。王韬既是对才女的遭际表示同情，也是对自身的不得志诉说哀惋。他说："盖得美妇非数生修不能，而妇之有才有色者，辄为造物所忌，非寡即夭。然才人与才妇旷古不一合，苟合矣，即寡夭焉，何憾！正惟其寡夭焉而情亦深，不然，即百年相守，亦奚裨乎？呜呼！人生有不遇之感，兰杜有零落之悲。……乃后之人凭吊，或嗟其命之不辰，或悼其寿之弗永，是不知造物者所以善全之意也。美妇得才人，虽死，贤于不死。彼庸庸者即使百年相守，而不必百年已泯然尽矣。造物所以忌之，正造物所以成之哉？"王韬常以"才女"自喻，自恃才情甚高，大概级别相当于"美妇"，却不得"才人"青睐，暗指哪怕偶得"才人"（官员）赏识，即使少活几年也在所不惜，只可惜自己空似"美妇""才女"，却落魄草莽，湮没无闻。

本文的意思是写史不必总拘谨地端着架子，一味把人往死里拔高，扮出一副非礼勿视的酸儒模样。历史的多样有趣恰在于展示人性的不完善，偶尔看看某人挣脱道德束缚时露出的嚣张顽皮、无理取闹之一面，倒是很好玩的一种阅读体验。

人性光谱的灰色地带

少时看电影《青春之歌》，印象最深的是扮演林道静的演员谢芳眉清目秀，老是围个红色围脖，典型一副"五四"女青年的模样，林道静丈夫余永泽由名演员于是之扮演，扮相猥琐冷漠，与谢芳的俊俏形象形成了极大反差。电影更突出的当然是地下英雄卢嘉川，由小鲜肉康泰饰演。现在回想起来，导演的偏爱太过明显，聚光灯打出的光线装饰感特强，总是恰到好处地映照出谢芳的清丽可人，再反衬出于是之那张如僵尸般沉郁的脸。于是之是话剧皇帝，他的表演把余永泽的自私冷酷拿捏得人见人恨。有一场戏说的是卢嘉川被追捕得走投无路，躲到林道静家，遭余永泽慢待冷遇，无奈跑到大街上，最后让特务逮去。丈夫冷漠、美人伤心，演绎出一段革命的三角恋。

现在看来，余永泽是胡适的弟子，标准的宅男，人老实，好读书，林道静应该庆幸这场婚姻算是赌对了，至少嫁了个能挣钱的老公。岂料导演不这么看，余永泽只做学问不想革命，完全是个被胡适附体的书呆子，无疑要归到落后分子之列。当年胡博士有句名言叫"多研究些问题，少谈些主义"，这话没什么错，却得罪了革命党，被骂是懦夫。他们觉得光当宅男，未免窝囊，太没激情。于是，极富革命煽动性的卢帅哥更能俘获少女的芳心。

有意思的是，于是之逝世后，有一篇回忆他晚年的文章，说于是之曾认为自己塑造的余永泽并不成功。文章分析比较了小说和电影对余永泽形象的不同处理，发现两者确有差别。小说中的余先生远没这般猥琐，余永泽在家中遭遇卢嘉川时，也没有表现出要赶走他的意思。电影里的对话却夸张表现了余的漠然无情，只见他话赶话地把卢给逼走了。于是之大概是觉得这段表演有些过火，歪曲了小说的原意，有丑化人物的嫌疑。其实于大师大可不必自责，那时代电影人物多模式化，反派丑角不是相貌丑陋就是心理变态。观众也习惯采取极端思维，觉得林小姐就应该移情别恋，嫁给浪漫的革命家。

可是换个思路又觉得，于大师晚年的自省是有来由的。有那么一段时间，余永泽的老师胡适火了。大家忽然觉得光谈主义未免空洞，还是讲问题实在。于是胡博士与一帮好谈"问题"的学者在尘封的记忆中被挖出开棺，再塑金身，变成了学术庙堂里的大神供人膜拜。所谓"民国范儿"，大体是余永泽的模样：长衫拖地，满口学问，谦和儒雅，早没了电影里扮丑卖乖时的呆傻气。历史圣殿里那隐在缥缈帐幔背后的学人图像和已经登堂入室的革命者肖像恰巧挂在了两头，就如光谱的两边，耀眼分明，圣殿中间却留出一面墙壁，成了空白。

从常识上感觉，人性跳跃激荡的时刻毕竟是短暂的。如果仅以是否激烈反抗作为分辨善恶的标尺，我想那会误伤很多的凡人。英雄在哪个年代都是稀缺的。看了太多的革命电影，我们似乎已经习惯，人人都是精力无限的激情斗士，四处抗争，好像那才是正常活法，仿佛历史就是由这样的人群组装而成。静谧沉默的人生被贬低成懦夫的苟且，是不值得过的。人性的光谱就这样缩编成了单调的两极，那属于最多数也最复杂有趣的中间样态则被遗漏得一干二净。那么，光谱的中间地带到底是什么颜色呢？

于是之的晚年醒悟倒是提醒我们，即使把人使劲往坏了写，也要注意他基本的人性逻辑。为此于是之应该感到骄傲，在几无自我艺术创作空间的年代里，他还是演绎出了余永泽身上那股凡人的逻辑。他持有不那么张扬激进的主义，信奉沉潜入微的治学态度，也不时打点自私的小算盘。这批人其实才是民国初年文人的主体。

读20世纪的文人史，有时觉得他们特有傲骨，有时又觉得他们太装。曾看到一则柳亚子的逸事，说新中国刚成立那阵儿，柳亚子暂住颐和园内，自以为曾以名士姿态为中共说过几句好话，自然会被另眼高看、破格对待，没想到久久等不到领导人登门造访的音讯，郁闷非常，甚至为泄愤打警卫人员耳光。等他憋闷够了，周恩来才带了首诗过去，诗云："莫道昆明池水浅，风物长宜放眼量。"明眼人都看得出来这是说他心眼太小、境界不高，着实把这位大名士羞辱了一番。读罢这段逸事，我对南社柳大诗人当年表现出的傲岸不羁的钦佩顿时荡然无存，却又觉这类文人常被错放在英雄光谱一极，如今给踢到中间地带变成灰白颜色，那才算正常。

仔细一想，这也许正是人性的常态，那种为理想慷慨赴死或极尽糟蹋自己、生怕成不了坏人的情形，大多是个别极端的例子。相反，那些苟且存活、平庸度日的人物，才是多面和复杂的。与英雄闪亮出场时张扬的一派崇高相比，他们未必就没有自己的尊严。

处在光谱中间的鲜活人物被忽略，是因为他们不符合剪裁好的时尚标准。就拿抗日战争中的群像光谱来说，大家关注的不是那几位抗日英雄，如谢晋元、张自忠、薛岳，就是那几个日伪汉奸，像汪精卫、周佛海、陈公博之流，他们构成光谱的两极。除了这些名人，那些身份模糊、观点暧昧的人群甚少得到注意。

从当代人的眼光看，战争的正义与非正义一目了然，界线分明。关键在于，历史现场的个体介入其中的形式，是否只有激情抵抗与卖身投靠这两种选择？傅葆石对于日据时期"孤岛"上海的知识分子之生活态度的研究，就多少回答了我的疑问。在一般人眼里，只要是留在上海日据区，即使不属附逆变节之辈，也是一帮立场动摇的不抵抗分子，应该划归人性光谱的阴暗一极。但实际上，沉默的隐忍也许是更加困难的选择。就如王统照所说，上海已成"牢城""死城"，如果采取以暴易暴的复仇抗争，表面热闹却未必有效，个人内在的生命修养反而比抗议姿态更能持久。

"孤岛"中的知识分子有自己的信念和生活节奏，面对日本人的侵略也有特别的抵抗姿态，大多有模仿清初遗民的痕迹，如有口号明说要"为良心，为民族，做一个隐士"，同时也难免招来激进分子要"扫除遗民气"的谩骂。"孤岛"作家作品中多有隐士和妓女，个个有情有义，清初遗民用逃居佛门、拒绝当官作抵抗姿态，妓女则以和抗清名士的缠绵情感折射守节的理想。王统照的小说《华亭鹤》写朱老仙之死就活像一个清初守节士人的翻版——朱老仙先以诗词自娱避世，当有留学背景的儿子做了伪官后，他毅然选择了自杀。在另一篇小说《双清》中，歌女爱上了一个革命者，没想到这位革命青年又背叛了她，不由让人想起《桃花扇》里的李香君和侯方域。在这篇小说里，歌女变成了"孤岛"文人的化身，忍辱坚定，其持之以恒的守节定力并不亚于那些高喊口号打打杀杀的激进战士，最后反而倒是某些革命战士经不起考验，放弃了自己的目标和理想。

"孤岛"中最吸引眼球的是一批身份模糊、观点犹疑、两边投机、大捞好处的人。傅葆石书中提及一个报人，某一天他的脑袋被发现挂在法租界法院附近的电线杆上，引来成千上万人围观，以为是某个抗日志士又遭残杀。可是核查被杀者的身份，发现他原来只是个报界流氓。他主持的《社会夜报》常常信口开河，上海人叫它"野鸡报"。为博人眼球，《社会夜报》每晚都刊登耸动视听的虚假新闻，一会儿说上海名流私通敌人，一会儿又说日军大败，让人分不清哪些是真实、哪些是杜撰。据熟悉上海掌故的陈存仁医生回忆，此人是个"两面光"的投机家，在租界叫卖的报纸上面，凡是使用红标题的新闻都是骂日本人的；另外再印一批报纸，红色标题的文章却改为大捧日军，每天派人送往虹口，从日本人那儿拿到大笔津贴。一次他到妓院玩得昏天黑地，忘了给虹口送报，日本人等不及，从租界买了几份回来，事情终于露馅。日本人找了一批流氓，用车把他拉到江湾体育路，叫他自己挖了一个深坑，流氓们把泥土倾倒下去埋了身子，等他断了气，把头割下来浸在浴缸中，等血液流净之后，又白又胖的面孔便被挂在电线杆上示众。

这样两边投机的行为也属于人性光谱的中间地带，这类人恐怕与那些孤独的隐士、过着凡庸生活的平民一样，占"孤岛"人群中的大多数。

人性光谱的两极化不仅发生于近代社会，传统历史中也能不时见到。当年乾隆皇帝命史馆设《贰臣传》，就是专门记录一生服务两朝的高官事迹，等于预先给他们加盖了道德审判的皇印。只要一入此传，不管你曾为清朝流了多少血、有多大的功劳，都将留下终生无法洗刷的污点。乾隆爷反而大夸那些誓死和清廷血拼到底的敌人，如南明扬州督师史可法，甚至褒扬与金人势不两立的岳飞元帅，又是立庙又是祭祀，令降清之人好不心寒，都觉得乾隆爷太不厚道——自己流血流汗为大清卖命，到头来还不如那帮反清分子能留个传世英名。

乾隆爷的意思很明白，只要做了我朝的官，就是不忠不义；你是明朝的人，就应该殉死前朝。衡量忠奸的标准只有一个，那就是能否死心塌地效忠当家皇帝。所以拼死抵抗的史可法被捧上天，开门纳降又密谋反清的钱谦益则被看作首鼠两端而列入历史的污名册。可见，在乾隆爷的脑子里也有一个两极的人性光谱，那就是忠和不忠。臣子们脑袋上都贴了标签，分处两极，各自站队，泾渭分明。可是如果我们也把这枚金箍当成桂冠，洋洋得意地戴在自己头上，或者自作多情，拿着这顶帽子四处找人，强行试用，则大可不必。在我看来，大街上还是少点戴这类帽子的人，日常生活才显得正常、多样和有趣。

周作人的"原罪"

　　周作人的"附逆",一直是学界喧闹争议的话题。在舆论漩涡中,周作人最终被塑造成两个极端对立的刻板形象:一端贬之为"文界汉奸",另一端却奉之为"文化的种子"。后来还有人添了个注脚,大意说周作人是中国传统培养出来的"利己主义者"。第一个是扣帽子,第二个是摘帽子,第三个是重新换上一顶小号帽子再扣上去。帽子的重量非同一般,它的名字可以叫"反国家",也可以叫"反民族",至少也是文人的"自私自利"。周作人总想把这些帽子摘掉,陈述的理由也不无道理,觉得自己在日据时期明明扮演的是坚贞的苏武,却被错当成叛徒李陵,何其冤枉!这位书呆子心想,尽管他本人"牧羊"的时间远没苏武那么长,可八年也不算短呀。这自我辩护的结果当然只能是自取其辱,因为要不要给他摘帽子可是代表国家的民国政府说了才算的。

　　"国家"意识这个紧箍咒一旦套在头上往往自己摘不下来,外人也无能为力,不是如来佛的法力使然,而是它纯属中国近代历史锻造出来的神器。它被打造得尺寸统一,谁戴上都会变得思虑纯粹,行动起来与政府步调一致。周作人是晚清变革和"五四"的产儿,民国初建,乱象频现,即有人开始对"国家"到底是不是个好东西表示怀疑。陈独秀干脆说要想进步就必须打碎"国家"这个偶像,那时"爱国"或"不爱国"大致还是个人自选题,不是必答题。任公厌倦了党派互掐,也一度犯了"革命"恐惧症,说大家别再吵吵闹闹了,咱们还是一点点从基层做起干点正经事吧。

经"五四"洗礼的文人还有那么点自我期许的狂傲,经常摆出一副舍我其谁的架势,几个人商量一下就跑到山上弄一个"公社"。周作人想"山寨"日本武者小路实笃搞"新村",在当时绝非异想天开,也不是什么"汉奸"行为。"国家"在他们的眼里实在是个模糊不清的东西,甚至是有害的,那时候最时髦的词是"无政府",是"改造社会"。

"五四"虽然以反对巴黎和会决议开启了新阶段,但绝不要以为简单贴上"爱国"这种政治标签就能把它的意思概括完了,好像"五四"青年都明明白白属于"国家主义者"这一类人群。"五四"的思想成分多元而复杂,传统的"士绅"阶层虽然近于消失,当个"隐士"弄点私人事务的空间倒还残留着。那时候尚允许周作人在"苦雨斋"里悠然遐想,做个读线装书的活古人。当然,"五四"孕育出一代革命激进青年是个不争的事实,却同样给了想当"文化流氓"的周作人足够的机会。20世纪30年代以后,"左""右"两个阵营开始撕破脸皮,变得水火不容。非左即右的站队心理导致知识人之间互撕成风。周氏兄弟反目成仇,酿成"东有启明,西有长庚"、两星永不相见的失和痛局。艺术公民周作人毫不掩饰对"晚明小品"闲适风格的欣赏，公然成为左翼作家联盟和鲁迅的敌人。

"革命"与"书斋"生活势不两立，"五四"以后的知识人被要求在国家、民族、集体这些大词中慎重选择一个依傍上去，作为安身立命的归宿。这成为一道人人必须作答的题目。如果你把"国家"错选成了"个人"，那就与"自私自利者""个人主义者"变成了同党，轻则被边缘化，重则被孤立批判。20世纪60年代电影《青春之歌》里的余永泽，一心只想当好胡适的弟子，靠在书斋里读书成就自我，对世事的恐惧变成了骨子里的孤独和排外，活脱脱是一个翻版的周作人。与"革命女神"林道静相比，他无疑是国家意识塑造出的标准负面形象，黑白善恶对比如此分明，辨识度实在太高，余永泽也因此被大艺术家于是之生生演绎成了一个猥琐不堪的"渣男"。

周作人在汉奸审判后保持沉默，不做任何自辩，引起种种猜测和解读。有人以为他的态度是执拗的抵抗，有人以为他是继续堕落而拒不认错。其实周作人的"失语"，是由于无奈之下难觅解人，不如干脆不言。试想，全世界都拿他当叛徒李陵，只有他一人幻想自己曾化身苏武，身陷敌营还保持贞洁。在众人语言暴力的群殴之下，即使能发出微弱的辩解声音，也于事无补。这一点倒显示出其"士绅"之外"流氓"性格的坚硬一面。

这个自称流落出国家视界的化外"绅士鬼"加"流氓

鬼"，主张的是"大美无界"，向往的是"文化大同"。在他的眼里，生活中的日本俳句、浮世绘与中国古籍俚语里的"冷语""舛辞"，欣赏起来哪里可以用国界来划分呢？那是一个纯由诗人支配的美丽新世界，没有家乡、国家、民族对个人的约束，只有"审美"一种维度可以独占身心。在周作人的字典里，既没有文学家关心的"个体的人"，也没有社会学家观察的"群体与社会"，即便他短时间迷恋过"新村主义"，最后还是要回归到大同和"天界"意义上的纯粹审美境地。这种完全无视现实情境的"文化世界主义"，在"国家主义者"看来根本是活在一片荒唐的梦境中，虚幻成瘾，纯粹有病。对这种大逆不道的文明叛徒，需要有人冲上去扇他几个巴掌，让这位梦游者清醒清醒，或者径直把他送进精神病院拉倒。

"五四"之后知识阶层严重分化，与国共两党探索革命道路的选择出现重大分歧有关。一部分人从书斋走向大众，融入左翼思想的湍急漩流；一部分人继续簇拥在国民政府领袖的旗帜下，甘做"国家主义"的信徒；还有一部分人奉行"改造社会"路线，留守在几个残存的地点艰难实践着他们的"无政府"之梦。最少数的一些人则枯坐书斋，当了学术宅男。但在家国恩仇的情绪挟带着各种创伤疾患蜂拥而来的时代，当宅男不问世事同样是一种罪过。即使你再有学问，也没有选择闲暇、逃避现实的自由。更别提周作人在战火烧遍了中国大地之时还不识时务地坚持浪漫的审美教育，结果不但冒犯了左翼知识分子和被他们教化的群众，也冒犯了官方不遗余力支持的那些民族主义者。加上周作人还长着一张味道特别的面孔——"细加察看，那表情是江户的，是歌麿的，是明末大城的，是左祖右社的旧北平的"，更强化了他身上的"原罪"气质。他的闲适清淡与平民趣味混搭的软学问，与激荡煽情的国家主义、民族主义的政治化学问相比，岂止是格格不入？简直落伍到像一个活死人的地步。周作人作为一代文豪，其命运真可谓活不逢时而非生不逢时。

身体、革命与"痛史"

最近史学界热闹非凡，不但研究兴趣从上层转往下层，从英雄转向民众，还从国家转向了身体。过去史家满嘴都是大结构如何、大趋势怎样，"人"几乎可以忽略不计。现在打开一本时髦史著，满眼充斥的仿佛都是躯体、肉身、味觉、触感，身体的位置、姿态、眼神都成了史家凝视的对象，美其名曰"身体史"。

这世道一变，不免让人担心，以后史家会不会被勾得目眩神迷，失去学术操守。对"肉身"感兴趣似乎是人之常情，但史学界对细节的关注度与以往反差实在太大，在观感上根本协调不起来，让人难以适应。这就像一位原来只对身体结构感兴趣的专家，哪天发起神经，突然拿起放大镜趴在某具肉体上琢磨起了皮肤上虱子的运动路线，不被当成疯子那才叫怪呢！

身体史这词说出来还觉拗口时，又有一新词脱颖而出，名曰"感觉史"。顾名思义，就是考察人如何感觉自己周围的生活世界。在它底下最近还兴起一个小小的分支，叫"痛史"，就是专门搜寻历史上某些人群忍受痛苦的历史。乍听起来好像是一帮坏人在幸灾乐祸，真有点担心史学界是否会猛然出现一支专挖隐私的狗仔队。疼痛看不见摸不着，不像可以切割琢磨的肉身，还有个名正言顺的学科叫"解剖学"，要说研究疼痛只能凭感觉，那么评判的标准在哪儿？科学性何在？唯一可靠的办法就是去感同身受。这么追问下去肯定有挨骂的危险：难道监狱史专家一个个都要去蹲大牢，体验失去自由的滋味？研究刑罚的要真割自己一刀，体会被用刑的感觉？当然如果研究吸毒史的人真去吸毒，恐怕大犯毒瘾是真的，脑子晕晕的还要说去搞什么研究肯定是在蒙人。

可在我的少年记忆里，谈"痛"说"疼"不一定有切肤的感觉，却真曾想在国民党监牢里尝尝"疼"入骨髓的刑讯滋味。这话听起来荒诞，却是我年少时心底不时冒出的自虐情结。何出此言？我们暂且撇开"痛史"能否成为一个学科的无聊话题，先说说"痛"和历史记忆的关系。小时候，对疼痛的记忆往往与革命联系在一起。儿时心目中"谁是英雄"这道题的解答绝非自己思考的结果，影视作品中的酷刑镜头早已潜移默化地为自己提供了答案。

有一个秘密我至今难以启齿，那就是我小时候心目中最伟大的英雄不是那些作战勇敢的革命偶像，比如炸碉堡的董存瑞、堵枪眼的黄继光、潜伏时被烈火焚身也岿然不动的邱少云、电影《英雄儿女》里手握爆破筒跳向敌群实施自杀式袭击的王成。我心中最钦佩的英雄是在幽黑的刑讯室中，胸口烙满火印、指尖插满竹签、鲜血淌了一地却一声不吭的共产党员。酷刑的印记是鉴证英雄级别的最显著符号。

我也相信，这种自虐冲动绝不仅仅是我个人的记忆，而是整整一代人的身体经验。类似的经验在当代电影里也有所表现。冯小刚的《甲方乙方》里有一个胖厨子想过一把当英雄的瘾，自己扮演当年关在监牢里的犯人，经过威逼刑讯仍旧"坚贞不屈"。"好梦一日游"的职员负责假充监牢里的狱头，帮助他实现这个愿望。记得这胖子被五花大绑地捆在椅子上，脚边放着一盆炉火，冯小刚挥舞着烙铁不断发出恫吓，胖子高声为自己壮胆，狂喊"打死都不说"——他由此找到了老电影里烈士受刑的感觉。李琦的表演其实隐喻着我们这代对疼痛与革命之间联系的想象和理解，尽管那点记忆的唤醒已经需要花钱去购买。

这种以疼痛解说革命意义的手法不断延续，特别是在影视作品中频繁出现。电视剧《陈赓大将》中有个镜头，陈赓被捕后敌人对他用电刑，他向叛徒顾顺章要了一支烟，嚼碎后从容地说了句"可以上去了"，那份从容淡定足以让你的身体立马发生电击式反应。影像中的"痛史"肩负着讲解革命史的任务，一直延续到了《风声》《生死线》等剧中，刑具的花样已不仅是火钳、竹签，还加入了中西医疗器械，比如解剖刀和针灸用具，对革命者忍受疼痛的想象力也发挥到了极致。当我们看到张涵予扮演的地下党被吴刚慢慢捻动的钢针折磨得死去活来时，我们对疼痛想象的莫名快感也在蔓延，自虐的标准被进一步升级——尽管其中掺杂了不少娱乐的成分。

感知"疼痛"变成了我们的一种自虐记忆，但问题是，我们中国人遭受的苦难和疼痛实在太多了，我们应该更深入地理解这种疼痛的忍受到底带来了什么，而不是津津乐道于疼痛的细节和躯体的反应。我们对革命烈士表达出的应有尊敬，不必通过无节制渲染暴力的手法来强化——何况这种渲染未必与历史的真相一致。最近看了国民党上海市长吴国桢的回忆录，说他曾逮捕过数百名地下党，他们几乎都有招供的记录，这让他百思不得其解。他花了番心思考察原因，甚至摘出了列宁的一段话进行分析：列宁曾告诫搞地下工作的同志，说一定要记住，身体的忍受力有一个极限。与此类似，吴国桢发现地下党内部有个被捕后如何应对酷刑的规则，就是一定要至少坚守二十四小时，过了一定期限后招供即不算变节。因为人的身体忍耐是有限度的，超过这个极限就会难以忍受。二十四小时的设计是为了让别的同志有转移的时间，而非一味地要求被捕同志坚忍不招。所以，历史的真相，特别是身体耐受疼痛的真相，不应被过度浪漫化。"痛史"如果真能表露真相，其实并不会对那些真正作出牺牲的坚忍战士构成不敬。

我以为，在登峰造极地表现酷刑带来的血腥恐怖以及烈士们的坚忍不屈时，似应更多思考他们的疼痛忍耐和无畏牺牲最终带来了什么，而不是一味"美化"酷刑带来的痛感。研究过缠足"痛感"的学者高彦颐曾经说过，那些倾诉缠足痛苦的言论并没有给女性带来真正的解放，也没有使她们真正获得自己的主体性，因为倾诉也许是为国族建设服务的一种表达方式。渣滓洞里的江姐可以作为"痛史"的倾诉对象,她对疼痛的卓绝忍受可以把抽象的革命道理转换成一种意志力的肉身表现,并通过影视画面细致入微的表现震撼每一个人的身心。但如果不超越影视表象的局限,我们的感受能力就会永远停留在对"疼痛"的自虐式欣赏这个层面上,所谓"感觉史""痛史"的学术含量即使再有提高,英雄忍受痛苦的画面再被逼真放大,历史上普通人所真正感受的痛苦反而可能被遮蔽与埋葬,甚至被无耻地娱乐化。如果是这样的话,"痛史"的描写和那些充斥谎言的"大历史"还有什么区别呢?

细节决定历史成败？

　　黄仁宇在缅甸丛林中被日本狙击手打了一枪，这是他当国民党军官时发生的事。这打不死的老家伙命还真大，后来居然能写出如下这般锦心绣口的文字，说在孟拱河谷四月的一个清晨，蝴蝶翩翩飞舞，蚱蜢四处跳跃，空气中弥漫着野花的香味，一具右手紧握喉咙的日兵尸体，倒栽葱地插进河里，死者身上的一幅地图和一本英日字典湿漉漉地挂在矮树丛上，直到晾干。这是历史抑或一部电影里截出的镜头？

　　镜头再切换到南京中央军校的对日受降现场，一个特写场面出现了，在此起彼落的镁光灯闪耀下，冈村宁次显得局促不安，慢慢握紧拳头。黄仁宇缓缓道出一段旁白："日本人是一流的输家，他们的自制力超群绝伦。"读到这句话，你可能觉得他好像不是被鬼子打中了大腿，而是打坏了脑子，要不怎么会对自己的敌人如此评价呢？不过且慢，诸位可别看偏了这句议论。如果把这种个人的现场体验横向挪移，还真难说不是一种超越党派对立的新思维，那是从一种在共生共存的搏杀处境中萌生的奇特历史经验。国共两党曾经掐得你死我活，势不两立，可是在黄仁宇的眼里，共产党充满温情，全都是乐天派，和叛匪压根儿扯不上任何关系。唯一要注意的是，不要和他们发生争辩，否则他们会追着你到天涯海角，直到你同意他们的论调，才放你走人。共产党人虽因信念和戒律可能显得秉性执拗，个人性格却着实清爽可爱。

对国共两党行事风格的差异，黄仁宇自然有番感性的认识。大抵而言，共产党要求你和他们有同样的想法，但不关心你的外表——至少在战时是如此。很多领导人自己总是一副没理发的样子，衣领也弄得皱皱的。国民党刚好相反，只要你表面光鲜、誓言效忠党国就行，至于内心怎么想，没有人管。国民党军校中的方阵训练一向受人追捧，最好的连队踢腿时腿绷得笔直，每分钟跨幅小于九十步，列起阵来满眼都是笔挺的制服、锃亮的皮靴和明晃晃的现代武器，军容美得让人窒息，足够让美国记者拍上三天。可这军队一到云南前线就缺三少四，必须临时跑到村里用枪逼着村民拉驴子驮物资。军需武器时常被倒卖给附近山头的土匪，一挺轻机关枪就能领到七千元现大洋，是一月十二元伙食费的几百倍。军需来源亦混乱庞杂，缅甸远征军的头盔是德国制造，云南龙云军队订制的则是法国头盔。在这样的军队中待上一阵儿，自然会放弃自小做拿破仑的梦想。

只有通过细节，我们才知道，经过党派斗争的过滤而写出的战史是多么无聊。如国民党抗战史抨击红军被收编成国民军后仍"游而不击"，这与抨击国民党不抗战只当"摘桃派"一样荒诞。抗战之初，红军刚逃过蒋军数度追杀，仍未从长征的疲惫中走出，个个衣衫褴褛，缺食少弹，在平型关击溃日军后勤辎重部队已属勉强，为此还搭上了千余名老红军的生命。但这样的胜利代价太大，如果一直采取这样的打法，红军早晚把长征后幸存的老本全部拼光。所以说红军"游而不击"当然不公平，说"游而少击"可能有一定道理，却不知红军也纯属无奈。

黄仁宇从战争亲历者的视角看到战时军需管理混乱无序，无法相互协调，由此放宽视野，观察到中国官僚社会与基层组织之间的脱节。他反对用简化的二分法草率处理国共之争，想寻求更长时段的意义。用道德优劣划分高下、阐释结果一直是历史书写的惯用伎俩，人们头脑里很容易被灌输一套"黑白历史观"，满纸显示的都是确凿的铁律和必然的结局，却难以从中发现人的喜怒哀乐。好不容易偶尔闪现出的绰绰人影，也大多如无脑的群氓或挣扎求生的炮灰。实际上，让人想不到的是，表面对立的双方往往共享着一些人情脉络。

如黄仁宇心目中的共产党员"田伯伯"田汉，侠肝义胆，自由浪漫，很难想象他能把自己的身心关在戒律严苛的党派笼子之内。一个可能的解释是，抗战期间的共产党把力气更多花在如何争取农村老少爷们的动员上，在渴望翻身的农民中推进新的秩序；城市中的知识人都在"白区"，还可暂时脱离铁打规条的控制，保留自己"浪漫"的一面。否则就很难解释像杨度这类"帝制余孽"会心甘情愿地为党工作——他们毕竟与去延安的小布尔乔亚知识分子有所不同，在大城市中仍多少享有自我的私密空间。

在《黄河青山》这本回忆录中，你可以读到，被特务追捕的田汉，竟然多次受到国民党高官杜聿明、陈诚的加意保护。可知中国式人情世故在某些时候可以超越信仰分歧造成的对抗。这倒提醒了历史学家，国民党与共产党某种程度乃同出一源，不少早期党员经历背景重叠，甚至相互之间不乏亲戚关系，只不过后来因政见不同分离四散，但在感情上难免藕断丝连，并非一见面就目眦尽裂，非要打打杀杀。有一个连续剧叫《人间正道是沧桑》，讲的就是一家几口分属国共两党阵营的聚散离合故事，在长期习惯戴着黑白两色眼镜看世界的国内影视圈中也算个异类。

在国共两党之间还横亘着第三方势力，这股势力以民主同盟为核心。他们大谈民主自由，声誉不低，俨然变成抵抗强权的象征。可在黄仁宇看来，这群人纯属书呆子议政，一帮"海龟"怨气冲天，只会痛骂当局，却提不出任何真正的制度改革方案，毫无解决中国实际问题的能力，只不过充当了一阵国共两党的临时掮客而已，却刚好对上了美国观察家们的胃口。非常奇怪的是，这帮人喝着美国墨水，却高喊苏俄口号，大概是因为国民党政府依靠美援强化专制，不好与其为伍，必须跑到敌对的苏俄阵营，才能显出自己的桀骜不驯。

黄仁宇写的《万历十五年》，畅销得一塌糊涂，但黄氏的野心显然不是讲几个好玩的历史故事，他借此宣扬的是自己的"大历史观"。在有些人看来，那些丰富的参战细节便足以让他的历史品味独领风骚，但他一再强调透过细节看长程的变化，宁可把视线延伸到明末，不想拘泥于描写自己的那点战争经验。令他有些绝望的是，放眼望去，几百年来历史细节的变化微乎其微。如他讲当年明朝为了击败满洲人，准备了数月，拥有绝对的人数优势和最先进的火炮装备，却在部队组织和移动速率上无法应对八旗组织和满人骑兵，一旦开战，明朝部队被迅速切割分化，终遭大败，火炮在迅捷移动的骑兵队列面前顿成无用的玩具。两百多年后明军换成了清军，失败的情形如出一辙，仍是后勤组织不力、联络失当，只不过这次是面对装备更为精良的列强军队。

与对历史细节的精确把握相比，黄仁宇提出的"大历史观"却难以服人。黄仁宇有一个著名的论断，说国民党搭建起了近代中国的上层架构，共产党解决了下层乡村组织的重建问题。乍一看，这说法不偏不倚，但实际上是各打五十大板，有点和稀泥的意思。实际上，黄仁宇设立的中国复兴的标准只有一个，那就是模仿西方的现代化道路，把文化导向的社会转变成能够在经济上通过计算进行管理的组织，也就是他多次提到的"数目字管理"。

所谓"数目字管理"，无非是说西方做到了财产权至高无上，超越了皇室特权和道德制约，受到法律保护，因此可以展开多层次分工和多边贸易，并促成货币管理的一体化。中国的王朝政治则倾向于把技术问题转变成道德问题，在沟通上下时主要依赖道德修养作为黏合剂，因缺乏中间组织的衔接串联，经常显得无效和虚伪。我以为这种看法有过度迷信西方制度安排之嫌。道德治理一经滥用，固然容易帽子满天飞，棍子随便打，严重起来会杀得冤魂遍地，导致鸡犬不宁；但这和把"道德"作为一种治理技术仍有区别，不是轻易可以下结论的，比如中国传统的宗族和地方组织就发挥着有效维护秩序和慈善救济的作用。要想完全摒弃道德传统，无异于把中国看作和西方同质的东西。

在中国，道德自古就不限于个人修养，而是一门治理技术。秦朝在滥用严刑峻法垮台后，汉朝先采道家黄老之术，再转用儒术治国，这正是因为儒术作为治理技术比其他方案更能节约制度成本。其中当然包括道德和法律之间的权衡取舍，这绝不是某个皇帝的个人好恶所决定的。试想，在一个社会管理体系中，遍派官员天天拿着鞭子监督民众干活，或是让民众自觉意识到干活对自己有好处，哪个办法更容易节省管理成本是不言而喻的，这也恰是儒法治理技术的关键区别。有时候，形式上的法律健全未必能解决所有问题，尤其是当传统社会的民众早已习惯了道德教化的柔性管理时。

现代人受西方影响，认为只要通过缜密计算积累财富并合理分配，加上法律体系的保障，就能解决所有问题。没想到这些条条框框一旦引入，却到处引发水土不服。历史上国共两党同样没能承袭传统道德中的治理经验，尽管两者疏离传统的程度有所不同。蒋介石讲"仁义礼智信"，台北的街道还标有"忠孝路"这样的名字；只是蒋家的口号尽管喊得响，却因为士绅阶层早已毁灭，没有民间团体促成这些口号实际发挥作用。起初共产党革命的一个目标是直接对准传统，像激动好斗的"五四"青年；后来等到讲"斗私批修"，树模范立典型，看上去又和传统的教化模式有相似之处；然而这些匆匆树起的招牌仅仅从属于政治运动的具体目标，多是心血来潮之举，难以形成固定的制度安排，自然谈不上深入人心。黄仁宇的"大历史观"对这些现象根本作不出合理解释，这也是迷信数字管理的现代人最需要反思的地方。

读史凭什么看洋人脸色?

1848 年，一个名叫斯卡思的洋人写道："我换上中国服装，打扮成一个中国人的模样，请理发匠剃光我的头发，在帽子上系一条辫子，这辫子是从一个汉人的儿子那弄来的，用一副茶色眼镜遮住我这个夷人带有自然色彩的眼睛，于是便无所顾忌，不怕被人发现，然后才出发。" 19 世纪中叶，洋人在中国的活动还只限于上海、宁波、福州、厦门、广州这么几块地界，他们待上半天就得赶紧往回奔，好像乡下的黑夜里到处晃动着中国人偷窥的恐怖眼神，随时会捕杀他们。在洋人眼里，中国农村完全是个常识无法把握的黑暗世界。文献中曾记载一个"猫钟"的故事，说一名传教士向一个牵牛的小伙询问时间，小伙没有马上回答，而是飞快地跑回村里抱来一只猫，扒开眼睛看了看瞳孔才回答说：不到中午。这个故事常被用来嘲笑中国人缺乏准确的时间观念。

翻看那时洋人旅行中国的记述，常常不知是夸还是贬。马戛尔尼使团成员巴罗就说，中国人具有双面的特征，既傲慢又自私，是伪装的严肃和真实的轻薄、优雅的礼仪和粗俗的言行的结合体。如果换一篇传教士的记载看，满纸又是中国村民如何热情质朴的阿谀话，说东方人最优秀的品德就是友善好客，他们极其开放、坦率和善良，彬彬有礼，乐于助人。还有人说跑到中国农村一点也不感到害怕，那里的人见到游客一定喜笑颜开，争先恐后把陌生人邀请到家中做客，大方得有点过头了。

最让洋人不解的是中国人实在太过客气。当客人向主人道别时，他绝不会马上掉头就走，而是面朝主人连连作揖，步步后退，哪怕要经过三四个院子，也要慢慢倒退着离去，不怕一不留神后仰摔个跟头。每次告别礼仪都要烦琐到扬尘舞蹈才作罢，表演得太过卖力，反而显得极不真诚。更过分的是中国人在写信时特爱咬文嚼字以表达敬意，让人很不耐烦。写过《中国总论》的卫三畏断言中国人是各种相反性情杂糅的奇怪人群，兼具炫耀的仁慈和天生的疑虑、仪式化的礼貌和现实的粗鲁、聪慧的发明和奴仆般的模仿，他们勤劳又浪费，溜须拍马和自食其力等阴暗和光明的品质奇妙地混搭无间。洋人对中国的误解有些出自西方中心的偏见，有些则纯粹是由于无法理解国人委婉细腻的表达方式，才会闹出鸡同鸭讲的笑话。

洋人对中国文学的隔膜感同样严重。有人评价《红楼梦》内容冗长、枯燥琐碎、空洞无物，显然是因为他们无法品味和理解小说中精致的细微描写。中国戏剧也被视为布景太过简单、演员的表演粗俗造作、缺乏对角色心理的刻画，这种评论完全领会不了其中简约写意的表现手法，戏剧台词中的幽默也被误解为猥亵下流。甚至中国诗歌也被认为由于诗人内心深处没有太多的宗教激情可以宣泄，缺乏深度和灵气，在表达超凡世界方面无能为力。这些偏见的形成与习惯把西方标准当作唯一尺度的心态不无关系，会逐渐弥散到各个领域，最终形成对中国的总体印象。黑格尔就指出，中国哲学的根基性人物孔子只会说点家长里短的俗话，装出一副熟知现实的智慧模样，其实根本没啥思辨能力，孔夫子的这些平庸说教在欧洲思想中俯拾皆是，他举出了西塞罗的《论至善和至恶》，说里面讲的道理更具综合性，比孔子的说教厉害多了。

平心而论，洋人对中国的认识也不尽是谬论，比如他们认为中国文字是表意的，比西方的表音文字更加优越，因为表意文字不受发音变化和方言的影响，是维系国家大一统的重要纽带。有些批评不无道理，如理雅各读到孟子认为人性本善，每个人都拥有正直、礼貌和辨别好坏的禀赋，便质疑为什么那些天性本善的人会变得败坏邪恶。有些评价也会站在中国的立场进行观察，少了一些傲慢，如马戛尔尼使团成员斯当东对《大清律例》大加赞赏，回国后自己把它译成了英文；欧洲舆论认为其简洁明了，处处渗透着实用精神和美感，在内容细节和文字表述上，当时没有任何一部欧洲法典比《大清律例》更灵活易懂、讲求实际、便于运用。

16世纪与19世纪洋人对中国的描述常常大相径庭、相互打架。在中国文人的记载中，士大夫的身姿总是那么优雅飘逸，但在19世纪洋人的笔下却并非如此。如一个洋人曾看到一叶华美的轻舟上有一位绅士头戴方形小帽，身着白色亚麻、蓝丝和缎子做的衣服，手拿扇子，身边的小方桌上放着茶碗，他是这样评价的：即便你没注意到他白皙的细手，他与那些裸露着褐红色皮肤的健康下层人的不同也是显而易见的，呈现出令人厌恶的病态，许多陌生人甚至一瞥见他们就会觉得恶心和讨厌。

可就在两个世纪前，洋人对中国的一切还艳羡得口水直流。在16世纪后期，当传教士和旅行家踏上东方探索之途的时候，欧洲已被宗教和战争闹得四分五裂、满目疮痍——贸易中断，城市毁灭，道路桥梁失修，溃逃兵士和不法匪徒四处游荡抢劫。法国大部分时间都陷于内外战争的煎迫之下，国家已经濒于崩溃，西班牙和荷兰的叛乱也持续了多年。被称为"三十年战争"的宗教冲突严重削弱了神圣罗马帝国的实力，使帝国大量土地变得荒无人烟，贸易受制于人，教育无由兴办，人们举止粗野、迷信滋生、道德沉沦，"这一切就像一个发狂的巫婆所看到的世界末日景象一样"。此时的东方被看成是装满香料、珠宝和药物的宝库，是瓷器、丝绸、锦缎、牙雕、玉刻等奇妙宝物的加工厂。洋人遇到中国人时脸色自然不会难看，而且对中国的繁荣露出一副垂涎欲滴的羡慕表情。

洋人对待中国脸色不难看的一个原因还在于，当时"科学"还没有发展到见谁灭谁的地步。16世纪欧洲出现了一批艺术家和科学家，据说这帮人在天文学领域发动了一场革命。后来这场革命又横扫数学、物理学、医学、生物学和政治学诸地盘，大有一统天下之势。不过这时候的"科学"道理讲起来太抽象深奥，不但没几个人懂，更没有机会转化成实用技艺。18世纪以后，科学应用发生了井喷效应，抽象的设想转化成一个个令人瞠目结舌的实用成果，科学促进生产力犹如点石成金的魔法故事。欧洲人自信心爆棚，觉得在东方艰苦传教、慢慢开启国人信仰之门的过程太漫长，若是直接把汽船开到内河、一下子取代那些古老的破船，岂不痛快！到了这时候，耶稣会士炮制的"中国神话"一夜之间如泡沫般破灭了。原来狠夸中国的洋人也纷纷转向，大说中国的坏话，比如痛骂中国是集权专制的国家、小民甘当奴才、没有人民主权意识等等，其中骂得最起劲的名人就包括孟德斯鸠。

另一方面，伏尔泰却对中国有好话连篇的称颂，这又是为何？洋人观察中国的眼色阴晴难定，并不是全凭心情。法国酝酿革命，资产阶级想干掉贵族，美化中国制度就成为一件好使的武器，所以伏尔泰才说中国的文官制度多么多么公平。这番好话不能说言不由衷，却显然另有目的：暗讽法国贵族占着茅坑不拉屎，呼吁没有世袭身份的资产阶级赶紧取而代之。这不纯粹是借夸咱家祖宗浇他家胸中块垒吗？所以有时他们的话可千万别当真，否则咱们真可能落下个癔症：凡是洋人一夸，就自恋得要命；洋人一贬，就伤心得无地自容。洋人活得好好的，咱们自己的喜怒哀乐反倒要看他们脸色，岂不是活得太累了！

仔细推敲洋人的言论，也不都是谩骂羞辱或别有用心。1865年，在美国还有人向参议院提交改革政府文职机构的方案，主张学习中国的科举制度，用考试选拔官员。

尽管遭到部分人反对，担忧考试选拔制度纯属外来货，会破坏美式制度的纯正无邪，可国会报告却为中国说了好话，呼吁正视世界上最古老的文明政府一直采用的录用官员方式。这说明科举制定有可取之处。

洋人欣赏科举制是因为它引进了人才竞争机制，而不是赞赏其考试内容。他们当然也觉得八股文循规蹈矩、陈腐落伍，无法包容自然科学的东西。可在中国历史上这种区分性的认识却被替换成科举制本身就是个糟糕的制度。晚清本来议论的是局部改制，目标主要集中在如何调整科举考试的内容上，结果一开批八股之风，引发群情激愤，大伙儿一激动干脆把科举制连根拔掉了。这就如同给婴儿洗澡后，连脏水带婴儿一起倒得干干净净。现在回过头看，科举制还真不能只当作考试制度来看。它实际上具备多种功能，蕴含有相对公平的人才分配设计。虽然晚清参与科举的人数大量增加，导致大部分人无法进入官僚系统，但不少被埋没在底层的士人踏踏实实地从事基层教化工作，反而卓有贡献。

科举除了具有人才选拔和分配功能，还有某种"代议"的职能，这是以往常被忽略的一个面相。现在舆论界动不动就大谈清末"宪政"，谈"代议制"在近代变革中的成败得失，好像也没议论出个什么结果。实际上，根本无须从西方的代议制度出发进行移植，科举制就有相似的作用。科举制按区域分配考试名额，特别注意均衡考虑文化发达和薄弱地区的实际状况，名额安排会适当向边远地区倾斜。经过考试选拔的人才分布在上中下三个层次，特别是下层的举人和秀才会沉潜至底部，形成士绅阶层。他们承担着修桥铺路、济贫扶困和道德教化等多重职责，民众的声音也可以通过士绅一层向上传递。士绅实则是古代社会的"民意代表"，因此这可以说是一种变相的代议制度。当然，洋人看中的仍只是科举选拔官员的一面，其代议的作用需要更多的研究和阐释。一句话，与其总看洋人的脸色行事，不如咱们自己重新掂量一下身边的历史，从中找出一些可以利用和发扬光大的经验，好好加以珍惜利用。

国民性是如何炼成的？

在美国大片《夺宝奇兵》中，大明星哈里森·福特戴宽边毡帽，穿紧身皮衣，深入丛林，挖宝探秘，俨然一副活跃在蛮区野人中的西方探险英雄形象。学术圈也有一批这样的人，常常被叫作人类学家。当年他们一个个灰头土脸地钻进原始部落里学说"蛮言鸟语"，和"野人"同吃同睡同劳动，忙着观察异族人的生活，苦是苦了点，大家还是纷纷表态说，混到这群人里才发现他们和自己真的很不一样，太好玩了，于是发明了一个煽情的说法，叫"文化多样性"。长此以往，连"野人"们都感动了，觉得这些白皮肤的家伙放着吃香喝辣的好日子不过，跑到咱这地界过苦日子，可见他们一定是好人。没想到后来问题严重了，这些"野人"居然"不知好歹"，慢慢生出了要和西方人平起平坐的不安分之心。

还是一个偶然事件打碎了"野人"们的玫瑰梦。有一年，人类学大腕马林诺夫斯基的田野日记被披露，日记中马大师说了不少部落"野人"的坏话。这个负心举动着实把当地人给得罪了——原来西人假惺惺地跑来和咱们同吃同睡同劳动，就是为了嘲笑咱们不如他们。19世纪后半叶，西方外交官和传教士大批涌入中国，他们不和中国人搞"三同"，而是谨慎地保持距离，浑身上下充满优越感。

他们写出的观察文字，与人类学家对原始部落的考察完全不同。这些文字被冠以一个学术名称，叫"国民性研究"。"国民性"是西方人看东方人时戴的一副眼镜，用它来观察，就如给一个人烫上了抹不掉的烙印，一个民族的性格气质就这样命定了。这样的国民性认识在晚清民初很流行，如果我们看电影或国耻教科书，里面总有"东亚病夫"的叫法，这也是洋人给我们烙上的一个印记。

总的来说，凡来过中国的洋人，说坏话的较多，说好话的较少。1944年的美国中小学课本里，涉及中国的内容，往往是辫子、缠足、水车、火药、长城、宝塔、神殿等元素混搭在一起。一些咱们引以为豪的地方，在洋人眼里恰恰是偏执和怪异的表现。比如吃苦耐劳本来是中国人的美德，到了洋人嘴里却变成了"神经麻木""呆傻蠢笨""忍辱偷生"这样的贬义词。

有的话说得更损，如说中国人可以整天占着一个位置，以任何姿势在任何地方睡觉，似乎不需要空气，即便是极度拥挤也没让他们觉得有什么不便。明恩溥在《中国人的特性》里面说：午后横卧在三轮车上，脑袋像一只蜘蛛向下垂着，张大着嘴，苍蝇在嘴里飞进飞出——若以这样的睡觉本事为标准来招募士兵，那么在中国可以招到数以千万计的人。在美国人的印象里，拥挤的蜂窝状唐人街到处挤满手拿鸦片烟管的人群、沿街卖俏的妓女和寻机贩毒的游荡闲人，窗帘背后不知什么时候就会突然伸出一把匕首，华人洗衣店老板的柜台后则永远藏着一把随时准备劈人的大砍刀。《美国的中国形象》这本书的作者调查了一百多个美国人对中国的印象，中国人的形象大多是"餐馆老板""洗衣店工人"，或者干脆就是"异教徒"，他们无知、肮脏、迷信，为驱赶龙和魔鬼猛劲敲锣。野蛮的举止、奢靡的港口、脏乱的棚户区、诡诈的坏人、鸦片的泛滥，构成了对中国的陈旧记忆，最终凝聚成一个邪恶的电影形象傅满楚。

一般来说，传教士的感受就像一条必经的门厅通道，洋人塑造中国形象都要穿过这条历史长廊。在传教士眼里，中国人深受疾病折磨，没有灵魂和信仰，是一帮亟待拯救的可怜人，同情和怜悯是他们描述东方形象时的基调。个别的正面描写零星存在，但少得可怜。曾生活在传教士圈子里的赛珍珠，算是个例外。在她的笔下，中国农民并不自私、邪恶和残忍，而是善良、坚强和韧性十足。赛珍珠也曾描述中国人具有以下弱点：缺少诗意，极端现实；艺术家从来不是为艺术而艺术，艺术只是一种手段，因而中国人中不可能产生马蒂斯和高更，也不会产生毕加索；不喜欢动物；不以自我为中心，在每一件事情上都与脆弱的感情格格不入。这些千篇一律的一致性与美国人的多样性相比，本是致命的弱点，但在战争爆发后，这些弱点却突然不那么遭人厌恶了，相反还转化成了令人羡慕的优点。洋人自诩心灵敏感纤细，在艰苦的战争环境里，这些艺术家的气质却不幸变成了坚持到胜利的障碍。

一个比较典型的议论出自美国总统赫伯特·胡佛，这位当年围攻过义和团的退伍军人是老中国通，他脑子里的亚洲时间和欧美时间大不一样，似乎过得更慢一些。在那里，政治运动是以十年或百年，而不是以几天或几个月来度量的。在过去这无疑给人以停滞落后的印象，可一旦打起仗来，却尽显坚韧持久的优势。日本哪怕占领了中国的领土，中国人的慢性子和忍耐力都会化解一切危机。这个民族遵循的习俗延续了三千多年，而且是经过十几个异族王朝的冲击后维持下来的，因而无论如何都不用担心中国会日本化。相反，日本占领的时间越长，被中国人吸收或驱赶的可能性就越大。就这样，原来被贬成无扩张性、缺乏生气、屈从柔弱、处世消极的那副国人嘴脸，突然变得憨态可掬、楚楚动人起来。

所以，国民性真是个令人难以捉摸的东西。有人形容它像森林里出没的怪物"雪人"，遭到无数猎人的追逐。人们相信，在雪人巨大的身躯和怪异的皮毛中隐藏着真实的故事，然而迄今为止还没有一个猎人声称他捕获了真正的雪人，更别提剥皮解剖、验明正身了。实际上，也许雪人根本就不存在。还有一种说法，国民性是西方人集体编造出来的，专门用来诬蔑中国人，故意想让中国人心里难堪。甚至像鲁迅这样的大文豪都被老外忽悠了，当起了替他们批评同胞的枪手。在一些迷恋后殖民理论的知识精英看来，所谓国民性就是西方殖民主义刻意丑化中国人的一个阴谋，不过是论证西方比中国先进的又一个借口，我们可不能这么轻易地上当受骗。

在我看来，国民性到底是个什么东西并不重要，重要的是，洋人揶揄挖苦国人的陈旧习气，难道从来都是编造谎言的无聊举动吗？如果我们把外来的警告统统揣摩成是对中国的不怀好意，那么我们离阿Q遍地复活的日子也就不远了。道理并不复杂：有些习惯是在文明的新标准下渐渐滋养而成的，也许这个文明的标准是由西方制定，再向全世界推广，但它在不同人群承认的基础上达成了共识，不能因为它是洋货就随手贴上"殖民主义"的标签——不但要声讨，还得冲过去端上几脚才算过瘾。如果我们总是像过去那样习惯二元思维，不是献媚西方就是把西人的批判视作帝国主义的阴谋，那么，要想令人尊敬地在现代文明中前行实在是步履维艰。

西方性想象里的中国腔调

德国汉学家顾彬教授因为说了一句刺激中国文人的话，在国内突然变得很有名。他说："当代中国文学统统都是垃圾。"这几年，顾彬疲于奔命，游走于中德之间。他每次演讲的内容似乎都围绕着这个容易激起中国作家悲愤记忆的话题，甚至对媒体的各种歪曲报道也乐此不疲地回应。间或还会突然卖个关子说，中国当代诗歌还是不错的，于是又引来一阵无端的猜测。每遭一轮痛骂，顾彬的名气就会随之升级。其实他的博士论文《中国文人的自然观》倒是老实本分、中规中矩，就学术而言已属成功。只因长期默默无闻，才逼出他今天的宏词谠论，他也因之声名鹊起。顾彬还有一本小册子名为《关于"异"的研究》，探讨德国人对中国文化的认知，其中亦时有惊世骇俗之语，值得品鉴玩味。

顾彬发现，18世纪中叶以后西方人看待东方的言论中充满各种"性暗示"。他揣测，德国男人被自己的社会蹂躏过久，显得自卑猥琐，必须通过对东方女人的征服找回自信、重振雄风。那些风风火火排队穿梭于中西之间的旅人，就是一帮"性压抑"无法宣泄、总想寻找东方美人来消遣的无聊分子。军事征服和领土占领由此罩上了一层玫瑰般的性意味。

20 世纪初在中国行医的法国人种学家和文学家谢阁兰曾经写了一篇名为《勒内·莱斯》的小说。故事发生在辛亥革命前夜，小说的主人公据说在紫禁城中和皇后上了床，附带把那些为清廷卖命的义和拳师揶揄了一通，说他们打了半天教堂，却连国母的贞操都守不住，实在是白忙活了。书中有叙事者的评论，且看如下这段："他们直抵'内城'，中央的心脏——较之心脏更准确的说法，直抵它的床上……这是对于一九○○年对使团的攻击的多么大的报复！他攻占和制服了为皇帝所深锁着的心——那缠绕着三四条腰带的人物，那不可征服者！她是帝国之母，是千秋万代尊奉的女人。"

勒内·莱斯与中国皇后的性爱故事从此变成了一种隐喻，仿佛到中国旅行的西方人都染上了沉迷探访神秘、性感而又危险的异国女人的怪病。到中国旅行意味着回归到一种原始状态，回到青春发育期，是清理欧洲人从孩提到成年的历史，是对野性而纯净风气的向往。这让我想起了爱默生，他也曾把中国比喻为阴性的国家，似乎时刻等待着西人的征服。

顾彬貌似猎奇的论述实际上有一个严肃的背景，那就是欧洲人对初兴的工业文明的普遍倦怠心理。比如卢梭就厌烦欧洲工业化的风气，觉得异国神秘莫测的朦胧气氛极易让人浮想联翩，犹如嗅到乡村泥土的熟悉味道，激起久被资产阶级生活压抑的原始渴望。这气味已无法在欧洲闻到，必须跑到异国才能体验。卢梭对东方的性幻想蔓延开来，渗透到各种西人的旅行记中。但沉溺于对异国女人的爱恋之中毕竟是危险的，诗人席勒在《图兰朵》一剧中刻画的美人形象都是没有人性的，被称为"嗜血美人"。西方舞台上充斥着图兰朵、莎乐美、克里奥佩特拉等既性感又危险的东方女人形象，她们可以凭借自己的美貌魅惑男人，操控他们的命运。

有趣的是，那"妖艳邪恶"的东方女人图兰朵却犹如西方人附体，居然说出了一番惊天动地的"自由"宣言："我不是残酷，我只要求自由生活，我只要求不隶属别人。这种权利即便是最下贱的人，也是在母胎里就赋有的，我作为女皇要捍卫它。我看到整个亚细亚，妇女都受到歧视和奴役。我要为受苦的同性，对傲慢的男子报复。他们如此粗贱，比纤弱的妇女别无优越。造物主给了我理智和敏慧，作为我保卫自由的武器。"嗜血的蛇蝎女人喊出了最时尚的人权宣言，不由让人顿生疑窦：这真是个中国女人吗？细想下来，这不过是借腹生子的伎俩而已，与她的阴毒本性无关——就连那被德国人征服的皇后都有可能觉得终于被"图兰朵"式地"解放"了，东方的启蒙岂不是指日可待了吗？

对性感蛇蝎女人的想象在西人的叙述中代表着一种腔调，弥漫在他们的作品之中。张爱玲对这种腔调有十分细腻贴切的描写，在《沉香屑·第一炉香》里，她揶揄了一把那"装扮给洋人看的中国"："炉台上陈列着翡翠鼻烟壶与象牙观音像，沙发前围着斑竹小屏风，可是这一点东方色彩的存在，显然是看在外国朋友们的面上。英国人老远的来看看中国，不能不给点中国给他们瞧瞧。但是这里的中国，是西方人心目中的中国，荒诞，精巧，滑稽。"张大春认为只有阅尽世情的张爱玲才有资格发出这般调侃。在另一段文字中，张爱玲描写了一个拥有"黑玻璃壁龛里坐着小金佛"的外国老太太，表示她的"东方"就全部在这里了，之后，又说到"其间更有无边无际的暗花北京地毯，脚踩上去，虚飘飘地踩不到花，像隔了一层什么"。如果稍微过度诠释一下，这脚踩暗花的动作不妨视为对西人雾里看花收藏中国的另一类揶揄，因为中国人的脚反而踩不上那洋人踏勘中国的步点。

其实，关于西方对中国的各种想象，大可以调侃戏谑，但不必较真和过度反应。因为西人眼中的东方不过是老太太收藏的小金佛，它封闭在自己记忆的玻璃壁龛里，只供私人静静观赏，描述这类记忆的腔调才是美的。换言之，如果告诉他们一个真实的中国，他们反而会觉得别扭——至少是不习惯的。

史景迁说过一句俏皮话，说 17 世纪初一些有关中国的非常难懂的书比雪茄还叫卖，可见欧洲对中国兴趣之大。然而如果我们因此无端自恋起来，那可就真是让人笑话了。一个例子是，中国作为时髦的文化商品曾在欧洲被教会和反教会的人一起吆喝叫卖过。他们的目的截然相反，但双方都没觉得有什么不妥。据说当年利玛窦荣归故里，手稿被朋友金尼阁编辑发行，成了畅销书。可奇怪的是，里面却删掉了利玛窦对中国所作的坦率批评。因为利玛窦的著作是用拉丁文写成，出版必须经过教会许可，而教会正试图募集更多的钱财，以便派遣传教士前往中国。为此就必须把中国描述成美丽动人的国度，有意遮蔽其不好的一面。利玛窦揭露晚明阴暗面的内容显然不合时宜，他们宁可看到一个想象中的"美丽中国"，而不愿意看到一个真实的中国。

有趣的是，专与教会作对的伏尔泰同样赞颂中国政府的理性运作和儒教的孝顺美德，放大了中国美好的一面，其目的正是为了攻击天主教会、法王路易十四和欧洲专制制度。中国就这样成为你死我活的对立势力各取所需的工具。史景迁认为，西方人对中国发生的历史真相根本无动于衷。他们既不会对清朝灭亡也不会对共产党获胜的复杂原因真正感兴趣，他们往往是在极度不安的情况下开始想象中国的——只要有一部分能为己所用，就可随时歪曲。那些对文化前途感到失望、对自身处境心怀不安和焦虑的作家，才会花费笔墨描写他们心目中的中国，以便为自己找到一条精神出路或退路。17世纪"中国故事"的弥漫，正好与欧洲三十年战争期间人们对现状的不满以及政治分裂加剧、暴虐横行的年代相契合。18世纪对中国统治方式的研求又与西人探索政府合理组织形式的意欲贴合在一起。

可惜的是，面对西方想象的自我游戏，我们却时常出现莫名其妙的过度反应。或因某个洋人信口乱夸一句而沾沾自喜，比如习惯陶醉于那有名的讹传，说某个洋人在宇宙飞船上唯一看到的地球建筑物就是长城。或因西人揭了某些中国人的短处就大骂洋鬼子别有用心，干脆胡乱扣上一顶帽子，名其曰欧洲中心主义。其实，本来中国就是人家烹调西洋文化大餐的佐料，当不得主料的，是否能成配料还得看人家的心情，这点我们要心知肚明。既然人家做菜，我们旁观，就不必在旁指手画脚、义愤填膺，味道好坏完全与我们无关，因为它适合的正是西人的口味。

另一个极端在于，只要西人一开口谈中国，便统统将其归为"他者的虚构"，指斥其是为西方的历史观或现实观服务的。在我看来，也大可不必。洋人夸我们的话不应当真，贬损咱们的观点有些倒可以认真对待。比如明恩溥那本十分流行的《中国人的特性》，里面列出了二十七种所谓的"国民性"加以分析，如果加上被删去的十四种，一半以上都不算是好话。若仔细掂量，这些概括有的未必完全没有道理。那个出生在中东的美国教授萨义德的话一旦被滥用到极端，打造成斥骂西人解读东方的金科玉律，难免会出问题。

谁的"大清"？

"大清"是汉人的还是满人的，这似乎不成问题。按惯常说法，满人是"夷"，在明代人的眼里这个"夷"字和野兽的意思差不多，他们占据了大明江山，怎么可能被承认呢？唯一的办法就是老老实实去掉身上的膻腥，心里还得经过一番文化的洗澡。这番身体到心灵的刷洗，有一个专有名字叫"汉化"。

可偏有人说大清统治成功的秘诀是依靠满人的特性，猛一听有些奇谈怪论的感觉。这些"奇谈怪论"被编到了一本书里，叫《"新清史"的研究与争鸣》。"大清"历史被"新"了一次，自然有它的理由。我的理解是，新清史"新"在认为，满人即使要洗澡，也不是和汉人跳进同一个澡缸，也未必要洗得多么干净才有资格做中国的皇上。乾隆爷不仅是汉人的君主，还自封蒙古的可汗、藏传佛教的文殊菩萨转世。他在紫禁城和避暑山庄之间来回迁移，绝不是常人所想只为了避暑这么简单，而是要避免给人以老待在汉化的浴缸里洗澡这种印象。在乾隆看来，一方面多沾点汉人的文气，另一方面保留住满人原有的气息，似乎没什么不好，反而显示出大清不同于明代那般狭隘偏执。

明人修长城，把满人挡在外面，理由是"非我族类，其心必异"，不是一个族群堆里长起来的，心里的想法一定是拧着的。可明朝自画界线，占据的地盘变得小多了，皇帝还被蒙古后裔瓦剌给掳去羞辱了一番。于是清人嘲笑说，我们册封蒙古、西藏，他们就是天然的屏障，明人费了那么大劲儿，不但长城内的中原地盘守不住，连南宋苟延残喘的样子都维持不下去——南明只存在了十八年，南宋却享国一百五十余年。康熙皇帝力捧宋代的儒学大师朱熹，可到了乾隆爷就开始不断"辟宋"，就是批判宋代那些士人的思想，好像是和他爷爷的想法打架。其实不然，宋代流行把北方人（金人、辽人、西夏人）当作野蛮人的想法，一直让大清皇帝耿耿于怀。

大清皇帝喜欢说汉唐的好处，甚至屡屡羡慕上古的黄金时代——周代，却不愿说宋朝的好话，为什么呢？有一个理由是，周朝取代商朝，不过是西夷取代东夷罢了。这么看，"夷"只相当于一种户籍，与文明、野蛮扯不上关系——如果"夷"是野兽，那么，周人也是野兽了。因此，"夷"是野兽这个宋代以后出现的解释自然不成立。这是雍正皇帝的看法。乾隆爷和他爸爸不一样的地方是，他更喜欢提汉唐盛世，因为唐代君主李世民就是个"杂种"，据陈寅恪先生的考证，出自北方蛮族血统，按宋人的标准也是个"野蛮人"。乾隆爷说，你看，连唐太宗都是个"杂种"，我们这些"杂种"当皇帝有什么不可以吗？这问题问到了要害。关键在于，乾隆爷自己接受了不少汉人的文化思想，但他死不承认自己变成了汉人的文化奴才。这与学者一厢情愿地说什么满人被汉化了，好像还有点距离。

以上是对新清史"新"在哪里的一点归纳。但新过头就有点剑走偏锋、故作惊人的意思，比如说乾隆曾一度连篇累牍地在谕旨中提倡"满语骑射"，意思是要教导满人保持自己的传统语言和生活习俗。这事单看起来是要死守自己的铁血特征，但其大的背景却正好与此相反。正因为满人大臣大多不喜用满语书写奏折，或者通篇频频出现病句错字，才弄得乾隆爷火冒三丈，用谕旨骂人。这一现象恰恰说明满语骑射的习俗衰落得把持不住，而不是什么区别于汉化的统治特点，正所谓缺什么才吆喝什么。如果脱离了当时的历史环境去想当然地推测，结论难免削足适履。

再有个例子是"正统"的问题，每个新王朝建立时都要给自己的出身找个说法，必须清楚地说明自己正统的根儿埋在什么地方。大清是关外异族承继大统，这个统到底应该接到哪里去？如果按照种族的接续原则，满人是位于宋朝北方的金人后代，所以他们在东北时还叫"后金"。但有了"大清"的名号后就犯难了：到底是接汉人的统，还是接金人的统？一些史臣乱拍马屁，说编历史时咱们大清应该接辽金的统，结果马屁拍在了马腿上，被乾隆爷一顿臭骂。乾隆说，大清应该接的是宋元明，把这么重要的统接在金那样的地方政权上，不是自己贬自己吗？可见，乾隆爷脑子里的统不是狭隘的种族观念，并不是非得把大清名号和自己的祖先绑在一起，在他的认识中，对更广大疆域的控制才是建立正统最重要的考虑。

以上所举两条，也没有为汉化说翻案的意思，在此想对"新清史"和"旧清史"的区别简单归纳几句：

第一，新清史强调断裂，旧清史强调连续。在新清史的眼里，清朝几乎可以看成是一个和明朝完全不一样的朝代，这显得有点耸人听闻。

第二，新清史强调区分，旧清史强调汉化。新清史中满人和汉人的区别（语言、服饰、军事、社会习俗）是焦点，可老一辈看大清却满眼是满人被汉化的历史。

第三，新清史更强调"东—西"，旧清史更重视"南—北"。老一辈眼中，满人由北向南，步步紧逼，先入关抢占中原，后大兵吞噬江南，张扬的完全是南北纵贯而下的蛮横态势。汉人文化则是以柔克刚，步步为营，不慌不忙地给这些塞外蛮夷洗澡，刷洗膻腥，到最后满汉不分彼此。这想法骨子里有点大汉族主义，却也不无道理。新清史却说，商周之时东夷西夷便可以相互换位，哪有什么汉人中心？于是大清的疆域应该延绵不绝地向西延伸到蒙古、新疆、西藏和中亚。大清西进被想象成了一个类似西方世界不断拓展、到处扩张的翻版。这种时髦的全球化史观把大清纳入东西交流的世界史框架中定位，也不能说没有道理，但汉人在里面几乎完全消失了。我们不妨换个角度问，如果把东西和南北的视角调和起来，那效果如何？到时，清史解释是不是可以出现一个第三条更为持平的道路？

"琴声"的滥用

近读韩国人李御宁博士写的《日本人的缩小意识》，里面有一个故事说，日本海边有棵大树，后来被做成一条船，船划起来非常快，被用来去一个名叫淡路岛的地方取淡水供皇室使用。不久船坏了，便把它当柴烧，用来煮水制盐。最后则用剩下的木材做了一把琴，琴声传遍四方。这故事听起来好像有漏洞——船坏了，皇室喝不上水怎么办？一般人想到的是赶快把船修好，淡水供应别断了，而不是把船烧了。可奇怪的是，这个明显的漏洞居然无人理会。

看上去，这故事讲的似乎是一棵大树如何变得越来越没用的过程，不是吗？大树变成船能取水，再变成柴能制盐，最后变成琴却只能弹奏无用的乐曲。体量越变越缩，功能越变越小。可在李博士看来，大树最后变成琴，在反复删削、渐渐缩小之后产生了影响世界的力量——日本的缩小文化就是由烧剩下的木材做成的琴来加以实现的。

这背后隐藏着一个判断，即日本人只要一出海玩殖民游戏就完蛋，只能缩在岛里自作多情地播弄"琴声"，向外搞软性文化渗透。一个明显的例子是，纤细敏感的日本人漂洋过海，到中国大陆行劫成了倭寇，就如无根浮萍，忍受不了流浪在外的寂寞。日本不像英国，虽也是海岛，民间故事中却缺少欧洲神话里随处可见的对星辰大海的描写。对外部的恐惧使日本人到了陌生环境，总是有一种强烈的无所适从感。"铁血"和"琴声"的选择变成一个世纪难题。日本一度西化，幻想海外殖民、暴力扩张，把中国当成征服的对象，最终却一败涂地。战后当日本换了思路，用"琴声"安抚催眠时，一部分人立刻中招。去过华盛顿的人都清楚，日本人花大价钱在华盛顿遍种樱花，每到盛开的季节，满街都是樱花飘散的梦幻意境，人们陶醉在街头，很容易恍恍惚惚把美国首都大街当作日本上野公园。

那么中国又如何呢？中国人似乎比日本人还要老实本分。中国比日本大得多，却没有海外殖民的欲望和历史，这让西方人觉得很奇怪。按照他们的逻辑，中国是个帝国，帝国就应该到别人家的地盘上去打劫行凶、拼命捞取资源，否则怎么养得活那么多人口？连日本都模仿"大英帝国"，自称"大日本帝国"，把中国、朝鲜都圈在里边，自以为是当了几年东亚老大。西人的意思是说，你中国也别端着架子死不承认"侵略"过别人，所以他们硬造出一种说法，说当年大清对西藏、新疆、蒙古乃至部分中亚地区的统治，也是一种类似西方人对美洲原住民的殖民行为。在我看来，这些看法都是胡扯。中国没削大树造过运水船，也没有繁星点点的神话，但从不缺少远播四方的"琴声"。靠"琴声"的婉转悠扬聚拢人心，一直是大清治边的传统策略，而非铁骑横扫、一灭了之。这"琴声"在当代一度被滥用，比如跑到维也纳金色大厅去包场赠票，自娱自乐。借人家大厅自拉自唱，有滥用"琴声"的嫌疑，比跑到美国首都大种樱花还不招人待见。虽然两者的逻辑是一样的，都是想用文化而非强力解决问题。

看清代的历史，似乎少有粗暴草率拨弄"琴声"的例子。有史料说，当年乾隆皇帝派大臣和琳与松筠入藏，二人先后担任驻藏大臣。和琳与松筠是蒙古人，信喇嘛教，当时整个蒙古也属藏传佛教控制的区域。驻藏大臣熟悉藏务，信仰也和藏区人士相近，这无疑是治理西藏政教的优势，但也极易出现信仰和政治如何协调的问题。于是乾隆在和琳出任之前对他有一段训话，大意是说，我知道你平常信喇嘛教，此次到藏见到达赖和班禅可照常致敬，遵循佛法，但不可过于谦卑，把自己等同于当地基层官员，应与达赖等宗教领袖平等相处。乾隆强调的是，不可坏了官家的正统身份。两年以后，据官员奏报，和琳见到达赖喇嘛已不行叩拜之礼，乾隆认为此举很得体，后来派松筠赴藏接替和琳时，也指示他见到达赖不可叩拜，虽然他尊奉喇嘛教，也要等到任期满后回京再行礼拜。如此处理，既尊重藏地宗教习俗，又很好地协调了驻藏大臣官员与信徒的双重身份。清帝对藏地情境如此周全的考量，自非当今某些滥用"琴声"者所能企及。

我是想说，拨弄"琴声"、搞文化传播是一个复杂的心理建设过程，聚拢人心靠的是高超的分寸感，靠的是对当地习俗与文化的真正理解与尊重，并非一味灌输即能起效，否则定会造成水土不服。不能以为"琴声"悠扬，就一定能让所有人都竖起耳朵、面露欣喜地倾听；若是强加于人，即使听者脸上勉强挤出陶醉的表情，看上去也会让人直起鸡皮疙瘩。

"报"的尴尬

　　近读杨联陞先生的一篇旧作，谈的是"报"在中国社会关系里的作用。这篇东西很经典，20世纪60年代在香港中文大学"钱穆讲座"中宣讲后被结集成册，可见人们对"报"的关注度颇高。在杨先生看来，中文的"报"字有报告、回报、报答、报复、报应等多重意思，这些意思的中心是回报或报答，也是中国社会的基础。人与人相处，总是希望自己做事之后能得到报偿，可是在中国，除了一些共同的回报规则，还有一些与一般原则不同的微妙习惯。这些习惯向上渗透到皇权和中央政府的运作，向下渗透到黎民百姓的日常生活中。

　　"报"这个字的真义难住了不少读书人，大家搞不清楚，是什么力量迫使接受礼物的人一定要千方百计地回报送礼人。有个西方人类学家给出了一个说法，他觉得古人认为礼物中有种神秘的力量，人脑受它支配，接受之后非得回礼不可，否则人就会生病甚至死亡。后来人们发现这个解释过于装神弄鬼，相信不得，于是又搞出了许多"理性"的解释，看上去好像颇符合科学标准，容易得到验证。比如说，交换礼物一定会遵循平等互换的规则，这是社会关系得以运转的基础。可老外发现，这套好像放之四海而皆准的规则拿到中国以后却完全不灵。他们大惑不解的是，很多中国人似乎心甘情愿地送出礼物，不祈求回报。还有一个现象让他们更为惊讶，那就是古代中国人回馈给送礼人的礼物，价值要远高于他们接受的礼物。如果按照理性原则计算，这不明摆着是吃亏吗？世上哪有人会干这种傻事？可是有些证据表明，中国人从古到今都在干着这种"傻事"。

先看看皇帝们干的"傻事"。清朝延续的是古代流传下来的朝贡体系，边疆部族首领每年要进京朝觐。他们带的礼物常常是具有地方特色的奇珍异品，价钱自然昂贵，不过数量相当有限。比如外蒙古贡献的所谓"九白之贡"，贡使带着一只长着白毛的骆驼和八匹白马进京。白骆驼很少见，自然很珍贵，但毕竟仅有一只。皇帝赏赐的礼物却大大超过"九白之贡"的价值，如此一来，再昂贵的贡品在天朝的巨额赏赐之下都会显得无足轻重——这正是老外难以理解的"面子"在起作用。那些远道而来的进贡者早已揣摩出面子的妙用，动起了和皇帝做生意的心思。他们千里迢迢赶来皇城，常常携带大批货物入境，肆无忌惮地沿途贩卖，搅乱了内地市场，表示效忠其实是幌子，暗地里是在搭建走私获利的通道。于是，遍布全国的驿道上，每年都是黄沙滚滚，朝觐队伍逶迤而行，走走停停，常常拖上个一年半载，反正一切吃住行开销，都由沿途驿馆官员伺候到家。

到了道光朝，这种纵容挥霍的局面实在撑不下去了，有的地区分班朝觐的密度太大，就干脆从一年改为两年或更长，因为各路觐见的人马实在太多，回馈礼物和照顾衣食住行到了不堪重负的地步。清廷后来越来越没钱，只好一再调整朝觐的周期和规模。可见面子大小也与国库的储备有关。皇家要的是"派"，"边夷"要的是"利"，供奉与回馈其实都经过理性的计算，在礼仪系统里实现了各取所需的"等价交换"，似乎谁也没吃亏。可见皇家礼仪中的"报"非彰显于一时一地，不像"蛮夷"进献的珍奇方物富有炫人眼球的华贵外表。

我们再看看老百姓做的"傻事"。人类学家阎云翔写过一本专谈礼物的书叫《礼物的流动》，讲的都是他生活过的村子里的事。给我印象较深的一个送礼故事发生在春节。他的叔婶接待一个客人，客人带来一个篮子，里面放着两瓶酒和一些蒸馍，叔婶拿出了一瓶酒和一半的蒸馍，却又往里放上了一打刚做好的蒸馍。这套动作完成后好像是进行了一次令人费解的礼物交换，因为物质交换并不等价，在精神方面却照顾了各自的面子——叔婶接受了一半礼物，又添了一些额外的物品表示谢意，这样双方都有面子。面子虽玄虚难言，却在这个过程中变得清晰可见。这并不等于双方没有计算，只不过不是表现为赤裸裸的斤斤计较。

历史上老百姓干得最多的"傻事"恐怕就是给官员送礼。给当官送礼当然目的性极强，送出的礼物肯定是物质性的，送礼人指望的回报却可能和当下的物质形态无关，也许是未来的某次方便通融。不等价的地方在于完全无法预测回报发生在何时，或者也许根本就不会发生。可怕的是送礼人明知无望或无谓，却还抱有无边的期待。如果这官人大老爷"心地尚好"，他接了百姓的礼，还多少会考虑回报；如果这官"良心坏了"，毫不顾忌地拒绝给出任何回报，那送礼的人可就惨了。送礼人的心里没底，礼物还是源源不断供上去，于是造就了上上下下的各种食利阶层。在这样的循环体制下，"报"的尴尬镜头永远会定格在没权没势的送礼人的身上。

天地玄黄喊一年

这篇文章的题目取自清朝大才子袁枚的一首诗："漆黑茅柴屋半间，猪窝牛圈浴锅连。牧童八九纵横坐，天地玄黄喊一年。"诗里描绘的北方私塾简陋如同猪窝，圣贤书中的道理是几个竖童在里面边打滚边扯脖子喊出来的，这应该是当时乡下常见的情形。

最近流行的一个话题是童年的消失，意思是大人现在变得越来越老成世故，特会装蒜，连儿童都越来越假正经。一些学者着急，郑重其事写了好些书，说这全是现代生活惹的祸。看袁才子诗不由胡乱联想，童年消失和装蒜流行大概与我们不再扯着脖子把圣贤话喊出来这事有关——时髦说法叫作失语。

张倩仪女士写了本好看的小书，就叫《另一种童年的告别》，副书名是"消逝的人文世界最后回眸"，里面传达的都是叹惋童年消逝的意思。书中引了不少名人童年的回忆，乡村私塾经常被描写成隐在一片竹林或梅树中，透过琅琅的书声，路过的人才知道私塾的方位。名人回忆当然也少不了家塾周围"有山，有水，有亭台，有池榭，有藏书楼"之类的怀旧话，然而给我印象最深的，还是私塾里用"喊"来教化儿童的那些事。

比如赵元任说自己念书总是打起腔来念。读书好像唱歌，念书的调不但一处和另一处不同，念不同的书调也不一样，四书有四书的调，诗有诗的调，古文有古文的调。赵元任回忆父亲第一次教他念《左传》，简直就像唱出来的一般。可自己孩时听个起头哼哼儿的，却被吓哭了。

由此可以想象，各地私塾里飘出的南腔北调，有的喊着"人之初"，有的唱着"天地玄黄"，再加上先生自己打起腔来念书，满屋哇啦哇啦的声音，真是热闹得不行。读书不但要打腔喊叫，还须摇头晃脑、摆动身体。郁达夫比喻得好，像自鸣钟的摆——上身摆到左边，屁股跷到右边；上身摆到右边，屁股跷到左边。蒋梦麟说把书喊到几百遍，先生耳朵灵敏到能听出他到底明白了多少，有点像交响乐指挥善辨音色的本领。有一次他在楼下读苏子《六国论》，父亲在楼上辨音听意，悄声告诉他母亲，只有这次读对了。可见"喊"出的味道是能被辨别的，绝不能没脑子地瞎叫唤。

张倩仪说，过去给小孩子读的蒙学书都是有韵脚连缀起来的，《三字经》《千字文》都是清一色的韵语短句，《千字文》的妙处更是一千个字不重复。汉代的《急就篇》已是三、四、七言的韵语，唐代蒙学书《蒙求》更是充满对偶、押韵的短句，儿童可以朗朗上口地记诵。由于有强烈的节奏感，带有游戏的意味，似乎不显枯燥。汉语与西语的拼音字不同，拼音字学完字母，就可以上手认字阅读，边学边认。学汉语先要认清足够多的方块字，没有一定积累根本没法读书。汉字造字规律明显，有很多会意字、形声字，张口念诵是集中识字最快速的方法。透过整齐的韵语朗读，也可以潜移默化地领会做人的道理。

古人讲究"诗教"，就与韵律节奏有关，其实是一种独特的语感教学法。据张恨水回忆，他自小没有好塾师，引不起读古书的兴趣，十一岁时却莫名其妙地爱上了《千家诗》，先生虽无一字讲解，他自己却念得津津有味。凡诗都要大声朗诵出来，不仅便于记忆，也有助理解。中国诗也向来偏短小抒情，易于记忆吸收。"诗教"与"母教"也有渊源，传统社会中母亲读书少，但诗总是读一点，一般家庭中母亲多充当儿童"诗教"的蒙师。

清末新政，学塾被废，田间坊里渐渐听不到私塾传出充满节奏的"喊声"，蒙学课本中的短句韵语快速消失，或短暂出现在《地球韵言》《时务三字经》这类新派教材中。偶尔可能会出现萧乾所说的情景：课本换成新式的装帧，可以嗅出油墨香气，照旧上一段死背一段，扯着喉咙唱。可没过多久，现代学校全部模仿拼音文字国家，教授汉语也让人拼读默念，儿童普遍染上了"失声"的毛病。

现在已很难评估汉语教学拉丁化的后果，"五四"前后很多人嚷嚷着废汉字，汉字没废成，那韵语喊叫的习惯倒是真给废了。岁月流逝，私塾老人渐趋稀缺，曾经弥漫乡野城镇的喊声很快成为绝响。我曾亲耳听到我的老师——上过私塾的清史名家戴逸先生，用他特有的常州腔吟诵了一段《赤壁赋》，在现今也真算是绝唱了。

废除传统声音对人身心的控制一直是近代革命的一个

主题。在"革命者"看来，私塾中荡漾着的琅琅书声，正是旧思想的残存和延续，理应禁止——驯化的逻辑不仅关乎文字，而且涉及声音的禁忌和筛选。

这让我想起了另一本谈声音变化的精彩著作，叫《大地的钟声》，专门讨论19世纪法国乡村的钟声。作者是法国人，他给自己的研究对象起了个学名叫"感官文化"。在他看来，敲钟不是一种简单的声响扩散，而是人们日常身份的一种确认，凭借钟声人们能够各自找到自己的位置。每天人们听着钟声作息，宗教靠钟声灌输信仰，其中节律的紧缓可以从小培育人们的听觉习惯。革命党意识到声响控制对争取民心的重要性后，就开始疯狂抢夺对钟声的垄断，他们觉得那些村民的听觉弱了，信教的敏感度也就弱了。革命于是变成一场改造听觉的运动，两拨人常常打架斗殴——传统乡民要钟声延续习惯的敲法，革命党却要把钟声换成鼓点，用激昂的革命声音压倒旧势力。抢钟绳、藏钥匙……直到砸钟铸铁造兵器，乱哄哄忙成一片，以往由钟声节奏塑造的宁静乡村一去不复返了。

田间声音的消逝就像场传染病，各种替代品开始覆盖人们的听觉。图像媒体的出现变成了文字的克星——文字须凭借朗读强化印象、加深记忆，图像则被配制的声音充满，成为单向灌输，割断了朗读与文字的亲密关系。

说到图像带给我们的变化，《娱乐至死》的作者勾画出的是另一幅图景。他说电视上每个镜头出现的平均时间是3.5秒，眼睛根本无法得到休息就得移向下一个画面。画面带来的不是思考，而是瞬间印象。作者最讨厌的就是新闻播音员的口头禅"好，现在……"，这句话提示你对上一个新闻的关注时间已经够长了，应该转移注意力到下一个画面。再残忍的谋杀，再不可饶恕的政治错误，再可怕的地震灾难，都应该在头脑中被迅速切换。因为每段画面拼接出的一段故事，按指定的停留时间不能超过 45 秒，否则电视公司就会遭受亏损。很难想象，图像的丰富带来的却是思想的短路。

如今的课堂上，"声音"也是在加速消失。每当给本科生上课，我总是不止一次被"老师，今儿有电影看吗"这样的嘟囔声所包围，似乎没有人到课堂来是真想"听"什么的。在这种反复的暗示下，我的心情马上会变得很沮丧，因为这意味着学生在积极主动地放弃思考带来的乐趣；自己如果故作高深夸夸其谈，在渴望被图像震撼的学生面前便犹如一个傻子。老师所扮演的角色越来越像衔接影像的剪辑师，他不敢说或无法说自己是影像内涵的权威解释人，反而更像是即将上演的异彩纷呈的图像的配角。长此以往，教师的尊严一定会在画面的高速转换中一点点流失——画面不需要解释，学生更不需要枯燥的说理。面对经典，学生们不但喊不出来，而且也读不进去，"儿童"终于成熟到跑步进入了另一个不假思索的"纯真年代"。

武侠：梦境与现实

　　提起武侠，人们脑子里闪出的必定是《少林寺》中李连杰闪转腾挪的身姿，或是李小龙露出那身棒子肌肉后的一声长啸，与凌空踢碎"东亚病夫"牌匾的那神奇一脚。还记得《少林寺》导演当年透露挑选演员的标准是决不要香港邵氏功夫片里的花拳绣腿，大约也是因为看腻了狄龙那张招牌式的奶油俊脸，想换换口味，武术冠军李连杰才有了转行上镜的机会。当年李小龙电影一贯标榜拳拳到肉、实战搏击的震撼效果，里面的现代侠客专爱找茬，与西洋拳师和日本武士打架，让国人舒舒服服地坐在影院里就能陶醉于痛殴洋人的美梦。可见，武术到了现代，也渐渐加入娱乐队伍，设计出伤痕累累的黄种英雄最后把洋人揍趴下的情节，为那些曾经看惯江湖好汉自相残杀的国人提供新的麻醉服务。唯有这样，才能赚得盆满钵满。

　　此番心理的养成实源于近代那段屈辱的历史记忆。国人经常挨揍，和洋人交仗没怎么打赢过，如果不另外找个法子寻得心理安慰，那真是情何以堪！武术的兴起与国人屡遭失败的悲苦记忆有关，把挨打的创痛转成民族主义的"意淫"是个减疼止血的简易方子，在银幕上观看狂揍洋人的快感就如大把吞咽记忆的速效止疼药。

　　把武术转叫"国术"，凸显武术中技击打人的一面，完全不是武术的本意。形意拳宗师李存义说："武术者，强身健体；国术者，保家卫国。"口气很硬，其实透着无奈，武术如果被逼得从内敛修为发展到主动进击，也就失去了真味。国术还有一个难兄难弟，名曰"国学"。国术与国学像连体婴儿一样，出生在命运乖舛的近代中国，都属于李零所说的"国将不国之学"。国学诞生是为了保存"国粹"，从字面上看其实是在寻求简化传统学问的路子，以便于普及，透露出想拼力挽住文明下滑颓势的意味，与原有的中国学问不是一码事。即便如此，咀嚼国粹也需要浑厚涵养。类似的，若从武术强身健体的根子上追起，国术也得下功夫去修炼；而如果全从技击入手，就成了打架速成法。

有人已注意到，20世纪二三十年代武术书的特点就是把功夫简化成口令，标榜自己可以用于军营练兵。武术界的口号也是"强国强种"，甚至形意拳的拳谱都说是传自岳武穆，以便给训练军人上阵杀敌找点历史典故。但国术的技击试验大抵是不成功的，当年形意拳掌门设立国术馆就是走军体化和速成法的路子，想一拨就教出七八百人一起上阵打群架。殊不知形意拳是内家拳，讲究持久不停地修炼，不是简化几个拳招就能摄其精髓的。且不说各人的天资悟性与身体状况不同，教习的重点本不在于一招一式，最难传授的还是那灵神之气。灵气根本不是动作形体，无法按口令操习，修行的意味有点近于禅。与其他形式艺术的嗅觉与悟道是相通的，或可称之为"通感"。

我第一次觉得武术造诣之高低不完全取决于脑子里装着多少文字学问，是看到一本武林前辈的口述史著作。老爷子叫李仲轩，是形意拳的前辈，文化水平不高，传下的拳理都是口授，由人记录下来。可那话说得真是高级，可见道行不低。在《逝去的武林》这本书中，李老就讲了许多武术与其他文化形态之间发生"通感"的故事，与我们对武侠的印象完全不同。他说形意拳虽是进攻性拳种，却从不惹是生非，主动攻击他人；练的精髓是"感"，不是蛮练视力、听力。有拳师问："黑夜猝遇仇敌，目不能视，将何以应之?"他的回答是："随感而发，有触必应。"他的师父睡觉时不怕弟子在身边说话、走动，可一旦有目光聚到师父身上，师父就会立刻惊醒。

　　形意拳讲究"入象"，就是把脑子练空，一切招式都是因对手而起，对方一动就是找打。所谓"秋风未动蝉先觉"，不必等到秋风吹落叶之时，而是秋天一有征兆，蝉就知道了。琴棋书画、山河美景、禽兽动态都可以借来入象，练拳之人浑身中气十足，关键时刻才现形，"真身只在刹那"。老爷子说他师父平常怎么看怎么像一个老实巴交的农民，只在与人交手时才两眼放光，对方必被震慑而败下阵来，这才是显真形、分巧拙的道理。动起手来"不着相"，反映出移形换影的身法变化。

　　形意的快在于把自己练没了——身法快到形神俱妙、与道合真的地步，却始终保持低调退隐的姿态。一般老拳师不识字，却气质儒雅，涵养过人，就是练气凝神之功使得性格沉稳谦和。与一般功夫片中好勇斗狠的武人形象不同，形意拳韬晦退让、不露形迹。李老的师父教导称："你凶，我悚；你悚，我比你还悚。"很朴素的话，却与文字规定的礼仪教化效果相近，都是教导人涵养心性。师父又讲："老要癫狂，少要稳。"老人死盯规矩，小辈就难做人；老人应豁达随便一些，小辈则一定要持守礼仪。这是文武之间互生通感的实例。

练武也有诗一般的节奏感觉。与影视片里武师蹦跳腾挪、动不动飞身跃起攻击对手不同，形意步法讲究擦地而行。脚不离地才能变化无穷，凭空乱跳，底盘全失，变化就没了。小步挪蹭不好看，但妙悟都在其中。腿脚离了根基，闪转飘移，美则美矣，却正是找打。最高境界应如传说中的踏叶过荷塘：荷叶轻、脆，只有一点韧劲，脚下须细腻，去找对这一丝仅有的韧劲，在一根丝上借劲。脚底板最嫩的皮肤和这根丝一贴合，产生水花似的一星点弹力，人就弹开了。脚底板是练形意者的脸面，娇嫩敏感，什么时候脚底板会"脸红"，才算上道了。

老爷子有几处谈到武术与艺术的通感，真是精彩极了。如讲到王献之练字，王羲之从后面猛地抓住笔杆，竟然没有抽动，才说儿子入"书道"了。书法握笔，若指头在笔杆上用力，反而使不出力量来，只有手心如握鸡蛋，下笔时小心摧动，写出的字才能力透纸背。如果王献之写字指头死扣笔杆，是抵不住王羲之奋力一抽的拉力的；手心虚运出一个形，形中有实感，就无法撼动。老爷子说王献之练的是一只手，武术练的是整个人，形意拳就是大书法，以气运身，身上曲折成空的地方都要通到。

练拳还如画家作画，构图并非刻意安排，然而一下笔便觉意趣盎然——它是先于形象、先于想象的。如下雨前，迎风飘来的一点潮气，似有非有，不能想成实在的情境或画面，故有形就是无形，有意就是无意。这话有点像老和尚打机锋，说的其实是不可故意造作"意念"。心灵着了迹象，精神会无故紧张，练功就走偏了。

说"形意"有禅味，还在于对它的表述有时只可意会，不可言传。形意拳有一种练功法叫"虎豹雷音"，老爷子请教师父时，师父觉得很难用语言说明要旨，就把他带到一座寺庙里，在院中悬钟上轻轻敲了一下，悬钟颤响。师父命他把手按在钟面上，说："就是这个法子。"

有时我真有点怀疑，这么通透精深的思想居然出自一个外表如此拙朴平常的老人之口，一度怀疑是口述者添枝加叶地故意渲染，但诸多事例交织到一起，却由不得你不信。有一次李老爷子站桩，双手一抱却总吃不住劲，师父突然发问："你抱过女人没有？"他顿时隐约有悟，浑身一松。师傅跟上一句："对了！"还有练拳如亲嘴的说法。恋人嘴一碰，立刻感觉不同，意思是练拳不能光练劲，身心得起变化。"亲嘴"比喻的是"练精化气，练气化神，练神还虚"的道理。

几天前看到一本洋人写的明代绘画史，内中提到一个概念叫"图像环路"，大意是说中国画的图像制品到了明代可以在不同的媒介中穿行、传递与互换，这样图像就在不同的环境中引起共鸣，通俗与高雅之间的界线自然模糊起来。这说法用于观察练拳与书法、绘画之间的"通感"，好像也适用。

归纳一点感触：评价文化似不应拘于雅俗高低的标准硬性划界，而要具体观察是否在形态上有相通互换的灵动与蕴积。现今文化被成捆打包，做成了产业，个人的"通感"自然就无处藏身、遁迹无形了。老爷子的口语如古经斑驳，东西虽好，却眼见着层层剥落掉去，坠入恶言俗语构造的虚空。感谢整理者的有心，还能让我们手捧些残片，痴痴凝神地向往些许。

"野蛮人"的生态观

生态、环保现在几乎变成了人们的口头禅，随着大地变色、雾霾弥漫，大家终于抑制不住纷纷怀起旧来，想象当年古人居住的环境大概一律是青翠欲滴、幽雅惬意。近读张钦楠先生的《中国古代建筑师》一书，书中说到蒙古人建立的元大都当年可是一座标准的"生态城市"，这引起了我的好奇，心想这当时汉人眼里的"野蛮"王朝，其皇都居然能摊上个这么时髦的称呼，似乎有些不搭调。但仔细一想，还未必不贴切。蒙古人常年逐水草而居，栖身毡房之内，习惯亲近自然，不思定居之乐，所以汉人从来不担心他们闯进来后会赖着不走。这也是当年大宋和辽、金打仗，议和派总能赢得皇帝青睐的一个理由。议和派认定只要稍用点钱财贿赂这些"野蛮人"，就可确保平安，何必劳师远征去和他们硬拼死磕？好像他们天生就爱在草原上闲散地待着，对搬进城里没多大兴趣。姑且用一种穿越的说法，把元朝的蒙古人和后来的满人都叫作"生态主义者"，应该不算夸张。

元朝的两个都城元上都和元大都均有生态城市的模样。元上都在现今内蒙古锡林郭勒，城中留有大片空地，可搭架穹庐毡帐，祭祀场所更是隐在丘陵茂草之中，宫殿周围分布着大片草地和水池，还辟有大面积的猎场花园，草地上放养着鹿和兔子。元大都在设计上与上都有那么点近似，建城时不是死守汉人工匠奉为经典的《考工记》，而是在周边点染大量的绿色地块，特别是宫城周边的水系密如蛛网。这种环保生态理念一直延续下来，影响到清朝皇城的设计构想。清朝君主喜欢把处理政事的地方与休闲场所区分开来，紫禁城森严庄重，符合礼仪制度，郊外的御苑则要求舒适宜人，加入更多享乐休闲的元素。如北京西郊的"三山五园"和承德的避暑山庄，显然强调不必过于庄严，可以融入一些闲雅舒适的情趣，城市的生态格调由此奠定。

　　清朝城市格局的多样性自然与帝王品味有关，乾隆六下江南，总是到处寻访园林胜景，凡看中者均令画工描摹，将绘本携回京城加以仿制，所以"三山五园"中就出现了藏区的白塔和江南的私家园林混搭的画面。反过来，这出景象也常常被复制在江南水乡，如扬州瘦西湖畔也耸立着一座白塔，当是乾隆南巡时灵机一动的作品。有人说这是皇帝在品味征服江南的成果，但从中也可看出南北文化互渗的大趋势。

　　人文品味如何融入生态环境最容易从避暑山庄的规划中看出来，看避暑山庄的布局宛若是在阅读一张缩微版的中国地图。西部是一片绵延起伏的山峦谷地，依山势建起外八庙，喻示着清朝对西藏、新疆地区的控制；北部留出大片草地，昭示了对蒙古广漠地区的统治；其南面是规制严整的宫殿区，乃皇家议政之所，完全是紫禁城的缩影；

东部一带是湖泊区，一派水乡景色，隐喻的是皇权对江南的拥有。

城市中绿色的点缀是生态的核心指标之一，也是从元大都一直贯穿到清代北京城的布局基调。但生态环境的营造并不是到处机械地铺草坪、种花木，而是将绿植安排得参差错落、曲折有致、各展胜场，使公共空间与私人领地各行其道、两不相碍。舒国治在《门外汉的京都》一书中讲到若避开旅游主线路，在京都各个角落随性游走，都可发现柴扉半掩、小桥流水那古意浓厚的景色，甚至有些路边小店的风貌古朴到如同《水浒传》中好汉打尖的村野客栈，这些景象在号称古都的北京却已绝迹多年。

对生态、环保的浅薄理解则是玩命种草植树，城市中千篇一律地覆盖着同一种草坪，修剪得整整齐齐，花木品种和种植密度也如出一辙，没有例外。如果把城市比作一个人，什么地方拼命种草栽树就美其名曰"绿肺"，好像摆弄得到处绿草如茵，就能让城市肌体永不得癌、健康长寿。有一次去山西著名的常家大院游览，院子前面倒是典型的山西砖墙院落风格，可到后院定睛一看，花园点染的满眼绿色似曾相识——原来草坪的修剪和植物的种类几乎和北京各大公园难以区分。这让人想到北京植物园内虽遍布乾隆为攻打金川而搭设的练兵碉楼，可碉楼下面一如颐和园里复原的乾隆"耕织图"景区那般，铺展得芳草连天。然而，就算一个劲地拼命在城市各个角落添加无数的绿肺，也未必能使它摇身一变，成为一个令人心仪的宜居之地。

这就涉及公共空间和私人领地在一个城市中的配置问题。当年明清园林点缀在南京、苏州、杭州这样的城市中，犹如今天绿肺的样态。不过园林要修出味道显然不简单，所以著名的随园主人袁枚在造园时特别强调要"有我"，就是设计一定要彰显主人的个性，不可如现在装修一般交给那些工业流水线上的设计师，肆意把古典园林拨弄成千篇一律的假古董。要做到"有我"就要全身心地投入，袁枚说过一句话："文士之一水一石，一亭一台，皆得之于好学深思之余。"当然这需要大量的闲暇时间作保障，袁枚因而购买了一座半荒芜的宅第，作为构造随园的基础。有人认为，按他的财力，完全可以收购一个现成的豪华花园直接"拎包入住"，那样岂不省心省力？但在袁枚看来，只有在造园过程中融入自己的想法，才能获得乐趣。古代建筑师中不乏兼有文人身份的例子，如北魏的王椿和冯亮都自造园林，怡乐其中。他们亲力亲为，铺设林泉奇石，曲尽山水之妙。北宋的王禹偁在黄冈建有竹楼，苏舜钦则在苏州筑了沧浪亭，可见袁枚强调园林要表现自我的观念自古就有同调。

与之对比，如今大城市中的生态设计如出一人之手。在此巨手的拨弄之下，那些富含意趣的传统园林难有存活的余地。即如一般建筑的内外装饰，也是粗糙鄙陋，甚至本来风格各异的巧思设计也被强行更改，直至弄得面目全非才作罢。不少大学的校园也面临着同质化之殇，受所谓国际化导向的支配，校园布局和建筑风格日益趋向统一。实际上，最美的校园往往集中着最有个性的建筑，如北大的办公楼和临湖轩、清华与中山大学的老礼堂，其周边的建筑搭配也是交互借景，相映成趣。如今一些校园的设计显得杂乱无章、构思犹疑，没有体现各自特色的整体方案。即如北大校园的东西布局就严重失衡，西部的赛克勒博物馆完全复制老燕大的品相，配以庭院小湖，与它南部的外文楼和办公楼趋于一体，保持了相对一致的典雅传统；可是东部却盲目照搬香港中文大学的楼群样式，与西部的新图书馆大屋顶构造完全无法融合，与北大的标志物水塔及未名湖景区也难以形成呼应关系，造成视觉上的严重割裂。当年一些校园虽也模仿西方建筑风格，但各自有整体的考虑，反而呈现出独特的效果。如台湾大学的林荫大道和两边对称的旧式建筑，台中东海大学的建筑群以及教室之间交叉连接的回廊，多样景观相互借景，在观感上颇为精致，配上周围疏阔空地中高低错落的植被，很有一种微缩园林的韵味。

除了皇家御苑，文人修建的园林虽属私人领地，却不排斥有格调的人物进入欣赏。袁枚的随园就没有围墙，无论名流大士还是落第秀才，均一体接待。明清戏剧中徘徊园林巧逢艳遇的往往是落魄书生，如《牡丹亭》里的柳梦梅和《西园记》中的张继华。他们在园中流连美景，才有抱得美人归的际遇。可见园林乃心意堆积所成，只有心有灵犀之人方可鉴赏。今日的园林貌似开放，却没了当年雅集的氛围。满园熙熙攘攘，摩肩接踵，人满为患。有一次在苏州园林中想寻些访古的情调，一进门就被卷入游客洪流，被裹挟着盲目游走，只能约略从攒动的人头中看到导游挥舞的小旗，指示着汹涌人群流动的方向，完全分不清自己是在拙政园还是网师园，真让人情何以堪！

废墟之恋

　　都说帕慕克故事讲得好，连诺贝尔文学奖的评委马悦然也这么说，可后面又跟了一句——他就是太会讲故事了，不知是褒是贬，或是两种意思皆有。会讲故事的人肯定是煽情高手，老帕也擅长此道，特别是煽起乡愁来，简直如滔滔江水，没完没了往人的眼里倾泻。在那本《伊斯坦布尔——一座城市的记忆》中，他的家乡被当作历史废墟细细描画，完全罩在朦胧的愁云惨雾之中，显得凄美绝伦。那种"伊斯坦布尔式的忧伤"格外能撩动中国人的心弦，咱们这些自以为生活在千年古城废墟中的人，最容易产生错觉，以为老帕是我们的同道，以为那些胡同里出来的爷们儿也可以像他那样自傲地谈谈老北京、侃侃旧文化，用串子味十足的京腔煽起一股愁绪，玩上一把深沉。可读过之后，你马上会发现完全搞错了。道理很简单，北京不是伊斯坦布尔。再说明白点，北京早已不具备伊斯坦布尔那样的废墟资格了，身在其中的我们自然也装不出老帕体验废墟时的疼痛感。他给数百万土耳其人留恋废墟的阴暗情绪起了个名字，叫"呼愁"。"呼愁"的痛感只能产生在废墟之中，否则，一定会变得装腔作势、矫揉造作。

　　老帕遭遇的疼痛只能发生在眼见以下的场景时：在鹅卵石路上的车子之间玩球的孩子们；手里提着塑料购物袋

站在偏远车站等着永远不来的汽车时不与任何人交谈的蒙面妇女；博斯普鲁斯老别墅的空船库；挤满失业者的茶馆；夏夜在城里最大的广场耐心地走来走去找寻最后一名醉醺醺主顾的皮条客；冬夜赶搭渡轮的人群；还是帕夏官邸时木板便已嘎嘎作响、如今成为市政总部响得更厉害的木造建筑；从窗帘间向外窥看等着丈夫半夜归来的妇女；在清真寺中庭贩卖宗教读物、念珠和朝圣油的老人；数以万计的一模一样的公寓大门，其外观因脏污、锈斑、烟灰、尘土而变色；雾中传来的船笛声；拜占庭帝国崩溃以来的城墙废墟；傍晚空无一人的市场；已然崩垮的道堂"泰克"；栖息在生锈驳船上的海鸥，驳船船身裹覆着青苔与贻贝，挺立在倾盆大雨下；严寒季节从百年别墅的单烟囱冒出的丝丝烟带；在加拉塔桥两旁垂钓的人群；寒冷的图书馆阅览室；街头摄影人；戏院里的呼吸气味；曾因金漆顶棚而粲然闪耀的戏院如今已成害羞腼腆的男人光顾的色情电影院；每逢假日清真寺的尖塔之间以灯火拼出的神圣讯息，灯泡烧坏之处缺了字母；贴满脏破海报的墙壁；清真寺不断遭窃的铅板和排雨槽；有如通往第二个世界的城市墓地，墓园里的柏树；铺了许多沥青而使台阶消失的鹅卵石楼梯；大理石废墟，几百年来曾是壮观的街头喷泉，现已干涸，喷头遭窃；小街上的公寓……你看，无论具备多少现代社会要素——汽车、海报、电影院、公寓等等，这幅现代与传统交织的城市画面的底色还是废墟的苍凉与陈旧，这种斑驳混杂的画面不能说在北京完全见不到，却更多地被整齐切割在了现代建筑和城市喧闹的氛围中，失去了废墟的韵味。你很难想象，在一个一条完整胡同都走不全的北京，一个皇宫被超高层写字楼紧紧包裹犹如盆景的北京，还能找得到帕慕克所说的那种废墟感。

老帕骄傲地说，伊斯坦布尔遗迹处处可见，无论维护得多么糟，无论多么受忽视或遭丑陋的水泥建筑包围，清真大寺与城内古迹以及帝国残留在街头巷尾的破砖碎瓦——小拱门、喷泉以及街坊的小清真寺，都如废墟般环绕在周围，伊斯坦布尔人只是在废墟中过着生活。老帕说，这些东西可不像在西方城市里看见的往日帝国遗迹，被放在历史博物馆的玻璃柜中妥善保存，被现代人骄横傲慢地加以展示。那意思是，伊斯坦布尔的废墟是接着地气的。我在纽约大都会博物馆中见到的一个场景似乎验证了老帕的描述：博物馆内部用炫亮的玻璃切割出一块领地，中间隆重展示着一座古埃及的神庙，据说构筑它的巨石都是原封不动从原地迁移过来的。可环视周围，总觉得炫则炫矣、美则美矣，却不是真正原始的废墟，当地的历史样态被这漂亮的玻璃房隔绝得无影无踪。

老北京还是废墟吗？老北京给人印象最深的是金融街的浮华与灯红酒绿的欢场，废墟的空间被挤压进高楼的缝隙中，早已多年遭受那种类似"博物馆化"设计的切割。北京的古迹被人为镶嵌在高层住宅和商业写字楼的钢铁丛林之中，就像一株株盆中佝偻活着的病梅。红墙绿瓦粉刷一新的四合院被一户一户圈划起来，就像浸泡在福尔马林药水中的人体器官标本，怎么也不能跟活生生的生命关联在一起。这不但无法引起废墟的联想和痛感，更像是鼓吹新旧社会两重天的橱窗展示，或是印证古老北京向现代化狂飙的陪衬物，滑稽效果班班若此。美国人把神庙搬进博物馆是因为自己的国家历史太短，所以才动了借鸡生蛋的心思，我们守着母鸡却频繁做着杀鸡取卵的事情。

我在徽州就见过一位热衷于杀鸡取卵的文化商人，此人还是个徽州文化迷。一见面，他就围着你滔滔不绝地介绍自己的伟大创举。他把分散在各地的徽州日常家居文物给拢到一处，集中在一地盖了座徽式宅子，把这些宝贝全装进去，向来访者展示。我有幸参观了这辉煌夺目的宅第，大宅的外观当然是严格按徽州古居描摹建成，唯一的区别是到处弥漫着新鲜的油漆味，不时扫兴地提醒我们，这其实是个假古董。一进门，我就发现这商人真动了心思，徽州的文物级宝贝摆得琳琅满目，古旧精致，令人生羡。然而总让人觉得像是商人发财之后收藏的百宝箱，或者是山大王劫上山封在后山洞里的"生辰纲"，让人隐隐生发和在大英博物馆看中国文物时相似的痛惜感——区别只是打劫文物的人不同，一是白皮肤的老外，一是黄皮肤的同胞。

事后我老琢磨，人家似乎干了件大好事，为什么唯独我不识抬举地紧锁眉头？是不是心态不正常？看了老帕的书才明白，废墟是不能挪动和伪造的，它是一种自然至极的生活状态。尽管不断有新的东西环绕周围、掺杂渗透、涂抹覆盖，可是其底色应该恒久不变。对废墟位置的任何挪动都是破坏历史生态、扼杀历史感觉的造假行为。很难想象，一个古老的书柜从破旧荒废的乡村书房里被搬运出来，放在一个充满油漆味道的新房里会是什么情形，也许充其量只会让人产生身处古董家具店的感受。

我不由想到，现在国内依然伪造废墟成风，冠的还都是"新圆明园"和"唐文化城"这样吓破人胆的名字。在这条道路上走下去，我们要想得到老帕那样的"呼愁"，恐怕是越来越没指望了。

缠足美丑与女性主体

聊缠足这个话题的人实在太多了，历史上大致出现过"恋足狂"和"放足狂"两种截然相反的态度。当年"恋足狂"与"放足狂"在层层剥掉腥臭刺鼻的裹脚布时，分别品出了"缠事之美"与"缠事之丑"两种味道。不过，恋足和放足似乎都与被缠足的女性无关——她们只是被赏玩的对象。这让那些持后现代观点的人大为不满，于是才有了想超越恋足和放足两种对立态度的作品。美国学者高彦颐高举树立女性主体意识的旗帜，所著《缠足》类似她的前一本书《闺塾师》，写得才情横溢，读时令人不忍释手。不过阅后的感觉是，书中所述不仅没能凸显女性的主体地位，反而似乎更有力地证明了女性主体只有在男性的支配下方才存在。正如书中所引晚清小说《黄绣球》里把地球当鸡蛋的比喻，女主角说地球是鸡蛋，女子是蛋黄，男子不过是蛋白而已。可是人们忽又发现，"蛋黄生蛋白"的想法不仅误中女子只是生育角色的旧式圈套，也不自觉地把男女内外有别的传统分工安排重说了一遍。女性解放又被偷换成了男人喜欢的话题，这实在太让人沮丧了。

女性主体怎么在男人的包围下显露出来？这是个不易回答的问题，后现代标榜的策略是说古代女性本身就有主体性，所以不需要近代男性替她们解放。比如 17 世纪的江南女性就可以走出闺房，到处游历，没有太多被压抑的迹象。以此类推，女性那双小脚并不是全受男性任意摆布的形塑，女性自己也参与了使小脚成其美的过程。于是一个非常有趣的现象出现了，关于中国的所谓后现代历史叙事恰恰都是在拼命证明前现代历史的合理与美妙，作为对抗现代叙事的最佳手段，"旧社会"的人仿佛要纷纷复活过来控诉"新社会"的劣行。这真是一种特色。

以下我们不妨参与体验一下这种后现代思潮观照下的缠足审美情趣。在后现代看来，遭遇革命前，恋足是件美事，这是个事实，没什么可遮遮掩掩的。按老式"品莲"的秘诀，缠足之美并不在于娇俏的小鞋所带来的视觉愉悦，触觉感受才是其核心所在。小脚外面包裹着的小鞋只是诱发人们产生淫念的前戏，真正的好戏要从触摸开始，先脱掉小鞋，再慢慢打开裹脚布，深嗅徐徐散出的腥臭之气，继而或触摸或品咂。这是"品莲"的规矩，颠倒不得。可这规矩让一帮可恶的传教士给毁了，他们带着 X 光机傻傻地把小脚骨骼拍成骇人的丑陋照片四处张扬，甚至造出小脚残废的模型到处展示。当人们看到"莲足"不过是一堆扎进眼球的碎骨脓瘤时，不但完全没了前戏的快感，也丧失了徐徐解开裹脚布的探险兴致。拿捏小脚时难以言传、荡人心魄的美妙感觉就这样被破坏掉了，"国粹"于是乎亡矣。科学设备突破了缠足的视觉禁区，如此败兴之举怎能不让"品莲家"捶胸顿足？品莲仪式由观、嗅、触层层递进的细腻玩味变成了单调至极、昭示骨骼之丑的表演秀，这正是后现代研究者所要揭示的重点。

对缠足的丑化，按"后五四"的说法，当然出自被洋人洗脑的那些人。传教士说天足是上帝给予的，背后其实藏有隐秘的传教动机。当然这个洋教的说法被中国革新者偷偷转成了一个中国式的表述，叫作"身体发肤，受之父母"，轻易损毁不得的，这样说比中国人没头没脑地被洋上帝给洗了脑要好受些。于是在"品莲家"看来，缠足之殇悲壮得有点像当年清初士人的剃发，不过这次"莲粹"不是被满人糟蹋的，而是让洋鬼子给玷污了。这实在令人忿忿：和中国人喜欢吃臭豆腐和皮蛋一样，老外粗糙恶俗的味觉怎么理解得了？

"后五四"是否和"品莲家"完全穿一条裤子，恐怕谁也无法说清，但都取"同情之理解"的路子倒是极有可能。在他们看来，老外把隽永雅致的"缠事"简化为生理解剖学教程的做法实在是缺少品味的表现。他们只会拿机器乱照一通，不懂靠嗅、靠摸、靠品才能使床帷之事达到隐秘的和谐，更缺乏欣赏莲步轻移、体态婀娜的雅兴。女子被嗅、被摸、被品的同时，愉悦感也油然而生——她们绝不是单纯的被玩弄的对象。女性主体就这样在被动的状态下被创造了出来。因此，缠事之美不是男性单方面的创造，它至少是女性与男性合作的结晶。由此，缠足也成为女性确认自己位置的一种主动选择。女性主体拼命躲避科学仪器的拍摄而回归神秘感觉的指认，变成一种更为"人性化"的时髦女性观。甚至"疼痛"都被贴上了优雅感性的标签——缠事中的疼痛变成为获得美感而必须付出的代价，洒落的泪水反而彰显了女性主体的尊严。

我对以上所表述的"后五四"女性史观力图揭示女性个体的感受和力量的做法，一直抱有同情的态度，但同时也有疑问。据说，后现代论者常常把长时段的大叙事比喻为树的主干，主干常常遮蔽了叶子的作用，所以他们会刻意选择对庞大的躯干视而不见，只去描绘树叶的形状。不过，单靠描绘无数树叶的形状，好像永远也凑不出一个完整的大树形象——树的轮廓仍是靠主干来支撑的。缠事之美一向被认为是男人的赏事，通过对女性感受的发掘当然可以化解其中男性的权力，突出女性主体的能动。但我总怀疑，如此理解女性就好像是在树干的阴影下描绘叶子的模样，能够在多大程度上改变男性主宰历史与现实的状况？这说法可能有些政治不正确，但却是个事实，不管是从历史还是现实的角度观察，也许都是如此。

革命时期"破鞋"考

王小波在《黄金时代》这部名作中最黑色幽默的段落是谈如何为女主角陈清扬"搞破鞋"正名。之所以显得黑色，在于男主角王二想方设法要把没偷过汉的漂亮女主角弄成"破鞋"，好让她名誉扫地。

故事发生在云南插队期间，医生陈清扬第一次跑到王二那里想证明自己不是"破鞋"，于是发生了如下的对话："我对她说，她确实是个破鞋，还举出一些理由来：所谓破鞋者，乃是一个指称，大家都说你是破鞋，你就是破鞋，没什么道理可讲。大家说你偷了汉，你就是偷了汉，这也没什么道理可讲。至于大家为什么要说你是破鞋，照我看是这样：大家都认为，结了婚的女人不偷汉，就该面色黝黑，乳房下垂。而你脸不黑而且白，乳房不下垂而且高耸，所以你是破鞋。假如你不想当破鞋，就要把脸弄黑，把乳房弄下垂，以后别人就不说你是破鞋。当然这样很吃亏，假如你不想吃亏，就该去偷个汉来。这样你自己也认为自己是个破鞋。别人没有义务先弄明白你是否偷汉再决定是否管你叫破鞋。你倒有义务叫别人无法叫你破鞋。"这段话反映，"搞破鞋"之说一定与女性天然美丽的胴体所遭遇的尴尬处境有关，漂亮女知青的身体往往会遭到乡村民众眼光的凝视。

相对于女性，男性处境的隐喻则从阉牛里得出。王二裸身在河边晒太阳，看着牛在岸边悠闲吃草，忽然联想起阉牛的过程。阉牛时，一般公牛只要用刀割去即可；但是对格外生性者，须采取锤骗术，也就是割开阴囊，掏出睾丸，一木锤砸个稀烂。从此以后受术者只知道吃草干活，别的什么都不知道，连杀都不用捆。最关键的是下面这段描述，说掌锤的队长毫不怀疑这种手术施之于人类也能得到同等的效力，每回他都对王二们喊：你们这些生牛蛋子，就欠砸上一锤才能老实！按他的逻辑，王二身上这个通红通红、直不愣登、长约一尺的东西就是罪恶的化身。王二后来才醒悟，生活就是个缓慢受锤的过程，人一天天老下去，奢望也一天天消失，最后变得像挨了锤的牛一样。于是王二批评陈清扬，老觉得自己清白无辜不是"破鞋"，本身就是罪孽。因为好吃懒做、好色贪淫是每个人的本性，假如你克勤克俭、守身如玉，这就犯了矫饰之罪。陈是"破鞋"的正当理由就是从此考证得出来的。

特别有意思的是，当王二和陈清扬变成通奸罪的主角，进入审理程序时，他们"搞破鞋"的经历迅速成为人事档案中最让人期待的亮点。王二被关起来写交代材料，一开始只是简单说自己和陈清扬有不正当关系，领导说太简单，要重写，其实就是启发王二要尽量写成事无巨细的"破鞋考"。后来王二写到，我干了她很多回，她也乐意让我干。上面还说，这样缺少细节。后来又加了若干细节，如第四十次非法性交发生在山上偷盖的草房，那天月亮很亮，王二站在地上，陈清扬用腿圈住他的腰，姿势像个考拉云云。

随着交代材料一摞摞地增加，细节已经到了对话这个层次。两人谈到"敦"革命友谊的事，是这样说的：人家夫妇敦伦，我们无伦可言，只好敦友谊。就有人问到以下细节：1. 谁是"敦伦"？2. 什么叫"敦敦"伟大友谊？3. 什么叫正着敦，什么叫反着敦？特意要求不要绕圈"掉文"，应直奔主题，交代具体问题。在如此启发之下，王二的"破鞋考"以后越写越有文采，考证到这个份上不免闹得人人爱读，个个兴奋。政治光环庇护下的通奸"考证"转成细致动人的文字以后，拿捏在审视者的手里，他们自然拥有了窥视他人私密的特权。后来有个人事处长得意地对王二说，人事干部最大的好处就是有权看别人的交代材料。我相信，政治斗争中非法审判的文字材料除了那些板起面孔的套话，类似"破鞋考"之类的文字以后最有可能成为"新文化史"瞩目的花边素材。

应星出版的《村庄审判史中的道德与政治：1951—1976年中国西南一个山村的故事》一书，可以说开启了检视"破鞋考"历史的新境。这本书的立论基础来源于一个村庄档案中的各种检举和交代材料，这些材料的不少内容颇似王二的"破鞋考"。以往这些东西未被纳入主流历史学研究的视野，其中相当一部分与所谓生活作风有关，包括破坏军婚和五花八门的各类通奸。其实，对生活作风问题的定义可能相当模糊，其严重程度往往取决于当时与某个政治事件或某种政治态度的关联程度，不一定具备独立的司法审判意义。特别在集体化时期，对犯罪分子的审理具有高度的不确定性，并非严格按照就事论事的司法程序进行。

具体来说，对于那些触犯民众利益的行为与思想意图中可能存在的"反革命"思想或者非无产阶级思想，审理时往往混为一谈，这就是所谓"思想罪"的缘始。当一个工作组下乡调查，除了"罪犯"的自我交代，村庄的民众似乎天然有责任向他们检举当事人各种日常私密生活的细节，村民把这一行为叫作"整"。既然上面决定要"整"一个人，全村人就都有义务去搜集材料证明此人的反动行径。那些思想罪犯私人性生活的"通奸"罪证，更容易引起村民的兴趣，促使他们摇身变为侦缉队员，展开事无巨细的调查搜索，"通奸罪"的审判常常由此演变为全村过节式的狂欢。

《黄金时代》中对此情境有一段具体的场景描写，叫作"出斗争差"，说每当斗"破鞋"和"野汉子"时，陈清扬的表现非常熟练，"一听见说到我们，就从书包里掏出一双洗得干干净净用麻绳拴好的解放鞋，往脖子上一挂，等待上台了"。据说"斗破鞋"还是一种娱乐活动，农忙时，大家都很累，队长说今天晚上娱乐一下，斗斗"破鞋"。斗完"破鞋"接着有文艺表演。军民共建边防时期，机务站还经常出动拖拉机，载着一车历史反革命、贼、走资派和"搞破鞋的"一起，拉到边境上斗争一番，以巩固政治边防。"斗破鞋"变成一场以娱乐面目出现的道德教育仪式，基本与法律无关。

在政治斗争中，整人上瘾后的村民几乎能无限放大自己的侦缉嗅觉。以往的乡村本是熟人社会，村庄的流动性极低，窥探他人隐私还要收敛一些，不能糟蹋了那点残存的羞耻之心。然而"捉奸"一旦拥有了净化政治道德的合法性，就会使偷窥突然变得合情合理甚至明目张胆。应星所举的案例中，就出现了深更半夜听墙，还理直气壮地把听墙细节写成捉奸材料的现象。

一旦披上政治崇高的遮羞布，窥视就极易从自发变成自觉，大家相互告发隐私成为习惯，捉奸延伸成"斗地主"仪式的一种道德翻版。当年斗地主的民众被动员起来，经过反复操练，唤醒了政治正义感，民众的斗争行动也由被动走向主动。"斗破鞋"的表演往往和批斗走资派、反革命的仪式捆绑在一起进行，同样被赋予天然的政治正确性，偷窥由此转换成了公开的正义行动。无论是私下接触干部时，还是在频繁举行的诉苦会批斗会上，农民慢慢学会了把以往默默埋在心中的恩怨簿，通过笔头检举和呐喊声讨的方式，换算成一份充满细节谴责的清算单，乡村社会的新道德秩序也由此奠定。我以为，对各种"破鞋考"材料的挖掘，其目的正是要在这些密密麻麻的文字与嘈杂难辨的声音中寻求真相，尽管这真相的揭示已变得无比艰难。

食色性的政治与去政治

中国人的食色性与欲望分不开，这似乎与一般人没有什么不同。不过冯珠娣的著作《饕餮之欲——当代中国的食与色》却不这么看。这位美国的人类学家和那些只关注汉文典籍的老外学者的最大区别是，她常年混迹在中国老百姓中间，观察他们的一举一动，还为此拿了一个中医硕士。故而她写出的东西让中国人读起来没有那么"隔"。比如她谈雷锋日记中的一则故事，说雷锋看到炊事班饭盒里有一块金黄的锅巴，顺手拿起来吃了，事后猛然觉悟到这种行为是自私自利的表现，开始疯狂在日记中鞭挞自己的灵魂，反映出吃的姿态和欲望也纠缠在政治和道德伦理的大网里脱身不得。

在冯氏看来，不只是雷锋这样的人物才有压抑味觉的举动，老百姓也有类似的经历。在分析 20 世纪 80 年代的小说《美食家》时，苏州绅士美食家朱自冶与国营食堂干部老高之间对吃的不同理解，就被放在了阶级差异与平等观念这个敏感的政治话题中展开。在老高眼里，朱自冶是旧社会腐朽没落阶级的典型，他对美食的奢侈享受只是个人的事情，公共食堂的责任不是供个人享受，而是平均意义上的有饭同享，这是饮食分配最基本的政治规则。因此，对食物色香味的私人感觉和对饮食分配的态度成为衡量觉悟高低的指标。这样一来，吃的色香味品质就没了立足之地，至少显得不那么重要了。

近读《许姬传七十年见闻录》，里面有一段讲新中国成立之初名流参加政协会议的逸事。原浙江省主席张难先在北京六国饭店下榻时，和梅兰芳有段对话，张难先动情地说，新政府是中国有史以来最清明廉洁的政府，他们刻苦耐劳的精神愉快而自然；张难先以前觉得自己已经够刻苦自励了，但一比较还是感到境界相距太远；然而这一次他却认为，住在六国饭店，吃的用的面面俱到，招待如此丰富，似乎不够吃苦的条件；他自责说，我们做了些什么事、对老百姓如何交代，是需要自我检讨的。梅兰芳听了，顿时"凛然自警"，觉得应该向张老学习。按照记载，张难先的早餐不过是些稀饭馒头这类食堂菜品而已，却引发了如此沉重的感慨。可见在当时政治思想的心理谱系中，对食物色香味的自动剔除已经变成身体改造的重要步骤，时人更关注的是食品如何分配，色香味开始慢慢在头脑中缺席。这段记载给人的感觉是，尽管会议还没开始，政协的话题却已经在日常言谈中出场了。

冯珠娣在《馋餮之欲》中用更大的篇幅描述了中国的吃如何在改革开放中去政治化的过程。本来这个过程可以按照社会学的方式进行研究，比如进行相关的访谈，然后罗列出一大堆统计数字，再绘制出一条曲线，说明中国人饮食习惯的变化。但她认为枯燥的分析会筛除掉一些亲历的感觉状态。她举了一个例子：20世纪80年代，一个朋友请她吃亲戚从乡下带来的荔枝，当时荔枝算是贵重的食物。荔枝大而多汁，三个人边吃边聊，不知不觉过了几个小时。正是感受到吃荔枝时的氛围使得冯氏对中国的人际关系有了新的认知，她觉得这样的吃使人置身在一种社会交往网络之中，而个人独自享受美食则无法增进与他人的关系。馈赠体现出的慷慨是一种关系润滑剂，与他人分享食物让人感到愉悦。这似乎传承了以往食物的象征属性，但背后又深深隐藏着功利的计算，变成一种感情的投资。

吃转化成了交际手段和社会润滑剂，确是改革开放以来的一个重要特征。当食品的种类变得极其丰富、食物匮乏已不构成生存威胁时，个人对吃的支配力重新抬头并受到普遍赞许。人们不再像雷锋那样因食品分配的不均而产生道德焦虑，更不会用政治语言的自警克服这种焦虑。大家纵情欢呼，一个"物质主义"的美好时代终于来临。人们从视觉、嗅觉、味觉上开始淡漠政治，注意的是私人之间的交换与回报。人们学会用身体拒绝政治，是对物质平均主义信条的彻底背叛，中国人开始从"政治人"快速蜕变成"生物人"。

自20世纪90年代以来，面对奢靡铺张的恶习我们总是会陷入迷惘，常对吃喝形成的浪费风潮屡禁不止感到大惑不解。我在90年代初到北京附近的密云县某个镇挂职锻炼，这个当时不太富裕的小镇年平均宴请消费的金额居然高达十万元。看了冯珠娣的书后，我有部分解惑的快感。虽然仍觉得她的解释并非尽善尽美，可她毕竟讲出了一个事实，也是一个趋势，那就是吃变成了中国人最为重要的社会交往黏合剂。失去吃的滋润，整个社会的运转好像随时会面临瘫痪。如果说吃的放纵激化了全体中国人的"政治冷漠症"，恐怕不太公平，但吃变成了中国人最重要的交往仪式却是无法否认的。

我常想，当经济发展优先的政策启动了去政治化的战车，"不争论"变成了躲避政治对身体进行规训的一个借口，有意刺激消费使人群产生了对政治僵化灌输的免疫力，却又培养出一代没有政治抱负的"空心生物人"。其中成败得失的轨迹颇有深思细究的必要，冯珠娣这本书可能仅仅是个起步而已。

什么叫"势"？

法国人余莲写了本书叫《势：中国的效力观》。一说到"势"，中国人的脑子里一定会闪现出一种强霸的形象，比如形容某人"有权有势""猖狂得势"，又或是一种人力不可逆转的趋向，如常言道"形势比人强"。如果避开这种常识般的感悟，让你解释"势"这个字到底是何意，它又会变得模糊难辨、不可名状。它好像躲在日常语言的丛林里时隐时现、似曾相识，却又不像"道""理"那般登堂入室——这些词一旦被讲家拖上讲台，就能轻易被钉死在"思想史"的框框里，像等待被解剖的标本。"势"，正如余莲所说，常常辨不清、摸不着，似蒙蒙夜雨，润迹于战争、书法、绘画、诗词中，迁转灵动，百变无痕，由此也恼坏了惯于"刻板思维"的西人哲士。

西人似乎永远无法理解那些带有"势"字惯语的真正意思——如"仗势欺人""趋炎附势"这些挂在中国人嘴边的常用语。其实，这些话里所说的"势"，指的无非是办事不按既定规则出牌，随机变幻，以当下形势衡量行动的真实效果。"势"和"效力"有关，说起来太难懂，这个原理让西人听起来完全不知所云，摆到国人面前也是只可意会。不得已，只能用故事试着说明。

譬如打仗，古罗马人喜欢把军队划成一个一个方格，摆开阵列，横平竖直，长枪大戟，喊着号子行进。随着步履加快，两军轰然交接，一顿乱战，如火星撞地球，胜负立判。据说古希腊人也偏爱重装步兵，不太重视那些行动轻便、持新月形小盾的步骑兵；喜欢列阵行进，对撞厮杀，不喜欢骚扰、回避和耗损敌方的招数。在古希腊军人看来，在光天化日之下正面殊死格斗，才是决定胜负的关键，讲究的是重拳出击、孤注一掷，或凯旋，或死亡。隐匿行迹的欺诈行为犹如盗匪绿林的抢劫，和英勇无畏的正面交锋不可同日而语。

中国古代兵法讲究的，则是兵无常势。先发制人、内部买叛、战时迂回、以逸待劳……各种计策都可应机使用。总之，决定胜负的关键，不在于像古罗马"方格"那样发生规整的碰撞，而在于在这些"方格"还没冲撞时就运筹帷幄。当年宋襄公最守战术规矩，一定要敌人过河整列完毕后再开战，而没有趁敌渡河之际将其击溃，可谓"君子之战"，却被嘲笑为不懂用"势"。曹刿论战，讲的是"一鼓作气"，否则三鼓之后，士气衰泄而不可收拾，也是在讲"势"的高低转换。

又如中国人很早就发明了弩，可杀人于百步之外。弩作为投射型武器，最能表现从远程取人性命的凌厉之"势"。而在古希腊人眼里，短兵相接、面对面打斗才应是战争的常态。中国兵家讲究作战时的灵活，就是依靠个人的运"势"。优秀的兵法家要学会预知战争形势的发展，做到以最小的代价取得最大的战果。"势"从此变得难以把握，完全押宝在个人的悟性上。

"势"还是一种无形弥散的力量，如"仗势欺人"中的"势"就可能不是具体的权力，而是一种潜在的威慑力。西人边沁发明了"敞视式监狱"的理论——环形监狱中的高塔可以监视每个犯人的一举一动，长此以往，哪怕监视者不在，犯人也由此坐下了病根，总以为有几双眼睛在盯着自己而自守规矩。福柯把这种设计看成一种隐喻，指涉资本主义社会的控制力。同样是法国人，余莲在分析中国"势"的发展时，就认为中国古代早已发明了这玩意儿，而且搞得上下左右无孔不入。其实，中国人的监控机制远要比西方复杂——国人以道德实施控制，道德是发自内心的一种自控能力，有时比法治要管用得多。

在中国古代，"势"弥散到政治领域，又与权力脱不了干系。和兵法对远近距离的诡异判断一样，政治体现出的也是一种"势"的安排。一帮儒生又发明出一个"理"，后来也把它说成是"道"，好像要与"势"抗衡，让这个世界平衡起来。中国人讲究平衡术，光有"势"而无"理"，让人感觉粗糙、野蛮和没教养；光有"理"而无"势"，又让人觉得软弱无能、人人可欺。于是，让"势"背后站着一个貌似道德明星相的"理"，为"势"站台遮丑，这看来是一种必学的生存技巧。

道德之所以在当官者那里显得重要，是因为它后来被皇帝收编到了自己的圈子里——让每个人内心都奉行一种规范尺度，这世界会好统治得多，于是"势"被蒙上了一层温馨的薄纱。当年费孝通举了个例子，说中国社会就像个没有裁判的足球场，球员可以各自按照内心的规则踢球。这一比喻和福柯说西方社会像个环形监狱有点相似，只是犯人不跑不是因为总觉得监视塔上有人，而是自己觉得就这么待着挺好。

余莲说了句挺损的话，这话彻底断了那些幻想在古人堆里挑出个酷似西人面孔的儒家，并把它包装成民主明星的念想。余莲说中国人根本就是拒绝说服他人，觉得言语没什么力量，于是不信任语言的态度变成了中国文化的特征之一。不信任语言就不会想要通过辩论来说服他人，而是反过来用那种看不见又处处让人感觉得到的"势"来操控他人，说服和操控就成了一种治理文化的双面。

被杀者恍惚欲死之余，视杀人者仍觉无影无形，死得蹊跷难辨，这是立"势"有成的最高境界，也似乎成了生存的某种常态。

什么是"中国式自杀"？

　　最近看到不少自杀的案例，基本采取了一种相似的方式——从高楼一跃而下。这不免引人猜想，身在空中他/她后悔了吗？后来听朋友谈到一本书，那书名挺瘆人，叫《完全自杀手册》，日本人写的东西，让人想起自残的三岛由纪夫和颂扬死亡美学的川端康成。

　　书里比较了毒死、淹死、上吊死、烧死、熏死、冻死等各种死法，说要想死得舒服，得费点脑筋。据说，在雪地里冻死最具优雅的仪式感。试想，在白雪皑皑的冰莹世界中体温慢慢散去，没有疼痛感或窒息感，这死法浪漫得可以吧？但我总有点怀疑。冬天在北京暖气里待惯的人，跑到没暖气的上海尚且咬牙跺脚，慢慢冻死岂非如赤条条插入冰窟窿？心理的惊悚与深入肌髓的寒冷一同蔓延，恰如另一种寸磔，如此自虐能浪漫得起来吗？

　　吴飞所著的《浮生取义》，说到了一种成本更低的自杀方法——喝农药。作者在北方一个县里做调查，发现了大量冲动型自杀的案例。他发现，农村女性往往一赌气抓起手边的农药一口喝下去，喝药变成了表达暴烈情感的一种方式。冲动发生的一刹那，行动者完全不计小命立马完蛋的后果。城市人从高楼跃下之前，显然要经过一段日复一日的心理挣扎和绝望体验。农村女性在刹那间做出的喝药动作，当然也是长久积怨的发酵，但农药到处可见，成了无须深思熟虑即可随手而得的致命武器，无形中降低了自杀成本。农村自杀率近年有所提升，与这种"仪式"的频繁操演不可说毫无干系。

当然，不能说农药唾手可得是近三十年来农村自杀率上升的主因。吴飞书中的一句话触动了我，他说，农村女性自杀现象自 1976 年以后逐渐增加。1976 这个数字带有一种特殊的历史分期兴味，那是中国改革开放刚刚起步的年代。那么 1976 年以后自杀率上升的原因何在呢？一个解释是，以往封闭的政治氛围导致了人们对生活欲望的迟钝，大干快上的政治热情转移了人们的视线和精力，成了治疗自杀情绪的良药。试想，女人都到水库工地上担石头去了，净想着和男人比拼肌肉，即使农药在工地上随处可见，满怀劳动激情的女人那时哪会有自杀的心思？

1976 年以后的情形不用说了，农村变化之快让人难以置信。1976 年以前，政治的强制淡化了人们之间的情感，自戕的冲动也可能被一些想象的目标减缓下来。那时在个人和集体的关系里，个人无关紧要，玩自杀这种个人游戏毫无正当性。换句话说，那年头在城市玩自杀都觉得太奢侈——自杀是小资产阶级或知识分子拒绝思想改造的懦弱行径，是可悲可怜的自尊心在作怪，死也是白死，哪里敢炫耀说是死于气节？更何况在农村，谁还敢拿自杀说事要挟？可是一旦政治氛围发生转变，就如安全阀被彻底扭断，自杀随即就会变成一种极其轻易的情绪释放手段。

那么，自杀是一种自我解放的表现吗？在吴飞所举的案例里，大部分女性都是在与老公、公婆或孩子争吵后仰药自尽的。这些行为表面上相当轻率，多是为小事而轻生，死得似乎很不值得，但这里也透露出一些信息，即可能过去能忍的事现在却不想忍了。中国人一直给人以坚忍不拔的印象，我们过去的政治宣传也不断赞扬这种形象，比如小时候看烈士被扎竹签灌辣椒水，身体就会发生莫名的亢奋反应，自己也想被绑到老虎凳上试试当英雄的滋味，我相信这是一两代人的共同心理。不过在当年传教士的眼里，甘于忍受可不是什么好品性——本来就落后，挨打还不叫疼，可不天生就是挨揍的料？因此，自杀也许是不想忍的表现，说得高调好听点，是一种自由的表达。按照吴飞的说法，此时农村对过日子的态度发生了变化。就拿赌气和争面子常导致自杀来说，很可能是成就人格的方式，不可轻易加以否定，这就是进步的表现。

说到过日子，看过一本美国人戈夫曼写的《污名》，大体是讲那些受社会歧视的群体如何与他人相处的故事。其中有几个案例给人印象很深。在这些案例中，一些有生理残疾或心理疾病的人，当别人有意对他们施与特别照顾的时候，他们反而会有种屈辱感，觉得自己和常人不一样，会采取反抗和报复的态度作出回应。可是如果真把他们当常人看，一旦超出他们的承受能力，他们觉得无法胜任时，又会顿生挫败感。

这种焦虑不只表现在"污名者"的身上，常人也会对周围人的态度表现出过度的敏感。比如吴飞书中茹蕙的故事就属于因过度敏感而自杀的例子。茹蕙的丈夫和儿子都对她很好，几乎满足了她所有的生活要求，因此她的自杀并非家庭暴力的结果。人们在对其死因不解的情况下，只好给出犯了魔怔的说法。其实，茹蕙的死与她对生活过度敏感而产生的心理紧张有关，也许她对生活的企盼隐隐超越了一般农民对"过好日子"的常态需求，以至于让人对她有身在福中不知福的感叹。现在的大众媒体拼命鼓吹"平安是福""平淡是真"等庸俗人生警语，那些不安于现状的人被排挤到边缘，自然会产生看似不正常的心理"疾患"。这让人想起福柯所描写的"疯人船"上那昏暗摇曳的灯火，结局只可能是孤独地自生自灭。

当然，这里说的"个人觉醒"，也可能恰恰是在一种不太坏的制度废墟上饮鸩止渴。过去人们说家族制度拥有许多礼仪规范和对孝悌情感的精致训练，这似乎能保证家族亲情氛围的延续，对自杀举动多少能起缓冲作用。但家族中也不乏阴郁险恶的环境，对边缘人超越世俗的追求造成压抑。家族统治对社会的秩序是种维系，可对人性的完善却并非总是有利。这也许是在历史与现实难以调和的境况下，"中国式自杀"往往兼具悲剧与喜剧两种色彩的原因之一。

"气场"与抗争政治

最近流传一个关于健康的冷笑话，说有人腹泻去看大夫，大夫一看症状就心知肚明：原来这厮是平时吃得太干净了。于是当即给这位仁兄开出一剂"以毒攻毒"的偏方，建议他每周去一次街边的"苍蝇馆子"，环境越脏越好，撮上一碗地沟油炒的剩饭，以保持身体内细菌的平衡，包他以后五毒不侵。这则冷笑话的主角有点像西毒欧阳锋，为求顶尖武功而走火入魔，每次练功必采"倒行逆施"之怪法，才能维持身体正常。

不难发现，目前我们周围的世界越来越被一股戾气所包围，食品不安全、公信力丧失、道德冷漠症频发，每天生活其中的人也像欧阳锋，好像稍不留神就会气血逆行、倒立行走，满街发起飙来。戾气像一张无形的大网罩住社会的各个角落，闹得百姓惊慌、政府焦虑、谣言蜂起，稍有异动就风声鹤唳，维稳之弦越绷越紧。

对此怪相的观察成果已有不少，不过我最近读到的一本书分析视角颇为独特。此书是从"气场"形成的角度描述戾气弥漫的原因与解决之道，开出的药方也绝非像那冷笑话里的一样不靠谱。

"气"到底是什么，自古就说不清道不明，在古人的思想里也是个玄妙难解的东西。在《"气"与抗争政治》的作者应星看来，"气"的模糊难辨正好昭示了中国人言谈行事中的复杂纠结之处。书中列举了各类民众的上访事件和政府的应对之策。作者发现，无论何种民众与政府的博弈，都不是简单的利益冲突，而是与特定情境氛围和人格气质的聚合作用有关。说白了，对冲突的发生不可就事论事，要有个文化的解释。

传统的看法是，中国人习惯逆来顺受，宁可委屈自己也要维持人际关系的和谐，不愿意扯破面子咆哮公堂，所以给人以息事宁人的印象，有学者更称之为"无讼社会"。这说法令人起疑，且不说明清时候就有健讼之风，单看今天，人们的火气似乎也越来越大，到处散发着不可捉摸的乖戾之气。气可聚可散，处于有形无形之间，没办法用准确的语言描述清楚。可在应星看来，国人的两面性正可从"气场"的形成凝聚加以观察：一面是"人争闲气一场空"，另一面是"不蒸馒头争口气"——既有好死不如赖活的说法，也不乏任气行侠的草根英雄。换句话说，就是认命与不认命的心态交织呈现。

中国自古没有形成等级森严的贵族制，唐宋以后更是庶族地主当道，高低贵贱可以上下流动，这给草根攀上高层提供了念想。"气"的蕴生往往源于不认命的态度，陈胜、吴广发出"王侯将相宁有种乎"的慨叹，就是靠不认命这口气凝聚民心。不妨比照一下邻近的印度，可能是因为依从宗教和种姓制度的安排，其历史中人们普遍比较认命，哪怕一辈子当贱民，也缺乏改变现状的动力。

除了不认命的心态，抗争"气场"的生成也与中国历史频发剧烈变动有关。按照一些社会学家的说法，中国的结构就像一块夹心面包，国家、民众之间夹着个士绅阶层和宗族组织。这层夹心起着调解民间纠纷的作用，使得熟人面子和人情可以拿来缓和各类冲突。现代革命用暴力去除了这层夹心，使民众直接面对国家，大大增加了个人生活与行政权力发生摩擦的可能，遇到纠纷也一般由国家的行政机构介入调解。改革开放以后，国家通过市场渗透社会的能力又有提高，城乡差异的壁垒使劳动力保持廉价优势，却没有彻底解决利益分配不均的问题，贫富差距的拉大，特别是阶层的固化倾向，使不认命的传统情绪不时发作。

近些年，一些西方学者根据社会组织的发育理论，寄望中国出现类似欧洲的公民社会和公共空间。其实，中国民众的抗争与行政权力之间并不是你死我活的对抗关系，若指望出现一个完全异质于国家行政机器的社会组织发挥作用，无疑不切实际。民众总是采取政府允许的合理手段争取自身的权益，比如惯常采取的两种抗争渠道——申诉和上访，都在国家许可的范围之内。申诉是在法律框架内进行维权，上访遵循的则是"群众路线"。二者犹如硬币的正反面，正好可以作为法律程序与非常规手段交替使用。

在抗争政治中，"气场"是一种高度敏感的状态。未组织的群众为了发泄不满，相互激荡而形成特定的情感氛围。如果政府一味用高压手段处理利益纷争，民众的问题长期得不到解决，心中怨气无从发泄，心理严重失衡，就会出现不稳的态势。由于缺少凝聚集体行为、表达集体意识的社会组织，抗争过程中草根领袖的地位就日益重要。围绕草根领袖的动员会形成一些抗争技术，有一种即"问题化"——要引起上层注意，就得想方设法通过喊、闹、缠等方式，把自己的个人问题一步步纳入政府亟待解决的议题之内，这才有望使问题得到真正的重视。其要诀是"踩线不越线"，既可以给地方政府带来压力，又要有法律依据，不至于被抓进局子里受罪。

一般说来，国人遇事多取忍耐态度，不是被逼急了，谁也不愿走持续上访申诉的道路。这是古代出现无讼局面的基础，但前提是郁积的"气场"必须有有效的宣泄渠道。可是往往地方政府采取的是围堵而非疏通的办法，这与对社会稳定涵义理解的误差有关。在一些官员看来，民众的任何集体性诉求，都是一种社会矛盾的表现，都可能对稳定造成威胁；没有矛盾、没有冲突才是理想的治理状态，以至于这一点成为考核官员政绩的重要指标。这其实是自欺欺人的"稳定幻象"。在这样的认识下，民众"气场"的任何宣泄均被如临大敌地升格为"不稳定因素"，须全力加以灭除。而对"气场"凝聚的性质多凭官员的个人嗅觉予以判断，没有一定根据，结果导致对某些细小矛盾的处理往往也会放大到维稳的政策高度，拉开草木皆兵的应对架势。

其实，避免神经过敏式的维稳思维，适当拓宽"气场"的宣泄通道，未必不是一个有效的办法。民众的利益诉求是分层次的，并非所有都有酿成剧烈冲突的可能。只要允许"气场"有一定的发散和流动空间，就可大大缓解极端压迫下的紧张情绪。西方的一些治理技术就值得借鉴，如西方民众往往拥有多种公共抗议的场所，最为频繁上镜的"广场政治"表演不过是民意的一种中性表达，完全不会被想象成酝酿暴力冲突的温床。在各种层面凝聚起来的戾气，反而有可能通过抗议口号和貌似激烈的肢体语言被消解和驱散。我们是人民当家作主的国家，在民意表达这一方面的自信当然也应远远超过西方。

说戾气

读赵园是需要点耐心的，也需要点勇气，甚至需要点心理承受力。她的书对世事人心的洞察完全来自对人性险恶的彻骨感受，就像一道剑锋在眼前来回晃动，寒光掠过，身体的温度会随之下降一星半点，让人打个冷战，与当下习于揭示温情的品味大不相符。她的《明清之际士大夫研究》，开篇即以扑面而来的"戾气"示人，鬼气森森，不适应者很容易被灼伤眼球。

赵园说晚明人主暴政积攒起的戾气，已嚣张到动不动就以廷杖士人为乐；也说士人自己在言语上习惯自虐与施虐，暴力变成了一种日常的嗜血表演。说到弥漫在整个历史氛围中的戾气，她引钱牧斋的话，形容士人的自相摧残："拈草树为刀兵，指骨肉为仇敌。虫以二口自啮，鸟以两首相残。"谈到世俗暴民对舆论的无端介入，则举朱鹤龄的句子："今也举国之人皆若饿豺狼焉，有猛于虎者矣。"赵园注意到王夫之对戾气引发士人"躁竞""气矜""气激"的反复批评，认为那满纸肃杀暴戾的味道已经点明了明末衰颓的时代征象。

当时人心普遍嗜酷。顾亭林就发现，在清兵逻骑四出的境遇下，一旦被告发，就不是一人所能承担的事。比如文字狱一出，定是罗捕殆尽，势将牵连到所有相关的刻书卖书之人。清初士人往往借满人之手追杀自家仇人，动辄织出一张戾气之网，慢慢养成了诬告之风。人们从容处世的心境没有了，雅致吟咏的兴致也丧失了。

赵园发现，戾气飙升不仅是读书人的自虐与施虐，对残酷嗜血的陶醉与虐人快感的沉迷几乎使举国若狂。一人受虐，万众欢腾，暴行被看客渲染成一种仪式和狂欢。压抑着的肆虐施暴的愿望，也通过文化人的言说渠道加以传播，因为他们有话语权。在这方面，士文化与俗文化早已达成了合谋。由充满戾气的文字间，赵园引导你"察觉了看客与受虐者的相互激发，那种涕泣号呼中的快感。这里有作为大众文化品性的对'暴力''暴行'的嗜好——弱者的隐蔽着的暴力倾向"。其实，当下又何尝不是如此呢？

戾气的存在是超时代的，它在当今的氤氲而生似曾相识。在城市的大街小巷，你会随时感到戾气喧腾、无处不在，动不动就爆发，没有任何征兆。偶然的触碰就会引爆无休止的争吵，交通堵塞后的焦躁情绪会导致笛声大作。你可以不时看到座驾上那一张张扭曲变形的面孔正在喋喋不休地谩骂着，喇叭其实变成了戾气发散的传声筒。

我们这一代人都有这样的历史记忆：20世纪80年代骑着自行车在路上狂奔急啸，一路鸣着响铃奔驰而行。那其实是一种激情的张扬宣泄，与戾气的排解无关。那时路上行人稀少，没有摩肩接踵的腻烦与仇厌，一般不构成对他人感受的伤害。现在骑车若在别人背后无端响铃，就会遭人反感，似乎摇铃的人变少了，体现了戾气的消歇、文明的进步，但实际上戾气却积攒转移到了机动车的洪流之中，笛声大作成为交通拥堵时人群烦躁心境的表达。戾气的烧灼已经蔓延到社会的各个角落，极端的表现就是残忍地虐伤孩童。有人问：为什么不去找富人？这问题实在幼稚——他们只敢向弱者抽刀，发泄戾气也讲究成本。

戾气存留与消散的多少可以作为衡量一个社会人群安全感与幸福感的指数，对戾气的消解与控制则逐渐变成衡量现代社会文明程度的重要指标。戾气的收敛昭示着人群修养的提升，往往反映在一些生活细节中。曾在一地遇上高铁停运两小时，乘客局促在狭窄的车厢里默默等候，有人读书看报，有人轻声耳语，却没有一个人抱怨。他们心里想的是，事故的发生只是一种偶然，不是一种常态，因而是可以宽容的。若有些人碰上此种情景，恐怕不到十分钟就要宣泄戾气、高声开骂了，因为他们从小就受到训诫，互相倾轧是一种生存必备技能，否则就要吃大亏，对人抱以尊重体谅反倒被视为变态，他们不相信这种傻人能在世间存活。

戾气张扬往往与高分贝的音量为伍，喧嚣闹腾，虐人虐己。我们大致可以从噪声的高下感受社会环境酷虐的程度。但在知识界，感受戾气不可单从听觉入手，因为文人都是闷声以文字对骂，往对手身上泼粪。别以为文人就更有独处自省的尊严，他们一旦沾上戾气，也擅于拉帮结派，憋着劲抢占道德的制高点，绝不会单打独斗。

有意思的是，"文人"和"平民"借助网络这个舞台结成了新的联盟。在一个压抑的年代里，在网络中宣泄无意成了一把双刃剑。它既可以表达观点、引起讨论，成为"网络民主"的阵地，又可能成为无聊戾气发泄的最佳窗口。两种风格相互抵触，一正一邪，却畸形般地纠合在了一起。两者合谋的好处在于，文人话语权被暴民的粗俗习气认可后，就仿佛被黑帮仪式认定接纳了一般，拥有了一种畸形的社会力量，容易产生一种为民众所拥戴的错觉；另一方面，网络暴民通过依附某个文人群体，以拥护某个派别的观点为名，仿佛获取了流氓语言合法化的知识通行证，得以竞相用最刻薄的语言羞辱对立派别人格，复制党同伐异的旧习惯。"无行文人"与"网络流氓"的合流，使中国知识界染上了一种黑社会式的浮躁戾气，以致病入膏肓还颇以此为荣。

清初王夫之曾感叹士风日下，倡言士人应"用独"，不可"用众"。他反对拉帮结派、大搞内斗，主张强化自我的修行，自己也避居乡野反躬自省。王夫之认为，晚明文人到处结社唱酬、放言空谈，甚或相互攻讦谩骂、痛揭疮疤，导致重要问题无人理睬，才发生无法挽回的危机。目前学界戾气频发的乱战，难道是当年王船山所讥讽之学界衰相的再现吗？但愿并非如此！

文艺腔与"愤青"黑话

近来读一本畅销书叫《中国不高兴》，满纸扑面而来的都是犀利的叫嚣漫骂，混合着"愤青"式的口水，夹杂着粗鄙的糙词和脏话。但我读后却不敢说我不高兴——那种激昂的伪正义腔调仿佛天生就给自己赋予了正当性。他们太聪明，有选择地高举出"爱国"这个吓人的旗号。是的，谁敢说自己不爱国？书中通篇都在骂美国入室抢劫、侵吞世界人民的财产，咬牙切齿地要当英雄好汉，仗剑行侠，喊出的都是惊天动地的江湖黑话，如"趁火打劫""除暴安良""持剑经商"乃至"不能一起爽，也不能被别人吞掉"，瞪着眼睛一副四处找人砍杀泄愤的模样。凡是说不出黑话或不愿附和的人都被打成只会谈"文艺腔"的怂种，其中就有钱锺书、王小波和王朔。

这几天我郁闷无奈地想，当今有多少人正在为这种伪正义跺脚叫好？又有多少人意识到这是中国人的自虐心理在作怪？当你徒劳地张开嘴巴想对此说"不"的时候，在语言暴力的鞭打面前，心理又会瞬间变得无比脆弱而失去任何抵抗的能力。似乎在这些民族主义黑话面前，你只有一条路可走，那就是假装高兴地欢呼雀跃："老大，你够狠！"

这几年激愤的宣泄文字止不住地随处乱淌，却又披着

"历史记忆"和"理想主义"的时髦外衣。某些媒体红人和明星学者甚至还把"黑话"讲得十分悦耳动听，且富有高亢的节奏，如吃了迷幻药般享受着口水喷溅带来的快感。语言变成了械斗仇杀的工具，稍显温和礼貌就会被嘲笑得无地自容，仿佛港片里刚入黑道的小马仔，出手不够利落就只配给老大打洗脚水。可怕的是，大家都得按这些假江湖老大的规矩绷起脸来装不高兴，谁要是显出高兴或没有依照老大的不高兴流露出相同激愤的表情，都会惨遭无情唾骂，任何批评在这种语言暴力构筑的正当性面前都只能欲言又止。不只如此，他们非但要大家不高兴，还要大家因听到这不高兴而高兴。直到后来读到村上春树在耶路撒冷的受奖词，我才发现他们煽动大家一起不高兴的真正理由。

村上春树成为焦点不是因为他被授予了耶路撒冷文学奖——他在此之前已获奖无数，人们并不在意这个不大不小的奖项。他受人关注是因为他坚持在以色列进攻加沙的日子里去领奖。人们认为，他的领奖是对战争行为的一种狂热支持，甚至因为他日本人的身份，由此想到二战时日军的暴行，指出他可能是个"新纳粹"。但是当你读到他的获奖感言，再对比像感染了流行病似的不高兴的人群时，你会为自己的误解感到惭愧。当村上站在以色列总理佩雷斯面前，领取这个曾颁给罗素、西蒙·波伏娃、米兰·昆德拉等大作家的奖项时，他并没有说恭维感激的话，而是用一种委婉雅致的文学家言辞严峻批评了以色列的军事暴行。村上的表达是如此平和沉静，语调温度绝对低到"愤青"所能容忍的水平线以下，在习惯用打打杀杀的准"文革"体泄愤的老大们看来是既不过瘾也不带劲。可就是这貌似"文艺腔"的语言，以一种极端弱势的姿态，表达了思想中蕴含的强大力量。

村上春树面对争议没有选择沉默或逃避，他说违逆众议而行是小说家的天性，因此表示"我来到这里，我选择亲身面对而非置身事外，我选择亲眼目睹而非蒙蔽双眼，我选择开口说话而非沉默不言"。他拒绝发表任何确定的政治信息，拒绝以世俗的方式判断对错，偏好用超现实的故事表达自己的情感。他把心中最隐秘的原则展现在颁奖者面前——这句话并没有行诸笔下或贴在墙上，却刻画在作者心灵深处："以卵击石，在高大坚硬的墙壁和鸡蛋之间，我永远站在鸡蛋那方。"他对这句话的注解是："无论高墙多么正确，鸡蛋多么错误，我永远站在鸡蛋这边。谁是谁非，自有他人、时间、历史来定论。若小说家无论何种原因，只写站在高墙这方的作品，这作品还有任何价值可言吗？这是什么意思呢？轰炸机、战车、火箭炮和白磷弹就是那堵高墙；而被它们压碎、烧焦和射杀的平民则是鸡蛋。这是这个比喻的一层涵义。更深一层地看，我们每个人，其实也是一枚鸡蛋——我们都是独一无二、装在脆弱外壳中的灵魂，也或多或少需要面对一堵名为'体制'的高墙。体制照理应该保护我们，但有时却残杀我们，或迫使我们冷酷、有效率、系统化地残杀别人。"

很难想象这是一个侵华日军后人所发出的声音。在"愤青"们看来，这是典型的"文艺腔"，软绵绵的，特没劲儿。村上的父亲是侵华远征军的一员，每天早晨都要在餐前为死于战争的人祷告。不管父辈的祷告是否有诚意，至少村上已经开始意识到选择做"鸡蛋"的重要。知道鸡蛋和高墙的区别是一种良知的发现，是一种韧性的抵抗。而那些假装不高兴的人还站在体制的高墙上哼着小曲，不屑地说："做鸡蛋多掉价呀！鸡蛋怎么能和高墙比呢？高墙坚硬如磐，即使在墙角下蜗居也是一种幸运。没有高墙的庇护，哪有鸡蛋的安宁幸福？"他们呼吁要把这墙垒得高高的，垒得高才不怕被抢；不但要垒墙，还要学人家西方，鼓动大家冲到墙外去抢去争去夺，于是就有了各种各样的"高墙论"。比如说中国就是要大搞军备竞赛，说好听点叫"持剑经商"，脸皮厚点说他们的意思其实是：风水轮流转，早该轮到咱们打家劫舍、登场分赃了，绝不能让美国一家独占便宜。这一切都贴着"反帝""爱国"的标签，却是典型的资本主义原始积累的逻辑。

这套高墙逻辑并非土产，而是被西方野蛮掠夺后产生的一套生存哲学。弱肉强食的丛林法则不仅是一种生存须知，而且成为安身立命的总纲，于是相互仇杀有了光荣的说辞。没有人问，这些打着动听旗号的高亢腔调将会把多少鸡蛋敲碎涂抹在高墙之上。我不知道有多少人想做"鸡蛋"，但我知道甘地也是一枚彻头彻尾的"鸡蛋"。当然你也可以把甘地的非暴力抗争嘲笑为"文艺腔"，但那些慷慨激昂的"愤青"口中到底能吐出多少真正属于自己发明的思想而不仅仅是粗口黑话？如果大家一时回答不了这个问题，我想中国还是多点"文艺腔"为好。

什么是文坛的真性情？

近读包天笑《钏影楼回忆录》，里面讲了不少清末文坛的奇人趣事。其中说到苏州开办师范讲习所，闹出了不少笑话。当时私塾已废，私塾先生要保住饭碗，就得跑到新式学堂教书。学堂上课内容完全是新的，逼得老学究不得不当起"老童生"，到讲习所里听那些从日本回来的师范生讲课。奇景于是出现了，下面坐着须发皆白的老头，台上一个二十岁的小伙子侃侃而谈——论辈分这些老学生要高出毛头小伙两辈，要被叫公公的。有一位教师看到学员名单吓了一跳，说那老爷子教我时打过我手心，我可不敢教他，最后只好把老爷子请到另一个班去了。

最妙的是，这班学员把向来不离手的小茶壶和水烟袋也都带到课堂上来。听到高兴的时候，不时点头称是："这倒是对的！"喝一口茶，润润喉咙，旁顾身边的学友道："诸君以为如何？"接着便划根火柴，咕噜咕噜地吸起水烟来。这奇景发生在清末民初，也就是古人所谓"易代之际"。长幼秩序在新知识的压迫下颠倒过来，那些老人却安之若素，也算是性情中人吧。相比这些有趣的老人，如今有些智识早已陈旧却仍强充大师模样的学究倒显得面目可憎。

另一个易代之际，即明末清初，更是频出性情中人。

赵园在《易堂寻踪》中描写了这么一群人：他们僻居在江西翠微峰顶读书论学，被称为"易堂诸子"。每逢月夜，常有宿鸟惊飞，那是因为听诸子辩论过于激昂而惊诧飞避。当时人说这群人是少年朗锐之士、抗论古今之徒。寒冬的夜晚，诸子读书兴奋之余，常常深夜披衣相互造访，静谧的夜色中常会响起叩门之声。他们"山居争论古今事，及督身所过失，往往动色厉声张目，至流涕不止，退而作书数千言相攻谪"，争论到要紧处，便撕破脸皮、不顾形象，甚至到恶语相向、涕泪交流的地步，有时还会声称断绝交往，往往要过数天心情才能平复下来。

在日复一日的山居生活中，他们终年不断地切磋辩难，彼此胸中却没有留下任何芥蒂，这是怎样一批血性刚强又心如明镜的奇人呀！有人感叹说，这帮人中孕育出的"真气"，实乃天下无二。我们往往把晚明之士想象成风流成性、倜傥无度的通脱文人，没有看到其中还有严肃勤谨、刻苦自励的一面。

需要注意，易堂诸子相互攻讦的前提是对自己的过失有所反省。这以后再去攻难对方，才能印证道德修炼的成果。明清易代时期的士人常进行的一项活动便是检讨、反思自己的言行，每天把自己的善举和过失记录下来，经过复杂的换算，积累成一种档案性质的文本，叫作"功过格"——有点类似"道德日记"，以帮助自己清理思想、崇善规过。当时人还借通信互相检讨对方的过失，并提出自己以为合适的改进忠告。我们可以看到，他们对别人的攻讦完全是建立在对自己言行更加严厉的反省基础之上的，而不是依靠所谓的道德优越感所进行的单向批评。"真气"只有在对自身言行检讨后才能徐徐流露出来，浑身灌注"真气"之人才真正有批评他人的勇气和资格，也才有辩词无碍的"真性情"，可见"真性情"养成之难。

当今以"真性情"面目出现的知识分子不可谓不多，但他们似乎天生拥有一股无可置疑的"真气"，可以任意挥舞道德之刃砍杀那些看着不顺眼的对手，却难以容忍对方的批评；或一遇批评动辄恶言相向，势如仇雠。今人攻驳对方的同时，已经把自己摘出了反思内省的行列，实际上是将对方置于假想敌的位置。他们居高临下地视对方终年笼罩于"浊气"之中，好像只有自己吸饱了"真气"，可以挥霍无度、指点江山。殊不知"真气"的蕴成，靠的是师友之间的相互切磋，而非单向的恶评斗狠。在我看来，"先自省再省人""先度己再度人"的古训是蕴养"真性情"的基本原则。没有"自省度己"勇气的人，身上沾满的不过是"浊气"而已；如果再摆出充溢"真气"的优越表情，那真让人感叹文坛又出妖孽了。

由此联想到近年学界愈刮愈烈的打假之风。其鼓荡喉舌者纷纷自称嘴里吹出的是一股"真气"，再加上网络的推波助澜，合谋导演出一幕幕所谓"打假英雄"的戏码。揭露学界抄袭剽窃的现象，这在严肃学术纪律方面所起的正面作用自不待言，但因网络环境对人身攻击的言论不加筛选，一律照登，以至于原来应属正常学术批评的讨论与充满暴力的声讨混为一谈，极易伤及无辜，毒化学术空气。

以最近一起事件为例，某网站登出一则应属学术商榷的文字，结果里面满是恶意的人身攻击和诽谤，如谩骂对方像"进口人妖""大内总管太监"，最后被攻击者不得不声明这已超出学术讨论的范围，必须诉诸法律以捍卫自己的尊严。网站自称立场中立，似乎代表一种"真性情"，其实间接助长了恶意攻辩的风气，没有任何建设性的作用，尤其无益于学界"真性情"的培育。

说到此处，我记起一件事：去年我发表一篇学术文章后，突然收到一封外地长信，长达十几页，全是钢笔手写，郑重地讨论了对文章观点的若干看法，当然也有不少批评。在信的末尾，作者说自己不上网，如有回应可以通过电话进行沟通。捧读这封来信，我忽然有了一种如沐古风般的莫名感动。其实，师友之间互辩学问，在古人乃比较私密的举动，惟其私密才有一番真情。相互攻讦辩难，以至于咆哮号哭，都是对个人思想的磨砺洗练，"真性情"由此孕育而成。我对网络没有偏见，却不指望能从中领略此残存的古意诗情。没有节制的恶声相向犹如犬吠，距"真性情"健康人格的涵养已经越来越远。

孤独的人是可耻的

　　长期以来，"孤独"在中国都是孤僻、不合群的代称。孤独的人是可鄙的，是不受欢迎的，甚至是患有精神疾病的代名词。那些面容和善、春风拂面、擅长周旋的人，虽表面上被视为阿谀逢迎，迭遭鄙视，实则总是众人暗羡的对象。20世纪80年代，也许是刚从政治运动的狂欢中平静下来，人们还不习惯独处思考，对孤独的厌恶渗透到了骨子里，于是就有了诸多怀旧式的絮叨，追忆民初的惆怅弥漫到各个角落，好像只有大口吞食鲁迅当年痛骂的"帮闲文人"的风情残渣，才能缓解刚开始发酵的集体失落感。人们似乎觉悟了，鲁迅那种一个都不饶恕的小心眼，哪有他兄弟周作人的怡情审美与温良自娱来得洒脱可爱，林语堂式的幽默风趣更成为国人聊以纾解生活压力的精神良药。当代的帮闲文人也拈出张爱玲的阴柔之俏，以消解鲁迅的刻峻寡情。上海弄堂阴暗老宅中男女相互倾轧的压抑调子，构成了戏说人性的现代"红楼"翻版，俨然成为当代疗治情伤的圣物。

　　害怕孤独的心境最终塑造出一种软性的小资消费，以至于谁谈孤独就会触犯众怒。任哪位江湖好汉自吹有能力孤身仗剑走天涯，都得掂量掂量自己是否有大先生那一力扛起黑暗闸门的勇气和体力——人们始终不需要孤独，只需要大众取暖式的集体狂欢。无论是以政治还是市场作为催化剂，孤独只能被置换成一种个体感染症状，戏扮成与众人举止相区别的各种诡异姿态，如头发被理成朋克式的"耍酷"，或者故意在酒吧里发出摇滚式的嘶吼。用时髦的词形容，叫"装"。可偏有一个人出来唱反调，那就是蒋勋。他居然拿孤独当演讲的题目，汇成一本集子，曰《孤独六讲》。这引起了我的好奇，以为是当代奇书，等找来一看，却有些失望。

蒋勋也谈到鲁迅的"逃"。说写过《孤独者》的鲁迅肯定是个极其孤独的人，他一直在逃避群体的追杀，拼命困守一种孤独感，但各种势力总是想把他拉入集体狂欢的游戏中。他成了名，影响了无数人，各方都想把他拉来做旗手。他的身后老是如影随形地跟着一帮人，无数人都想撕扯他的精神之躯，扯下一块吞咽下去。于是鲁迅"出走"了，出走的结果就是不断挨骂。在许多人看来，此时鲁迅玩孤独无异于自杀，放逐自己就是自绝于民。但蒋勋没有注意到的是，鲁迅身后最终难逃被盖棺论定的命运，重新遭到册封。他是想孤独而不得，想逃脱而无处可逃。大众迷狂会粉碎一个孤独者放逐自我的梦想，就此阉割了中国少有的称得上具有世界意义的精神偶像。

在谈革命者的孤独时，这本书概括说革命狂人都迷恋自己年轻时曾经拥有的精神洁癖，坚信理想是美好的，愿意为它矢志不渝，好像就是某种孤独情绪的弥散。其实，革命者最不孤独。革命是激情的政治狂欢，恰恰是一个相互拥抱取暖去克服孤独感的过程。革命设置好既定的目标，意义和远景同样被定位完毕，只待革命者用狂热去拥抱它。革命者的精神洁癖并非孤独的表征，而是由既定目标生发出的一种集体荣誉感。

有时候革命的对象反而可能显得孤独无助，比如辛亥前后的立宪派和改良派，一旦被扣上革命绊脚石的帽子，就活该被打入孤寂的冷宫。但他们也不是真正的孤独者，只不过是采用了另一种非革命的拥抱取暖方法，因而被放逐了出去。讽刺的是，正是在这般境遇下，他们才享有那一份被鄙视的特有的孤独。中国历史上，说谁孤独就意味谁不受待见——孤独的人是可耻的，不妨将其视为观察中国历史的一个秘诀。

另一种情况是，被革命边缘化的人，也会产生一种深刻的孤独感。瞿秋白在遭枪决之前，吟出"已忍伶俜十年事，心持半偈万缘空"。这诗句看上去如高僧彻悟，表达的是心境幽深处的寂寥无奈，实则是当革命失去群体相拥的温暖时，才使一个人具有孤独先行的意味。若非有同志间火热的革命温度烘烤，孤独便会作为一种感受悄悄出现，并顿显其残酷的一面。

此书令我不满意的地方，在于没有认真回答如何承受孤独的问题。人的天性似乎是要合群的，这几乎是一种生存本能。在我们的社会中，善于在不同人群中周旋不仅自小被灌输成一种生活哲学，而且日益被捧为一门职场技术。《潜伏》《新三国》等电视剧不仅淡化了国共斗争和汉魏争夺正统的历史背景，甚至原来出于政治诉求的殊死较量，也被演绎成如何协调人际关系的实用历史教本。无形中，孤独又被定义成了一种可耻的生活状态。

其实，古往今来，真正孤独的心绪和感觉都是令人难以忍受的，凡是叫嚷着要承受孤独的人，往往要为之付出惨重的代价。中国传统中大多数把自己的生活伪饰成孤独状态的人，都有些"装"的成分。美国学者姜斐德写了一本《宋代诗画中的政治隐情》，她发现宋代诗词和绘画中包含着大量的隐喻。这些隐喻的表达大多以孤独的面目出现，最终却仍指向心目中向往的朝廷，希望有朝一日得以回归政治轨道而有所作为。范仲淹那句"居庙堂之高则忧其民，处江湖之远则忧其君"于此就有了新解。再早一些杜甫诗句中频繁出现的"鸿雁"，也常常作为孤独的隐喻，实际上，飞行的鸿雁代表朝臣的秩序，"平沙落雁"则喻示着被朝廷遗弃的命运。杜甫又有"伤弓流落羽，行断不堪闻"的诗句，表现远离朝廷、流落江湖时的内心焦虑。苏东坡被流放南方时，也有"雁没失东岭"的句子，申诉蒙冤不平的心绪。

我们熟知的那些归隐田园、抒发愉悦心境的文学表述，其真实性也颇为可疑。姜斐德发现，陶渊明《归去来辞》表现的那种从官场退隐家园的洒脱不能代表被放逐士人群体的真实感受。大多数流放者期待的，是减刑、官复原职和恢复名誉。从遥远的流放地回归意味着摆脱粗鄙的生活环境和疾病死亡的威胁，代表着和友人重聚，重新融入都市文化。士人渴望回到政治中心，因此，凡是描述欣悦自甘于田园情调的那些诗词绘画，都有矫饰的成分，是对真正孤独感觉的亵渎。

我甚至怀疑，那些回归田园的诗意描写，大多数犹如回归官位诉求的遮羞布。以诗画诉冤变成了士人相互取暖的一种方式，是对孤独情绪的表演，此后进一步演绎成"孤独的人是可耻的"这一反复出现的主题。因此，真正的孤独不仅是奢侈品，还是危险品，是妨害人们进入正常社会生活的毒药，是一般人万万不能受用的。如果要解释中国传统中为什么缺少所谓的个人主义和自由主义，那么正可以从那些假装孤独的人入手观察，看看他们的言辞中贩卖的是什么样的精神货色。

知识分子大不同

金雁在《倒转"红轮"》中把俄国"知识分子"分成两种类型:一种叫"军功贵族"。因俄国领土不断扩张,疆域广阔,需要大批武士守土卫国,故军人地位自然较高。这些军人并非一帮莽夫糙汉,他们自小接受正规教育,平均识字率远高于平民,自然当得起"贵族"的称号。另一种出身下层僧侣,属平民知识分子。他们长期受压抑,性格阴郁,脑后长着反骨,动不动就想造反。高尔基曾说他们是"命里注定要坐监牢、遭流放、受酷刑和上绞架的人"。

俄国第一批知识分子即产生于退役军人中,比如十二月党人的成员主要就是参加过1812年卫国战争的军官。俄国思想家中有不少出身服役家庭或本人就是服役贵族——"贵族"和"军人"是两个可以互换的名词。他们懒得在衙门里当差,认为是丢脸的事,所以做不了职业官僚。他们多崇洋媚外,母语俄语说得不好,却精通法语、德语或其他欧洲大陆国家的语言,把练法文书法当作时髦技艺。这些特征可以和中国知识人相比较。中国不存在真正意义上的"知识分子","士"虽然勉强可以和知识分子沾上点边,但仍有冒牌的嫌疑。

中国最早的"士人"与军训分不开,孔子所教就有

"射"和"御"的内容，教学生射箭、驾车，大概是想培养出多面手，觉得这才像个贵族样。孔子教的不是书呆子，儒家弟子中如子路纯粹就是个军人，不似人们想象中的儒生一副弱不禁风的怂样。后来的军人则基本出身草根，与贵族无缘，"士"也渐趋于文弱一途。另有一部分"士"流窜到民间成了"侠客"，却被君王用"侠以武犯禁"的罪名反复追杀，成了东躲西藏的氓流；只有一些有钱的贵族如孟尝君喜欢收买这些人，把他们养起来。其后中国士人因缺乏孔武有力的表现，总是授人以柄，尤其是近代败给东邻日本后，国人受了极大刺激，文人懦弱无用成了一大心病。日本的武士与文人虽也不是一体，但武士长期属贵族阶层，地位不低，导致文人圈子里好武尚侠之风绵延不断。随手可举的例子是三岛由纪夫。只要读读他的小说《忧国》里对武士切腹场面近于变态之迷恋的刻画，就可感知三岛骨子里对武士气质的顶礼膜拜。三岛最后以剖腹的方式终结生命，更是印证了日本文人与武士之间密切的精神联系。

近代中国文人受日本人的感染，觉得国人老是挨打受气，原因归根结底在于"百无一用是书生"，于是一个劲地高呼"尚武"救国。这想法或许不无道理。中国自唐代册封藩镇造成武人割据，北宋皇帝害怕武将造反、皇位不稳，想出一个专用文人领军的馊主意，目标是开创一个文武并流、合作无间的新局面。宋代武将中也偶有文采斐然者，如岳武穆写诗填词均是好手，但宋人的思路显然不是要培养军功贵族，而是用文人监控武人，最终结果是武人与文人不断掐架、互不信任。宋人武力孱弱，难敌辽、金，渊源就在此。

金雁还有一个观点：在俄国，无论贵族还是平民知识分子，都喜欢搞神神秘秘的小团体，有一种唯灵论偏好。他们既有钱又有闲，热衷于参加一个叫"共济会"的秘密组织，会员花力气办地下刊物，散发观点激进的手抄本，连带搞搞翻译。这也是中国士人不具备的特点。俄国平民知识分子浑身充满暴力细胞，与他们出身下层僧侣有关。在社会地位上，僧侣比贵族的地位要低，他们虽然同样有文化，却被迫封闭在孤独的小圈子里，难免心生怨恨。僧侣受的是禁欲主义教育，长期清规戒律下的隐遁苦修使他们身上有浓厚的圣徒情结。这帮人经常忏悔，甚至不能原谅自己吃了太多的果酱或睡了过长的时间。他们动不动就被发配到边地待上十几二十年，回家后仍死不认错。在艰苦的流放生涯中，常年进行的自我修行使他们可以忍受身体的极限痛苦。"分裂派"领袖阿瓦库姆被禁锢多年，决不屈服，被活活烧死后立刻化身成坚守信仰的英雄偶像。换句话说，在俄国知识分子的准生证上，宗教信仰一栏是必填的项目，否则便没资格说自己是知识分子。

中国士人中没有军功贵族，也少有苦行僧侣。即使有人逃到山里躲起来当了和尚，言行也没那么乖戾嚣张。"士"积攒功名不是靠打仗而是靠考试，家族中积年累月攒出些田产金钱，大约也够这些闲人吟风弄月。有一种关于"士"的说法是，他们扛着道德教化的大旗，不但能监管皇上的思想，自身修为也无懈可击。到了大宋年间，更是貌似与君王平起平坐，共治天下。皇帝的品性即使再龌龊不堪，士人的心境也必澄澈如水。有个好听的词叫"士志于道"，这"道"便疑似西人的宗教，却既无教堂又无仪式，纯粹只是藏在心里的一点灵明良知，好像只要沾了它的光泽，就能守身如玉、百毒不侵。这种说法的好处是人人都觉得自己能成为圣人，但不免让人起疑是在搞"精神自摸"。

清末新政以后，科举考试崩溃，念书人纷纷转入学堂，学起了西方科技和政法知识，大多成了"理工男"或"政法男"，"士"的阶层渐渐消失。新学堂里少讲道德，多谈知识，如果哪个人嘴边还挂着仁智礼义信那套陈词滥调，肯定会遭到嘲弄。现代理工男的优势在于满脑子塞满科技知识，缺点则是没了士人问道的习惯和勇气。按传统人文的标准，他们个个看上去像营养不良的畸形儿。只有个别文人还坚守当年的品味，他们唱京剧、品书画、尝美食。有一个描述此类名士风范的专有名词叫"民国范儿"，似乎只有这批人还有那么点资格维系当年士人的尊严和伦序。其实仔细观察，这批人身上遗留的并非民国独有的行事风格，不过是清王朝崩解后残留文化的回光返照，"民国范儿"不过是"大清范儿"而已。可是仍有人不甘心，觉得即便士人都变成了失魂落魄的僵尸，没准有朝一日也会吃粒还魂丹苏醒过来，变成气血丰沛的新人。针对这种异想天开，文坛中早已埋伏下各路杀手，专灭这帮人的痴情怀旧，不妨称为文坛"抹黑帮"。文人圈里的抹黑传统大概从吴敬梓写《儒林外史》的那个年代就已开始了，经过鲁迅、钱锺书、杨绛再到王朔，不绝如缕。以写小说的居多，专爱"杀熟"。这也难怪，要抹黑就得往熟人身上下刀才能见血。这些小说家骨子里对周围文人一贯不屑，在他们的眼里，士人或知识分子都是行为猥琐、举止不端的庸人，别说难成榜样，就是比起普通百姓也要矮上三分。

《儒林外史》中既有以"代孔子说话"自居、拼命攫取财富的王德、王仁，也有混迹权贵圈子、骗吃骗喝、浪得虚名的匡超人，还有矫情到逼女儿殉夫、用亲人性命赚取贞节称号的王玉辉，甚至连那几个隐士高人也不过是靠诡诈伎俩自抬身价的江湖骗子。再看《围城》里的方鸿渐、赵辛楣和李梅亭，哪个不是打着小算盘、机关算尽的俗人？杨绛显然受《围城》叙事风格的影响，她的小说《洗澡》中的男人大都利欲熏心、举止乖戾。《洗澡》中的人物如余楠、许彦成和朱千里，除余楠是"土鳖"，大多是学无所成的"海龟"。杨绛对他们在 20 世纪 50 年代知识分子改造运动中的表现极尽嘲弄挖苦之事，让人感觉这帮坏蛋个个心理阴暗，每天都做着相互拆台的糗事，他们后来纷纷掉入整人与挨整的怪圈一点也不冤枉。《洗澡》中的不少场景铺陈，怎么看怎么像是《围城》的续集。按杨绛的说法，她曾看到一幅线装书的插图，上面有许多衣冠楚楚的人拖着毛茸茸的长尾杂在人群里，大概肉眼看不见尾巴，所以旁人好像不知不觉，于是她"掇拾了惯见的嘴脸、皮毛、爪牙、须发，以至尾巴"描画一番，言外之意抓住的尽是些文人丑态。从某种意义上说，杨绛和钱锺书专揭文人短处，似乎有点不太厚道，但所揭之处也自有道理，比专做士人具有无瑕品质的春秋大梦更显可靠实在。

新中国成立以后，从民国过渡到新政权的知识分子一部分人参与政府事务，一度身居高位；另一部分人延续教书生涯或处于赋闲状态。《往事并不如烟》这本回忆录细致描述了这一阶层在时代变迁中的不同命运。与《洗澡》的区别在于，章诒和本意是想突出那些被错划成右派的高级知识分子的信念持守多么坚忍不拔，却一不留神描绘出一幅他们颓废慵懒、百无聊赖的图像。大多数"右派"回忆这段历史时都大发牢骚说，因为政府故意引蛇出洞才迫使他们节操碎了一地，却没有人追问为何这些知识分子坚守自我的能力竟如此孱弱。

书里披露了一段民盟常委浦熙修揭发老情人罗隆基的细节。浦熙修是罗隆基相处十年的情人，两人同属共产党高级统战对象。在一次批斗会上，浦熙修居然用报复的口吻把罗氏对她说的悄悄话公之于世。她说有一次罗隆基看到她新买的红色胶鞋时勃然大怒，使她不禁联想到，当年蒋介石看曹禺的话剧《蜕变》时瞥见红肚兜也曾大发脾气——罗隆基如此怕见红色，不是证明他和蒋介石一样，对共产党充满仇恨和恐惧吗？在大庭广众之下揭人隐私已属无聊，又进一步做出毫无根据的诛心推论，更属荒诞。

两个情人之间互殴的闹剧就这样被赤条条搬演上台，勾住台下多少旁观者幸灾乐祸的眼神，让他们心中暗喜。

聚焦在章诒和记忆里的那些所谓"贵族往事"，不过是一群失意文人在比拼生活待遇的高低和怅叹奢华往事的逝去，如说康有为之女康同璧在衣食起居方面如何摆出贵族架子穷讲究，又如说三年困难时期老右派们仍能出入听鹂馆、新桥饭店和四川饭店享受精致美食。我们从中看不出这些知识分子有多少真正精神上的坚守和追求，反而好像是在混吃等死，无谓消耗着日渐萎缩的生命力。中国知识分子为什么缺少一种圣徒般的殉道精神，答案也就不言自明了。

京剧改造与好莱坞大片

陈凯歌曾经拍了部电影《梅兰芳》，据说票房不错，但似乎没见拉动京剧的上座率，反而书店里倒应景似的出现了一堆老伶人的传记。书里面配了些老照片，满纸弥散的都是老戏园子气息，倒是满足了我这等没事就陶醉于京剧老唱片的半吊子戏迷的怀旧心思。不过，那阵儿最打动我的，还是友人相赠的一本学者王尔敏先生写的小薄册子，书名有点像喊口号，叫《揄扬京剧有理》。

王先生是余（叔岩）派票友，写书如观戏，喜欢扯大嗓门吆喝。他的职业又是史家，对民国掌故熟得很，文字细腻严谨，读起来有铿锵的韵律感，时而让人会心一笑。特别是谈到对京剧艺术进行的拆迁式改造，老先生顿时嬉笑怒骂，笔底波澜涌动、风生水起，读来好不痛快！如他讲麒派头牌周信芳（麒麟童）的名剧《徐策跑城》被一帮白痴戏剧改革家绑架拍成电影，麒大师在真的城头、真的大路上又唱又跑，那城头站着一个穿戏袍的人在唱戏，简直像一个老叫花在那胡喊，一切精彩唱腔、绝妙表情全被青砖高墙给遮掩了。更难受的是，那跑城一段，像是从疯人院里逃出来一个犯了癫病的老头，无缘无故地在空旷的官道上猛跑，看得让人心酸。王先生的意思是，这京剧改造果要都如《跑城》这般逼真到写实的地步，京剧中的意境必毁无疑。

京剧最初是穷人的娱乐，大小村镇上搭台子布景不讲排场，也无意奢华，所以才千锤百炼出演员与观众密切沟通的表演风格。经费既然有限，自然不能使用任何具象的布景，于是崇山峻岭、江河湖海、高楼巨厦、寒村茅舍，全部缩微在一个舞台上尽显其态。晚清京剧入宫，渐走雅致的路子，似乎不差钱，但慈禧和光绪也没有在宫廷戏园内追加奢华的布景，就是知道其象征的意味。

京剧最大的特点是，一部分写实的景致被巧妙地转移到了演员的表演之中，尤其是"唱念做打"中"做"和"打"的功夫，身眼步法的信息传递赋予了舞台表现大千世界、人间百态的象征韵味。看戏人可以从演员手势、眼神发出的信号，去猜想动作表现的意义，如推门、骑马、戏水、列阵、武斗等。京剧表现赤壁之战，曹操八十万大军下江南，也只用八个龙套、八个将军就可搞定。没有人会抱怨，这几个人冒充曹操大军是不是过于寒酸？这种表演有点像中国水墨画布局中的留白，总得给观者留出驰骋神思、悠游想象的空间，于是京剧表演和西洋戏剧相比，走了完全不同的一条路子。

京剧的五功四法，即"身手眼法步"和"唱念做打"，演出要求比遵循单一表演技巧的西洋戏剧复杂许多。歌剧只唱无念白，芭蕾只跳无唱腔，话剧只念无唱做，所以王尔敏才批评齐如山。齐访欧后认为西洋歌剧载歌载舞，这完全是误导梅兰芳。西洋无论男女高音，都是只唱不舞，仅仅随音乐加点简单的手势台步。比较起来，西洋戏剧只能从演员动作中看出所要表现的真实生活，无法像京剧那样让人从象征性的动作中想象故事发生和进展的场景。一旦要求表演和真实场景一一对应，首先可就难坏了美术设计，歌剧舞台上经常出现费力不讨好的布景试验就与这种奢求有关。

王尔敏举了两个好玩的例子。一是瓦格纳的歌剧《漂泊的荷兰人》，剧情是一个武官屈杀了妻子，受到诅咒，永远在海上漂泊，不能死去。整出戏以音乐优美著称，但舞台设计笨拙不堪。因要表现海上鬼船飘忽不定的神秘场景，舞台上矗立了一艘巨船，船头就占剧场前景的一半，直逼台口。船上应有的设备被一应俱全地搬了上去，以显示雄浑壮阔的场面。为了让船有动起来的感觉，在舞台幕布上用灯光打出海洋上帆船穿梭的画面，但仍无法营造出船在海上荡漾的气势，那大船始终死气沉沉，好像一动也不动地趴在船坞里。演员只能站在船前的地板上干唱，和船之间根本构不成互动的关系，活动的演员与僵硬的道具貌合神离，十分沉闷无聊。如果由京剧处理这段场景就很简单，可以假想正面舞台的地毯就是海面，演员在其上做出摇橹等各种动作，即可表达出船体的颠簸与情绪的变化。

另一个是威尔第的名作《阿依达》。故事发生在埃及，戏剧高潮是热恋的将军和女奴被赐死投入金字塔墓道。这下布景美术师犯愁了，把整个金字塔塞进剧院，可不是一条船的工作量。结果三场布景都是用一个黑森森的大石堆填满舞台，不但昭显不出金字塔的辉煌，持续压迫的视觉效果也让欣赏歌剧唱腔的观众大倒胃口。

这些西洋歌剧试验失败的例子，却被中国一些不良的戏剧改革家当宝贝，搬上了所谓新创京剧的舞台。国家大剧院的原创京剧《赤壁》表演"草船借箭"一出时，就居然把一艘形似真船的庞大道具搬了上去，而且动用好莱坞大片的特效，霎时画面上万箭齐发。为配合大片的演出效果，舞台上那只疑似的"真船"上也被同步插上了几只雕翎，场面十分滑稽。

最可笑的是，等到火烧赤壁时，则各种效果蜂拥而上，不仅布景上营造出熊熊烈焰的气势，舞台上也真放起一把火来，真是好不热闹！记得当年叶盛兰、马连良等名角出演《群英会》《借东风》《华容道》，周瑜、诸葛亮等人被演绎得精彩无比，遂成经典，却没见在布景上这么放肆折腾。可怜现在新创京剧如拍摄大片，烧的是钱，却只学了把金字塔搬上舞台的笨拙功夫，失去了京剧的灵动之魂。

京剧的乐班鼓点根据演员的表演随时调整乐曲和节奏的走向，以表现空间和剧情的繁复变换，一直走的是小而精的路线，人数不出十人。西洋交响乐则是演奏者随指挥的手势而动，人数自数十至百余人不等。京剧乐队人数一旦增加，则有可能破坏整体戏剧故事所表达的韵律和节奏。郭小庄女士改良京剧，就是在乐队人数上增加数倍，幸亏她的乐队还都是国乐组合，没有泥洋不化，但试验效果仍不理想，无法推广。

　　大陆京剧界受样板戏影响太深，曾经滥用西洋交响乐作配乐，于是京剧意境被破毁无余，最终还是不了了之。我曾经听样板戏《红灯记》主演浩亮唱过一段《将相和》，平心而论，身为李少春的大弟子，浩亮的演唱功力不错，其中一段起句"辅赵邦用心机深思苦想"唱得很有味道，可中间突然插入一段交响乐过门，完全破坏了听者正与蔺相如发生共鸣的心境，瞬时让人兴致索然。京剧原有的节奏舒缓有致，需要耐心欣赏，似乎不适于现在的都市节奏；京剧改革是为吸引年轻人，道理也没错。但如果盲目走西洋戏剧表演和好莱坞大片布景的路子，就无异于把京剧变成怪胎杂种，还不如让其自生自灭。道理很简单，任何艺术形式都有寿命，京剧也是如此，其生命力在于传承而非毁灭传统。

中西艺术的差异何在？

国家博物馆展出罗丹艺术回顾展，整个大厅满眼都是健壮的肉体。不多的例外是大作家巴尔扎克：一袭大斗篷裹住全身，观者只觉他形体高大、眼窝深陷，却无缘窥见大作家的一身肌肉。实际情况是，罗丹习作草稿中有几幅巴尔扎克小像，大作家身材臃肿、大腹便便、只穿短裤，一点也不挺拔英俊。在最终的作品中，雕塑家对作家身材做了虚化处理，因作品体态庞大，观者须仰视才能把眼神聚焦在那张霸气凝思的脸上，借此造成气势撼人的效果。

在一俊美男子的裸体像旁写着罗丹的遗嘱，其中有两句话说到雕塑如何处理"面积"和"体积"的关系，第一句话大意如下："你们要记住，没有线，只有体积。当你们勾描的时候，千万不要只着眼于轮廓，而要注意形体的起伏，是起伏在支配轮廓。"第二句话像是前一句的补充："希望你们领悟到，所有面积，是正在它后边推动的体积的最外露的一面。你们要设想形象正迎面而来，向你们突出。一切生命皆从一个中心迸生出来，然后由内到外，滋长发芽，灿烂开花。"

罗丹说艺术品要有体积，不必太在意线条，这是西方美术通过透视法和立体感冲击视觉的理念，与中国的艺术观恰好相反。中国画里的人物往往穿行于山水之间，渺小模糊，身材难辨。如晚明文人张岱所记，当他乘小舟游西湖，觉"天与云与山与水，上下一白。湖上影子，惟长堤一痕、湖心亭一点，与余舟一芥、舟中人两三粒而已"，讲究看人如"两三粒"。这"两三粒"没有重量、不占体积，轻薄薄地点缀在天地之间。看一幅中国古画，人们的眼光总是随着高山群壑呈散点移动，人不过是融化于自然的摆设，是山水的衬托物。

在欧洲逛博物馆，给人最突出的印象就是"高大上"。博物馆里的艺术品个个体积超大，不但墙壁上的画作尺寸惊人，雕塑更是远远超出平常尺度，大多须抬头仰望才能欣赏。这不由使我产生"尺寸决定论"的联想：欧洲地盘小，小国寡民，艺术品创作中"大"的感觉几乎无处不在；中国面积大，地大物博，却常常以"小"为美，画幅小，万里山水要用横幅长卷浓缩在掌，徐徐拉开，一点点欣赏，故称"手卷"。可见尺寸的"大"与"小"未必取决于文明的性质，却能体现文明的风格。

欧洲国家地盘小，绘画、雕塑却拼命扩张尺寸、抢占空间，大概是由于其早期艺术大多作为宗教的臣仆，宗教要使人生敬，把神殿造大造高是个好办法——有极长的进深，高耸的柱子，装饰华丽的穹顶和尖塔……十字架上的耶稣形容瘦削、神态悲悯，被供奉在高高的神坛上，四周飞翔的天使把这个痛苦受难的形象围在当中，营造出肃穆悲怆的气氛，使人如沐神光、顿生敬畏。

在中国，有些好心的学者一心想让孔子也罩上一层万众瞩目的神光，殊不知，神秘体验乃宗教最原初的力量。耶稣纵然作为圣子来到人间，成就三位一体的救赎故事，其本质仍是全能独一的真神。凡人对其只能顶礼膜拜，不可奢望与神平起平坐。在欧洲即使一个小镇也有巍峨的教堂，其恢宏的穹顶、高耸的钟楼，都是要让走进殿堂的凡人感到自身的渺小、神的伟大。天主教做弥撒有吃圣餐的仪式，信徒可以分享象征耶稣身体和血液的面包和葡萄酒，意思是让神进入人的肉体，与人同在。不过切记，分食耶稣"肉体"后人与人之间貌似趋于平等，但并不是说凡人也能变成耶稣；耶稣虽然可以显露一副人的模样，却永远是高高在上、拯救人类灵魂的导师。

与耶稣不同，中国的孔子只是凡人中的博学有德者。《论语》中的孔子不谈怪力乱神，就像坐在弟子中间的一个宽厚长者，没完没了地唠叨他的人生阅历。孔子平时并不避谈饮食男女，偶尔也会做做被君主重用的美梦。弟子们虽对他恭敬持礼，也偶尔会恶作剧式地调侃老师几句；面对弟子们的撒泼，孔子一点也不生气，经常用父辈的口吻循循诱导，师生之间相处总是一副其乐融融的光景。怪不得当年大清官员一看到耶稣血淋淋挂在十字架上的样子就毛骨悚然，再看到教堂里光线暗淡，一群人黑压压挤成一片，念念有词，心中立刻断定这是邪教团伙在作法谋乱。

西方人体艺术经历了古希腊罗马时代的崇尚自然和中世纪的压抑内敛，到文艺复兴时期，提出了"人的发现"的口号。按尼采的话说就是"上帝死了"，即神的信仰被俗人动摇了。肉身凡化的过程其实更显而易见，古代神话里健康秀美的神之肉体本来就是按人类的模样定做的。"人"和"神"即便在精神上不能平等，至少在肉体的尺度上要力争一致。于是，重新发现人性、自由展示人体，成为欧洲启蒙运动的遗产之一。

罗丹作品中有一座法国作家雨果的巨型雕像，令人惊讶的是，一脸深沉严肃的雨果身边拥着两位赤裸的美女，她们是激发大作家灵感的缪斯女神。这类创意在欧洲司空见惯，教堂、广场、街头随处可见裸体的人像雕塑，有古希腊神祇，有圣经人物，有历史名人和民间偶像，人们对裸体习以为常，反而没了猥琐亵玩的心理。可在中国若有人胆敢模仿罗丹，在某个大作家——哪怕是以行为放逸著称的李白——身边放上两个裸女，不被骂死才怪。在中国，只有韦小宝式的流氓才敢左拥右抱，裸露的身体更是别想挤进艺术的神圣殿堂。特别是宋代以后，满眼都是被贞节观念捆绑的女性。衣衫裹得越紧，道德禁忌越多，反而诱发男性对女性身体的各种想象，催生出淫邪色情小说的日益流行。

中国的道德导师大多是身边的凡人，道德教育是熟人之间的传习，艺术是士人之间相互交流的活动。宋代以后，文人画的收藏与品鉴日趋私密，几乎成了小圈子关起门来传递情调的游戏。大尺度的肖像画只有皇室才能独享，宫廷画里的皇帝经常身穿龙袍、正襟危坐，两眼孤独地目视前方。中国人的裸体只能表现在春宫图中，元、明以后印刷术发达，小说话本如《肉蒲团》《金瓶梅》的插图绣像中大量表现云雨之欢。据说大户人家女儿出嫁，嫁妆里总要随带几幅春宫画，算是给新婚夫妇备下的性教育课本。还有一部分春宫画里的男女并不是全裸，而是衣冠散乱、云鬓蓬松、半遮半掩，与周围的幔帐、家具、首饰混搭交融在一起，营造出一种欲遮还露的朦胧情爱场面。春宫画里的裸男裸女仅用工笔线条描述各种姿势，仍是把裸体当作不宜宣扬的低俗内容，而不是上得了台面的艺术作品。

近代以来，中国不断受到欧美艺术潮流的冲击，也不断改变着对线条、体积、厚度的美学理解，特别是对人体的直接表现充满好奇。我还记得，20世纪80年代中国美术馆举办第一次人体艺术大展时的空前盛况。展览大厅里人头攒动，拥挤不堪。有趣的是，不同风格的展品前自动出现了人群分流：那些笔触细腻、趋于写实的女性人体油画前往往有数十人蜂拥围观，有些人甚至跨过护栏，恨不得趴到画面上细细查看，而那些表现人体相对抽象的前卫作品却观者寥寥。面对这种现象，男性性压抑的释放只是一种浅薄的解释，当时国人对人体艺术的鉴赏仍处于启蒙阶段才是深层的原因。假设这次人体大展放在今天，我估计展厅里的工笔裸女画前再也不可能涌动着那么多的观赏者。事到如今，早已见多识广的大众，审美意识应该已经向更为抽象朦胧的方向转变了吧？但愿如此。

教堂与恐怖

很奇怪，儿时对教堂的记忆几乎总和一些吓人的影像连在一起，尤其是黑暗的主色调长期盘踞在脑中，面对巍峨壮丽，我丝毫没有仰慕神圣的感觉，反而觉得像魔鬼的栖居地。长大后，读了一些文学作品，才知道关于教堂的阴森想象并非我特有的感受。基督教文化本身就有威严与慈爱的双重面相，最直观的就是教堂建筑。当人们看到那高耸的哥特式尖顶，身处采光独特的拜占庭式空间，油然而生的恐怕首先是一种畏，然后才是敬。教堂的建筑太高大了，它的阴影也格外幽深莫测。西方文艺作品中，在教堂里活动的人也不全是好的，也可能有邪恶神父、无耻信徒、变态苦修者……疯狂的举动与偏执的信仰糅合在一起，有点鬼影幢幢的模样。就像电影《达·芬奇密码》里的教堂，分明是个犯案的绝佳场所。

我小时候对教堂的恐怖印象，并非当时由文学与电影催生的心理阴影，而是起自某天看到的一本小册子，内容大体是控诉美帝残害儿童的罪行。小册子装帧很粗劣，用纸也不讲究，吸引我眼球的尽是通篇让人战栗的故事。印象最深的一幕是，朦胧月色之下，教堂后门开了，一人挑着担子出门来，快步溜向坟地，匆匆把一捆捆的东西拿出来，挖坑掩埋。这个举动恰被一位村民看到了，按目击者的说法，那都是在教堂孤儿院死掉的小孩的尸体。一件事对心理的刺激是有限的，可整本书都是活灵活现的杀婴故事，就没法不让小孩子毛骨悚然，效果有点像看恐怖片，终于闹到自己晚上失眠。现在我很怀疑这众口一词的故事背后，是被暗示和规训出的口径；不过对小孩子而言，那些扑面而来的故事持续填充着记忆空白，刻板而坚强地把教堂变成了恐怖的现场。

后来我发现，我这个儿童不过是训诫大链条中的一个小分子，妖魔化美帝是当时流行的事。曹禺曾写了出话剧《明朗的天》，影射的是教会背景的协和医院，开场一幕对阴郁暧昧氛围的极力烘托，明显是教堂恐怖故事的翻版。还记得里面有这么一句："人们走进来，立刻就感觉到一种阴暗逼人的冷气，仿佛在这里只能谈着病和死亡。"这场戏讲一个老工人的妻子得了软骨病，她的胳膊被绑上盛满虱子的盒子，成为斑疹伤寒的试验品。这妻子在曹禺安排的角色里，成了教堂死婴的化身。此剧接着讲一个中国老教授发现用于研究的田鼠被带到美国后，浑身沾满了毒菌，重新被美机空投到朝鲜。这显然是为了配合战争中的反细菌战宣传。

时间到了1996年，我有机会跑到儿时印象里撒过细菌、杀过婴孩的美帝看个究竟，恰巧去的还是耶鲁神学院。因住在一位好心教友的家中，难免要跟他去趟教堂，吃回圣餐。我才知道，啃在嘴里的那一小块面包代表耶稣的肉身，喝下去的那一小口葡萄酒代表耶稣的血液。这

"肉"呀"血"呀的基督化身一被吃掉，我似乎又闻出了点教堂恐怖的味道。当然并没有什么可怕的场面，倒是那仪式的庄严让我瞬间感动得发懵，差点当场举手决志入教。我之后又跟着去"查经班"，班里干什么职业的人都有，大意是对照《圣经》里的某句话检视自己什么时间什么事情做错了。我心想这不是在灵魂深处闹革命吗？宗教信仰变成了道德拷问，这下我可坐不住了。难不成到了这美利坚异国他乡，还得再进自我改造的培训班回炉重造？于是刚想决志的那只手又悄然放下了。

虽然差点让耶稣的门徒给收了去，后来又有逃出"查经班"的尴尬经历，不过心里终于得到一丝安慰，毕竟验证了教堂不是杀婴的地方。事后猜想，教堂杀婴的恐怖想象除了作为反帝政治课的生动素材，实源自民间的历史记忆。我曾看一本书上说宋代南方的蛮荒地界里尽出些怪人，他们作弄妖法勾走某人的魂魄后，那人就像换了脑子，可当鬼来使唤，去偷盗别人的东西。还说只要用某种邪术杀死人，摘取其心、眼等部位，配成药物便可治病。传闻儿童多是被猎捕的对象，清代笔记中据说还有多少只儿童眼睛可以炼出多少白银的精确记录。可能类似的事情发生得太多，大清刑法就规定，一旦捉到这种人，一律寸刀剐死，给的罪名叫"采生折割"。

洋鬼子经常被误以为在搞"剖腹挖心"的勾当也和福音堂的构造有关。关起门来阴森森地把耶稣（尽管是象征）的"肉""血"吞到肚子里，出来后直眉瞪眼，到处打砸偶像，难怪要招乡人喊打。育婴堂黑夜里往坟地挑尸其实不是什么怪事——国人办的育婴堂死亡率同样高，可一旦和教堂的阴森色调沾边，恐怖的心境就会无限放大。再加上教堂办的诊所做外科手术，几个穿白大褂戴大口罩的人只露出一双眼睛瞪着你，定会让你更加不寒而栗。

传教士被疑为"邪术家"不是没有理由：西医用药水浸泡人体器官做标本，这般肢解尸体让人联想到孙二娘开店时对待上门客人的办法。摄像机灯光一闪，居然能照出活人的样子，自然让人猜想那镜头是由小孩的眼睛堆砌聚光而成。这使洋人觉得特别委屈。晚清的文书记载，当闹义和拳时，一座教堂被烧，在法国公使的一个外交照会上赫然出现了"采生折割"的字样。那照会大意是说我们给中国人带来了慈善，却被认为是杀婴凶手。我想，那洋人公使向清廷大吏抱怨时肯定不会顺嘴溜出这个词，一定是某个中国刀笔吏所为。在感叹这用词准确贴切的同时，我也突然担心起来：这文字高手不顾词语背后已积攒了数百年的恐怖意味，如此用词是否反而增加了国人对教堂的恐怖想象，导致这照会的作用适得其反呢？事实如何我没考证过，大家尽可以发挥各自的想象力猜一猜。

家门口出了个"大峡谷"

这标题出自一段听来的故事。一个在美国做旅游生意的朋友告诉我说，有天他接待一个团，带游客去美国的大峡谷观光——这似乎是来美国必备的一个节目。去的人无不为大峡谷雄浑壮阔的气势所震慑，尤其是面对夕阳辉映下的连绵山景，这些人虽然肤色不同、语言各异，因震惊而感叹的表情却几乎相同。正当大家陶醉于如此迷人的风景时，耳边却突然听到一句带有浓重山西口音的骂声："啥破大峡谷？我家后门一开，那就是大峡谷！"此话一出，大家顿时侧目。原来叫骂者是山西某个煤矿的矿长，整天开门面对的都是家乡的秃山矿坑。老先生跑这么远来为的是看新奇的西洋景，却偏赶上这么一趟倒霉的峡谷游，不憋出气来才怪。

说实话，听完这个故事，在忍俊不禁之余倒是有些同情这位矿长——每天生活在"大峡谷"中，抬眼看到的都是祖国的大好河山，再拉过去看什么美国的"鸟山"，这不是明摆着让人家审美疲劳吗？看来美国旅行社的节目单该换换啦！如果我恰在这个团里，我会庆幸地说：哎，我可幸亏没活在大峡谷里，否则怎么看得出这景色很美呢？不过，也许等刚离开大峡谷，我又会颠倒过来想：我怎么没机会像矿长那样生在大峡谷中呢？要是那样不是可以天天看美景？想到此，我可能会变得沮丧起来。我于是想入非非，想要是自己真化身成那个矿长会发生什么。结果意识到，当个矿长的好梦恐怕不切实际。可没想到，有一年我跑到南方一座小城过元宵节，这次旅行使我真正体会到祖国山河中处处都有"大峡谷"的存在，也由此悟出矿长发火的真实原因。

南方这座小城犹如一座"鬼城"——不是因为它不繁华，而是因为对鬼神的祭祀非常流行。在平常的街道巷口常常就拜有某个神祇，这些神祇分布很密，置身其中即有一种处于"大峡谷"的感觉。踏寻碑刻和解读碑文是在此地旅游的重要节目，置身于这个鬼气森森的"峡谷"中，确实别有一种趣味。你就看那游神的场面，一群男男女女穿上戏装，仪仗队一过，仿佛晃过去的是一出活泼泼的乡间戏剧，这在北京城里根本不可能见到。到了夜晚，一条龙灯蜿蜒穿城而过，华彩流连，伴随着震耳欲聋的鞭炮声，让人生出晕眩之感。

小城的自足特色与"大峡谷"相似，人待在当地恍如与世隔绝，那种沉迷和诱惑是绝难抵抗的。这峡谷中人之所以自信，往往仰仗的是对碑文和地方文献的熟稔，那感觉犹如山西矿长对家门口大山的特征如数家珍。研读碑刻，就像浏览一卷地方史，会不时为发现的细节所震撼。在封闭的峡谷氛围中，你不知不觉就会被熏陶得对周围生活有了难以描绘的亲近感，会感觉回到了炊烟缥缈的远古世界中。我在这峡谷中的朦胧醉意里做了一个奇怪的梦，梦见那乡间的庙变成了一个无所不包的集会场所，梦见一个村子完全变成了紫禁城内衙门的微缩，还梦见村里的族长在制定族规家训。最奇特的是因为我不懂当地语言，无法和村民对话，急得抓耳挠腮大叫一声，惊出一身冷汗，醒来后才发现自己彻底陷入无法自拔的自卑。我的记忆被梦境打上了一个印迹，这"峡谷"中的生活仿佛成了皇家的缩影，使我这个从真正皇城根边来的人没有丝毫优越感可言。

我还依稀记得，当时住在村长家的一座小楼里，小楼扎在一片田野中。知道来了客人，村里的乡亲挑着担子把新鲜的蔬菜和肉类直接送来，使我这个京城来的饕餮之徒在这"峡谷"中又上了一堂绿色食品教育课，吃完后基本上已撑得走不动路了。回京后写笔记，突然悟到，那"大峡谷"不就是个桃花源吗？怪不得像做了个梦。可后来有机会在别的地方看到满眼的庙宇和耍成一条龙的灯笼，我想学那山西矿长的口气说声"啥破大峡谷"，还真说不出口。这一刻我忽然感到，自己不懂那地方的方言，是没有资格做"大峡谷"居民的，那不过是场桃源惊梦而已。回京后，我总想着哪天应该专门去抚着故宫的红墙倾诉一番——还是住在咱皇城根下舒坦。这话透着些阿 Q 的精神，却是个自我安慰的好办法。

以讲故事为名兜了这么大个圈子，该下结论了：那矿长看扁美国大峡谷是有道理的，山西的大山可能确实不比它差。但问题是，美国峡谷和山西大山完全是两回事，他却觉得世上的山都应该是一样的，这就是"在地"眼光聚焦过久的问题所在——"在地"眼光很容易炮制"不知有汉"的桃源童话。最近一种说法是，做学问只要"眼光向下"就会发现很多好东西，尽管其背后掩藏的狰狞经常被忽视。当然，"地方传统"不像上层儒学，后者连一个躯壳都没有，光有个"幽魂"在四处飘荡，还得劳烦一些知识捕手去抓来进行解剖分析。还有一个说法是，"地方"就是整体中国的缩影，想到此，才明白怪不得我会做那村子就像紫禁城一般的梦了。然而，像归像，可如果咱们连皇家里面那点家底有多厚还没搞清楚的话，这缩影的真实性当然会打些折扣，这就如同拿山西大山和美国大峡谷作比较一样。

如果说"大峡谷"内的眼光尚有可圈可点之处，那么还有一种比较恶心的作态，就是有些人表面看上去是要下决心进"大峡谷"冒险，可又怕吃苦受累。一次研讨会上，我听到一个学界名人在表白，大意是我们现在有房有车了，应该为老百姓做点什么。于是夸耀说今天自己是坐公交车来的，和老百姓挤一块觉得特舒服，还夸口说有一天自己还和民工蹲一块儿吃了碗炸酱面。我一听这话立刻就有了某种身体反应。摆这姿态的人也许想学俄国的民粹派，或"五四"后期社会改造运动中偶下农村的那帮知识人，但我总觉得他应该学学当年的赤脚医生先驱陈志潜，在县里实实在在待上几年，真为老百姓做点实事。如果没有这样的决心，还是免开尊口为好。我以为，对民众身份和生活方式自以为是的认识，不但会摧毁文化的多样风格，而且会生产出如上的知识怪物。更别说现在知识界多出光说不练的人，与峡谷的亲密接触对他们而言只有增添生活情调的探险意义。对这些人，我以为恰恰应该让他们重新去当一回知青，以为教育。

不要和陌生人说话

北大的临湖轩原来是司徒雷登的宅子。司徒雷登就是毛主席专门撰文告别的那位高个子美国人，燕京大学的校长。儿时我多次从未名湖边的环湖小径路过，其中一条碎石铺就的神秘小道，绕过一片幽幽竹林，达于一个半遮半蔽的建筑，那便是临湖轩——一座相当精致典雅的临水院落。母亲回忆说，那里曾经荡漾过燕大职员举办西式婚礼的笑声。2007 年在这院落里开了个会，叫"儒学第三期的三十年"。平心而论，在曾经弥漫着教会气息的司徒雷登老宅里谈儒家干了些什么多少有点滑稽。临湖轩虽已成燕大废墟，毕竟曾是基督教会的地盘，在这热捧儒教，颇有点仗势欺人的味道。不过，当年那些老燕京就一直抗议原来在沙滩红楼的北大强占了自己的地盘，使燕大那段历史几乎被抹得无影无踪；如今让火得不行的新儒教占块地方喝喝茶自然是小意思。需要稍加解释的是，"第三期"里的数字"三"是说儒学可被劈成三段：一段赠先秦孔子，一段予宋代程朱，第三段奉献给了一位当代"新教主"。数字"三十"是说那新教主业已登坛三十年，咱们该纪念一下了。谁说不是呢？记得 20 世纪 80 年代教主莅临吾土时，国内西化之风四面吹拂，撩得国人如痴如狂，他老人家登坛讲道，力压西风，倜傥洒脱，引来粉丝无数。

不凑巧，这天教主并未现身，客套的纪念气氛立刻被冲淡了许多，还无意中刺激出不少另类的声音。据道听途说，一位在上海教书、经学底子极好的"老愤青"首先发难，说清末以后根本就没有儒学，国学不是国货而是日货，都是从日本贩卖来的，引来一片哗然。说国学是舶来货，就像戏言"国学是被揍出来的学问"一样，都是在反复撕扯国人自尊受挫后的心理伤疤，似乎不厚道。接下来一位80年代青年的精神偶像干脆说，儒学哪有什么三期？如果有，那他就是四期生，四期的主题是情欲，又勾起一片骚动。跑题跑得如此厉害，一时间好似擦枪走火，全乱套了。在我看来，这都是不给教主面子的做法。但我又以为，教主的缺席才使这众声喧哗成为可能，由此避免演成一次儒术借尸还魂的仪式。

跑题似乎还在继续。忽然有人问，儒家怎么处理和陌生人的关系？我猛觉这恰恰点中了新儒家的死穴。2001年播过一个电视剧，叫《不要和陌生人说话》。当红影视明星冯远征和梅婷饰演一对夫妻，丈夫平日在单位很正常，甚至很优秀，但一回家就揍老婆，揍过再揉伤口道歉。一般的理解可能把它看作一个丈夫犯精神狂躁症的病例，但我们还可以添点文化解释的佐料：丈夫在外面处理不好与陌生人的人际关系，只能回家拿老婆撒气。

在我的印象中，儒学自我标榜最多的就是善于处理人际关系。只不过处理熟人关系很是拿手，一遇到生人就不知所措了。当天的发言中，好像只有赵汀阳悟到了这层意思。他说，儒教总是喜欢把一帮亲友聚在一起，和和气气的，一切技术和规矩都是为亲友服务的，眼里没有他人；这不是目中无人，而是逃避和他人的接触；这在过去没有问题，一个村子里全是一个姓，抬头不见低头见，基本是一家人；可一旦生人从外部强行介入时，你没办法适应，不精神分裂是不可能的。

我在乡下唯一一次过年的经验证实了这个判断——那是在秦岭大山深处的一个小村子。过年那阵儿，晚上九点以前每家的房子都是大门洞开，因为村里人没时没晌地互相到处串门。不知什么时候就会有人溜进来喝酒，男人理所当然要陪酒闲聊，女人就要随时下厨做几样小菜。一天下来进进出出不下十几拨，九点以后炭火熄灭才消停下来。虽然男人累心，女人累身，就人际关系上说却是难得的愉悦松弛。这是典型的儒教眼中的现世缩影，但若把这缩影放大到村外乃至繁华的都市，就全变味了。

儒教犯的毛病在于，不管在什么场合都照单抓药，到哪都想把脸贴过去，说咱亲热亲热，结果到了陌生环境，当然是热脸贴上冷屁股，严重点还会被扇嘴巴。在我看来，历史上西方人那么强势，强势到曾经揍得人疼痛难忍甚至破口大骂，最后还是得乖乖学他、跟着他走，就是他们有一套搞定陌生人的办法。他们知道，只搞定家里人不算本事，你得知道如何对付陌生人。儒教的本事是把大家都圈住，甚至可以把一切看似陌生的人和事都变成熟脸和熟事，比如把周围的"蛮夷"都变成"文明人"。可一旦圈不住，就会自欺欺人，硬说圈住了。这就是儒教的情形。

按照费孝通先生的说法，儒教最擅长的就是"推"：离自己越近的人关系越是密切，从自己到家人像水波似的一圈圈地往外推。可问题是，由近及远地往外推只能越推越薄，最后再也推不下去了。人情推不下去还不是最可怕的，最可怕的是，当陌生人不讲情义时，你还想着要用恩义去感化他，可骨子里早已看透了恩义的无用，由此变成了里外不一的怪人。我们便也可以理解，如果社会上流行的是弱肉强食的丛林法则，当你带着打拼了一天积攒起来的"兽性"回到家后，还要"怀柔家人"，精神哪有不分裂的道理？冯远征扮演的那角儿，如果不回家揍老婆出气，恐怕只有自己憋死自己这条路可走。

推不过去的弥补办法是乱树道德榜样，赵汀阳说儒教就是"示范伦理学"。又说人只会模仿最容易成功、获利最大的行为，不会模仿虽然好听、实际却会吃亏的行为。实际上还是个熟人生人的问题：要树榜样还得先在圈子里搞，熟人有面子，不好意思拒绝；生人没理由学你，光嘴里说得好听是没用的。我总以为，儒家第三期搞了三十年，以后如果还是在"别和陌生人说话"那套姿态里自恋，或者自说自话、乱立典型，自己却迷恋丛林法则、表里不一，这套蒙骗把戏终会失灵。儒学这样搞下去，总有一天将堕落到有术无学的地步，即使想在斗心眼要权术的一级加以运用，恐怕都不够格了。

国学热何以变成了"文化桑拿"?

据我的观察，把国学调子唱成时装秀的大约有两类人：一类姿态较高，他们高唱"国学万岁"是为了先解救西方人，再解救我们自己，走的是解救全人类的路线。另一类扮演的是低姿态的心理医生，看着老百姓受苦受难，心里好不难受，于是一把抱住你柔声倾诉：既然现实如此，你又无力反抗，那就干了这碗鸡汤吧！高姿态派大约是历史落下的癔症，曾经有太多人梦想一夜之间红旗插遍全球。为了抹掉这段记忆，有一种文绉绉的说法是"三十年河东，三十年河西"，这调子看着很有文化，也很神秘，既有古代文人舒缓雅致的从容，也有老祖宗漫说"风水轮流转"的镇定，一旦流行起来，由不得你不信。

如果觉得古人的话不够时髦不够过瘾，别着急，还有近代大师的谶语在背后撑着。当年任公在欧洲转悠了一圈回来，也说西方文化完蛋了，西人应该向咱们祖先行礼致敬。这样的台词振奋人心，听起来像从一个占卜师口中吐出的醒世格言，让人生出被麻药迷晕前的舒坦幻觉。

高姿态派的一个分支是帝王师的追梦人。他们爱做两件事：一是造书院，二是办大会。贵州龙场王阳明闭关悟道处前几年多出一个阳明书院，里面的小孩都叫"义工"。这容易把我们搞糊涂，让人错以为是基督教的地下组织。

有一次我在北大附近的饭馆吃饭，忽然挤进来一堆少男少女，一律穿着黄 T 恤，背后印着"一耽学堂"字样，据说也是一家儒家文化学堂的义工。那贵州阳明书院的掌门人是今文经学的信奉者，经常带着自己的义工去大师的遗迹凭吊，总觉得把儒学看成天天小打小闹的平常琐事是糟蹋了，谈儒学怎么能不讲帝王政治？路子有点像康有为当年作《孔子改制考》，下一步恐怕就得折腾出个新"孔教"来了，只不过借的还是基督教的壳，至于里面的魂是什么就难以搞清楚了。康圣人还见过光绪几面，而当今领导偶然路过，也许只会把这些义工孩子当成是在学雷锋做好事，所以这位掌门人的话没什么人听，不免让人唏嘘。

虽然按历史循环律的法则看，机会还是有的：孔子、朱熹、二程不都是等死后牌位才进了皇帝专设的灵堂吗？不过从中也可见做"文化大师"的风险之高，为此必须精打细算；否则，不但国师当不成，现世的荣华富贵也给耽误了，是很不合算的。有人发明了一种叫"和容学"的东西，据说比"和谐社会"的提出还要早几年，可惜人文社会科学没有专利一说，更可惜"和容"与"和谐"还差一个字。差之毫厘，谬以千里，别看就一个字，却真要命。国师因此还是没当成，说起来令人叹惋。

再说说低姿态的人。这路国学导师没有当国师那么大的野心，却为自己带来了最大的经济效益，成本低，收益高。虽然如"心灵鸡汤"的骂声挨了不少，也早有人从鸡汤里喝出了禽流感的味道，可就是火得不行。也难怪，现在要辨别餐桌上那些东西到底有没有毒，几乎会难倒专门的药物学家，一般人早已放弃了保持肠胃无毒的希望。失去辨别能力的大众当然会觉得这道有着权威头衔的儒学大餐味道不错，至于喝下之后会发生什么，就管不了那么多了。这就出现了两个极端：谈儒家政治的人高高在上、谈玄论道，说世俗伦理的人售卖的却是心灵大力丸。本来一体的儒学被肢解得像一具刑场上被砍掉四肢和头颅的尸体，收尸的人可能是好心，却没人想把这个尸体重新缝合起来。高姿态和低姿态的国学固执地各走一边，好像已没得选，就应了李零的那句话：或者跟着知识分子起哄，或者拍老百姓的马屁。

有人说国学是国将不国之学，国学即"国渣"。这个对国学的定义比较恶毒，不过我还是相信国学是被西方人揍出来的学问，和传统意义上礼乐升平的那个儒家学问不同。再说俗点，在宅院里悠然品茗论道，与被人家揍得不行而发出惨叫，肯定不会是同一种声音。要知国学是何物，就必须看清国学产生之时，那"国"到底是什么——不是大宋国、大明国，也不是大清国，而是"大民国"的"国"。民国人是头一次做没有皇帝的学问，一开始大家好像浑身不自在。不中科举，不当国师，那国学不知还有什么用处。当年章太炎先生在江苏教育会演讲国学，贴出的广告语气很悲怆，说大家全跑去学西学，中学没人听了，所以"深惧国学之衰微"。意思是章太炎再不来，中国文化可就完了，那种悲壮如同临刑前的哀鸣。章太炎的演讲也有点像拳击打擂，拼了老命一个半月连讲十场，《申报》还每天跟踪报道。不过，章太炎力挽狂澜的作用好像不大，因为民国的国学实际上是"新学"。"新学"的致命武器是新材料，章太炎光抱着几本经书打擂显然是过时了。

材料一新，老国学立刻就变成了国故，老顽童吴稚晖曾说："这国故的臭东西，他本同小老婆、吸鸦片相依为命。"读经的命似乎也是如此。尽管章太炎有《国故论衡》这样的皇皇之作，可一旦和考古材料的新奇相比，也逃不过被视作"国渣"的命运。所以他的学生黄侃硬不服气，说做学问发明比发现更重要，意思是与其一窝蜂地全跑去挖坟，炫耀盗墓品的多寡，不如就死磕这几本经书，靠体悟不同行于世。可他的话几乎没人听。到了清华国学院时期，味道更不对了，国学院的四大导师全是搞"新学"的，王国维弄的是二重证据法；任公是新史学泰斗，嘴里不断杜撰新词；陈寅恪被认为高于国人学问家之处，恰是在懂十几种西国文字；赵元任不用说，是现代语言学泰斗。国学这张脸一旦装在"新学"的框架里，就会被挤压变形，所以顾颉刚才敢说大禹是条虫子，因为经书既已成"国渣"，那就是谁都可以骂的。

我敢说，所谓"国学"不过是"新学"的另一个说法，和大清国以前的学问没多大关系，大清国以前的学问只能叫国故，国学顶多是"大民国"的学问。现在打着"国学"名义出现的其实都是国故，而且因为料理者的无良，已极端变味。摆在白领枕边的《论语》，以及专为大款开设的国学班，其作用同桑拿按摩一样，只能让人在暖洋洋的热气中惬意地打几个哈欠而已。

大师与超女

一日，某著名学者带儿子出席学术研讨会晚宴，席上杯盏交错，吆喝声一片。这席中数他名声最大，自然被人恭维有加。有朋友开起玩笑："你直说吧，还希望咱今儿怎么夸你？"那学者酒意微醺，脸泛红晕，心中受用，喜滋滋反问："你说呢？"眼见让人舒服又陶醉的贴心话就要脱口而出，没想到旁边的儿子插了句嘴："他在家里老说自己是'大师'。"这"天机"泄露得可不是时候，顿时全席如冰点降临，众人面面相觑，好不尴尬。那学者只好干笑一声，自打圆场，轻拍一下儿子的脑袋说了句："家里的玩笑话也敢拿出来乱说！"他心里自然清楚，有些牛皮只能关起门来自吹自娱，拿到席间就如全裸出镜，坏了江湖规矩，实在该打。

"大师"在这个社会原本是"稀有动物"，这称号即使在一伙自闭的人群圈子中相互传称，也不过是二三野老在荒江野屋中互相打趣而已，当不得真。可那些自视甚高的文化名流现在被娱记死缠烂打地疯狂追逐，有些人俨然成为荧幕上的明星，这自然让人有了成就名声的念想。这也许是好事。但让人不解的是，那些已有大师资格或至少有点大师坯子的人，往往如避瘟疫般推脱强加在身上的此类称号。他们怎么就没点同情心，不愿给普通人展示一些成名成家的希望？何苦偏偏视娱记为不怀好意？

杂文家张中行临死时一再声明自己就是个老编辑，一个普通读书人，可死后仍有一整版"大师"之类的阿谀文字追捧。这在一般人看来本是求之不得的事，可偏有人认为媒体不怀好意。更有不识趣者如杨绛先生，对娱记疯狂追逐包装钱锺书的行为不以为然。她反复声明，钱锺书绝对不敢以大师自居，他不开宗立派，不搞大师派对，也不传授弟子。他绝不号召别人对他的作品进行研究，也不愿旁人为他号召——严肃认真的研究是不用号召的。

我原来不太明白杨老太太的话，以为这分明是不给面子，看似谦逊，实则托大。直到后来我看到超女比赛，才恍然明白了那话里的深意。原来要成大师，可没那么容易。按现在的标准，钱老可谓远远不够格，钱夫人绝非故作谦虚。你只要看看超女比赛的场面就知道了。比赛紧张刺激，选手们一路过关斩将，比当年关云长还要神勇。每次看被淘汰的女生哭成泪人，还得说感谢爸爸妈妈、感谢领导和导演，女主持眼含热泪，温柔地搂紧那女生肩膀，鼓劲说"从头再来"，我就想破口大骂电视台不是东西，一边用小刀寸剐人心，一边还要为自己立个怜香惜玉的牌坊。看得多了，我也逐渐明白了粉丝疯狂尖叫的理由。

粉丝团就是家属团，身边的人能一夜成为超级巨星，这给在平庸生活中苦苦挣扎的人带来了希望和寄托。娱乐圈选秀的残酷法则是忽略那些被淘汰的人，迫使众人的眼球死死盯在胜利者的身上。超女是小鸡变凤凰的隐喻，也是现代版的灰姑娘神话，同样是平庸时代生产大师的配方。大师之位原本是皓首穷经的学子默声铸就的灵性之塔尖顶的宝石，绝非庸庸之众伸手可及。而当今大师的诞生，虽没在电视上演绎成残酷的淘汰赛，却也不出超女选秀的规则。也就是说，娱乐版的大师自有标准可循，不懂或不守这规矩的人，或被强行包装，或被清除出场。比如频繁出镜的娱乐大师，大多和长相、气质无关，但对岁数有一定要求，也许要量过胡子长度才可入选。至于表演方面的要求就更加严苛，一定得是狂谈各类八卦的话痨，不求专业，但求知道，还要擅说人生感悟，能编警世格言——他胡子比你长，自然应该阅历比你多。

电视上的大师秀尽管多属寿星比赛，但长得俊俏点的大师也可以顺带撒撒娇、怀怀旧，或吹嘘一下自己依然年富力强。如有个号称"屈原再生"的国学大师，一派长髯挂身，望上去卖相不错，就说自己仍对女生"审美如常"，真是生猛了得。其他大师虽然模样逊色，但只要擅长眉飞色舞、倚老卖老地述说"前朝艳事"，就够大师的派头。按这些标准来衡量，钱锺书离大师资格可就差远了，即使钱夫人不出来澄清，恐怕单靠《管锥编》那点不够时髦的手艺活，钱老也早没了选秀的资格。

杨绛先生说钱锺书不开宗立派、不传授弟子，这话听起来更加落伍。她哪里知道，现今的学界就像江湖中的作坊，大师的名声是需要经营的。在当今谣言乱飞、美丑难辨的情况下，捍卫那些出镜大师的名声和学术贞洁尤为必要。按学术江湖的规矩来说，学生就是雇来的打手，既然论文能否通过，权柄都握在大师手中，为大师挺身而出自然是少不了的义务。高校里有身份的人都在拼命招博士，那可能便是为打群架备下的武馆学徒。一旦有事，蜂拥而上，乱拳痛殴，谁弟子多，谁的大师招牌就更为光亮，被踢馆败阵的可能性会大大降低。

之前到纽约大都会看画展，有朋友指点说，看画的诀窍是别老分析内容如何，而是要看画工怎样。比如看巨匠鲁本斯的画，就要贴近去看他画女人裙子上褶皱的细腻笔触，这样一幅画闷在画室里打磨几年是常有的事。眼睛一旦习惯了这手工活的细腻，再看现代派随意挥洒的写意风格，就觉得别扭。我们议论说，搞学术也像画工的手艺活一样，需常年静养而成，下笔才有狂澜真气；现在的学术活做得太糙，难怪东西见不得人。当下流水线式的学术生产，哪会给你养成真气的工夫？大师称号的赋予只和娱乐程序相关，而真正拥有大师坯子的人一旦拒绝媒体包装，就自然淘汰出局。这就像刚煎好的一罐中药，精华被泼了出去，剩下的药渣却被郑重包好交到病人手里，还说是长生方子。这样看来，钱锺书不想当这药渣或与这些药渣为伍，我们当然要大力支持。

我想说的是，大师一旦按超女规则不断生产出来，并通过江湖上打群架、分胜负的模式给予认定，就肯定会让那些有"二三野老"气质的读书人避而远之，最终成为一场索然无味的无聊游戏，同时也彻底败坏了人们对真正大师的想象。

一场消费鲁迅未遂的事件

现代生活讲究消费，不仅物可以消费，人也可以消费，对名人的消费欲望尤其高。但当鲁迅也成为消费对象后，仍然令人难以适应。鲁迅的威严峻厉与明星娱乐至死的形象似乎完全没法扯到一起去。其实，鲁迅早已被消费着，他身上挂着很多头衔，诸如"左派领袖""骨头最硬的人"等等，都是标签式的。还有一种以所谓公共知识分子的名义对鲁迅进行消费，比如想象鲁迅如果活到新中国之后命运会如何。如此论题不妨看作是对鲁迅的意淫式消费。此话题可按下不表，单说 2009 年 6 月 20 日这天发生的一件事。

这天上海多伦路咸亨酒店热闹非凡，六桌酒席背后一片幕布上俨然写着如下几个大字——"鲁迅宴请中国知识界"。中间一桌坐着的据说是知识界的一些大腕。晚上 6 点 40 左右，"鲁迅"出场了——扮演鲁迅的是个年轻小伙子，外形和鲁迅有那么点相似，但做派相当喜剧，面孔有点卓别林式的谐谑表情。话说"鲁迅"款款坐下时，端酒杯的手微微颤抖，下半部的脸有点痉挛的迹象。事后他说见到那么多学界大腕，心里太紧张。等他略加镇定，随即用一种略带夸张的语调说了句开场白："今天梁实秋和胡适都在，这座席里既有我的朋友也有我的敌人。"好像他被授意要故意挑起争论，以引发满桌知识精英的热烈回应。

可结果是滑稽的，满桌沉默无语，令人难堪。无奈冷场了一段时间后，"鲁迅"开始挑逗坐在身边的一个农民——他是一位《资本论》自学者，据说已经写出了洋洋数十万字研究《资本论》的论著。这位老兄不堪其扰，紧张得频频说"我是来学习的"。看到终于有人说话，"鲁迅"面露喜色，和他豪爽碰杯以示鼓励，随后席间又陷入一片沉默。这位农民学者禁不住尴尬，赶紧找空开溜，换了座位。"鲁迅"一看情势不妙，为活跃气氛，冷不丁冒出了一句："我不是来吃饭的，是来吃药的。"熟知鲁迅的人都知道他那篇著名的小说《药》。对此突兀之语，大家又是报以一阵沉默。一个哥们悄悄说："不是搞行为艺术吗？咱们埋头吃饭就是行为艺术，赶紧吃吧。"席间一位学者忍不住跳出来说，有个军旅作家写了首诗，大意是鲁迅不死，接着又语调高亢地说，鲁迅要是不死可能会被关监狱。满席又是一阵哼哼哈哈，大家不置可否。宴会沉默又压抑地继续着这种无趣的应酬。

不久大腕转为三三两两的窃窃私语，"鲁迅"就这样彻底被孤立了，既没有了敌人，也没有了朋友。宴会的结局仍继续着搞笑的场面，大家簇拥着"鲁迅"合影留念。这场戏剧的总导演、艺术家金锋有些自嘲地走过来寒暄说，效果不错，宴会表现出一种真实的状态，可脸上似乎难掩失望的情绪。据说这场宴请是展示"行为艺术"，故现场录音摄像设备齐全，每个客人衣服领子或胸前都别着麦克风。不过有些出人意料的是通过麦克风传送到录音设备里的可能根本没几句话，只有"鲁迅"的独白和嘈杂得无法听清的私语，我想任何一个策展人对此都会始料不及。艺术家会奇怪，这些平时印象里滔滔不绝、语惊四座的精英话痨到底怎么了？"鲁迅"这个偶像不但未激发群体的舌辩灵感，反而造成一次集体失语。

事后一想，这真是一场奇妙的行为艺术。首先，鲁迅的形象原本是极有震慑性的，其权威性不容置疑，但搞笑版鲁迅无法复制这种权威性。他一登场即有意无意流露出搞笑娱乐的风格，与学术界对真实鲁迅近乎膜拜的心理之间形成巨大落差。在大腕们看来，消解了鲁迅的权威就等于消解了自己的权威，尽管这种对权威的想象有时是相当可笑的，却必须加以维护，因为它是拥有权力和利益的标志。只要有人挑战它就会遭到反感，这个反感本能得犹如条件反射。当看到卓别林版鲁迅时，他们只能选择沉默以示抵抗。因此，假鲁迅消解了鲁迅作为精神偶像的价值，同时也消解了学术界的权威，这是大逆不道的行为。

其次，这场宴请本想设计成艺术界与学术界相互拥抱，惺惺相惜——当然双方的爱恋应该是通过激烈的争论和精彩的对话碰撞出火花，可宴请的结果恰恰证明对话的不可能和双方的隔阂。学术界需要道貌岸然的大佬，崇拜精神偶像的最终目的还是想方设法地取而代之，或者垄断消费偶像的专利，不容他人染指。当代艺术界恰恰以消解权威为荣为乐，如此场面设计恰恰有抢夺知识界饭碗的嫌疑，宴请的结局只能得出一个教训：与虎谋皮的游戏终究会破产。

金锋送给我他的作品集，我很喜欢其中一个叫《孔子哭了》的雕塑。这个作品是个互动的设计——它是一尊用橡皮泥做的孔子像，孔子泪流满面，橡皮泥的柔软性使这个作品可以被随意改动，看展的观众可以随时走上前去给孔子擦泪。结果，孔子的面孔被抹得模糊难辨。这个作品之所以让我印象深刻，是因为触发了我对国学近况的联想。当今吃国学饭的人就如那些肆无忌惮给孔子擦泪的观众，意图倒未必险恶，甚至有高尚惊人的动机和理由，比如复活传统、振兴儒学等等，可结果却彻底毁了孔子，把他搞得面目全非。"鲁迅"宴请这出戏无疑也有恶搞的成分，但我宁可把它看成是善意的，善意到能让知识界的所谓大腕失语，也算是一场惊人的好戏了。如果这些精英张狂起来，以至于个个振振有词、郑重其事地玩起了话语游戏，那么反而可能轮到鲁迅本人感到悲哀了。由此看来，这个卓别林式的"鲁迅"说不定还真为鲁迅本人挡了一回冷枪暗箭。

女特务的逻辑

有一段时间流行老片新拍，就是把电影那点事像擀面条一样地擀成连续剧，把本来不多的情节再度稀释给大家消磨时间。一类爱被抻长稀释的是那些公认的"红色经典"，尤其是 20 世纪五六十年代的反特片，什么《一双绣花鞋》《梅花档案》等等，不一而足。改编反特片大概有几个路子。一是拼命往西方恐怖片的路子上靠，用音乐和恐怖画面吓人。特务一出现，立刻怪声大作，加上密集的鼓点，再飘过一阵蓝色的类似歌星演唱会上的舞台烟雾后，若隐若现飘出个什么鬼影，那效果确实让人"浑身掉米粒"，却因旋律过于单调，终于唬不住人。再有一招就是黑屋子里吊着一个死人——肯定是被特务杀害的证人，然后灯光一打，镜头猛一拉近，现出那张吊死的鬼脸，手法真是老套得不行，让那些无处发泄灵感的聪明人觉得这辈子选错了行当，怎么让那些庸人当了导演。二是干脆拍成偶像言情剧，不过那帅哥从白领换成了我方卧底，女特务一定比当下的时尚女青年更加千娇百媚，楚楚动人，最后一定是那美女特务爱上了我方卧底，终于耽误了"党国大事"。大概是拼不过韩剧的家长里短，写不出那日常生活中的打情骂俏，于是红色经典往往一不留神就被拍成了俗事艳情大全。

曾经看过一部名叫《天字一号》的连续剧，说1950年国民党特务试图利用国庆游行之机，用迫击炮轰击天安门。故事情节编得离奇紧张，不过事件成败的关键却荒唐得让人难以接受。按编导的设计，敌方计划不是败在一个人手里，而是败在两个美女对我方卧底的争风吃醋上。那三角恋式的故事说的是，我方卧底以男色（当然还有智慧）刚刚让自己的上司美女迷上自己，这口气还没喘顺当，又得对付从台湾飞过来的新美女特务，结果用巧计让她们为了自己而自相残杀，最后顺利完成了任务。我看来看去，发现这卧底好像没送出什么有价值的情报，反而靠周旋于两大美色就把问题解决了，这样看来，其男色魅力真是不可抵挡，不管是何等绝色美女，来一个灭一个。反特片拍成现代言情剧或西式恐怖片，本身算是个包装策略，无可厚非，但我担心编导的逻辑走向极端，会使人变得弱智。

记得王小波当年讽刺《庐山恋》，说男女主角在热恋中不说"我爱你"，而是大喊"我爱我的祖国"——影片中侨居美国的女主角在庐山上反复纠正男主角的英语发音，说的是"I love my motherland. I love the morning of my motherland"。在那个时代的编导看来，爱国和爱恋人没啥区别，但放到现在的生活中，准被认为是白痴。荷尔蒙爆发时能说汉语却偏秀起洋腔，不能不让人怀疑那爱情表白有点虚伪，估计这恋人关系也会吹掉。不过，那个时代养成的就是这高格调，先想祖国后想爱人已被训练成了习惯，倒过来喊反而成问题，也许恋人会觉得对方太小资没志向。这部片子据说在庐山上当个旅游项目反复播放，可能已经播了上万遍，创了一个吉尼斯世界纪录。可见人们心里不一定认同那叫喊，却也并不觉得虚假。不同时代塑造不同的品味，反而显得真实。

其实，把英雄想象成非凡之人，确是升华电影主题的手段之一，和《庐山恋》相似的例子在外国电影里一样能够找到。比如奥斯卡获奖影片《勇敢的心》中梅尔·吉布森扮演的苏格兰起义英雄被绑上刑台处死那一刻，吉布森面目扭曲、疼痛难忍之际，忽然暴吼了一声"自由"，一时地动山摇，刽子手为之变色，观影人为之动容。不过后来我看到一个影评人对此表示异议，说吉布森当时疼成那样，肯定没工夫想"自由"这么抽象的问题，一定是在想他的恋人，这句话应该是："啊！疼死我啦！我的爱人！"当然这只能是个猜想，不可能被搬上屏幕，否则不但得不了奖，还得挨观众的板砖。不过现在看来，中国大屏幕上吉布森式的英雄要喊出"我的爱人"却一点也不会令观众奇怪。现在的年头是色相当家，男女主角漂亮性感是最重要的，打情骂俏放在俊男美女身上不但耽误不了大事，反而变成了成事的先决条件，不由不让人感叹：这世道真是变了！

猫眼看人

有次在路上听到一段父子对话，儿子说想养只猫，父亲的反应相当决断和不容商量："猫是奸臣，是最无情无义的东西，狗才是忠臣。"我猜那孩子听到这话大概无力辩驳，因为在一种貌似理所当然的共识压迫下，个人意见总是可以忽略不计，孩子只能选择沉默。

我是爱猫之人，对狗没有兴趣。上述评语让我联想到由宠爱猫狗的选择中衍生出的两种极端的价值衡量标准。现今中国人好养宠物，一般不出猫狗两类，当然不是没有例外——我在台北士林官邸门口曾见一摩登贵妇牵着一头猪，猪身上穿着精致华美的衣服，引起路人围观，贵妇不无得意地说这叫"香猪"，摸一摸它就能沾上满手香气。我以为这毕竟是特例，猫狗大致仍是宠物大军中的主力。没有确切的统计表明养猫和养狗的人数到底哪个更多，但流浪猫而非流浪狗被虐的新闻却更为常见，这也许反映出人们骨子里对猫狗的不同态度以及宠物与其生活境况之间的微妙关系。

养过猫的人都知道，猫的习性并非总是恭顺可亲，而是颇带点傲慢自尊，在日常生活中喜欢处处与人较短争长。人把它伺候舒服了，它肚子里才会发出类似煮稀饭的呼噜声，猫脸露出惬意的表情是对主人殷勤服务的奖赏。

猫爱跳到桌上用犀利狡黠的眼光与人对视，站在平等的角度和人交流。据动物心理学家研究，在猫的意识中，它和主人的关系至少是平辈，甚至有时会把主人当作晚辈来观照，当然也少不了教训人。狗则明确知道自己是人类的下属，这也是狗比猫容易驯化的原因之一。

猫眼看人，时时刻刻要和人争个"平等"，这可能恰恰违背了一些人饲养宠物的原意。忘了哪位高人说过，有的人养宠物并非只为了休闲，乃是借此发泄在社会上遭受欺压的郁闷——平日在单位饱受领导或老板之气，唯唯诺诺，窝窝囊囊，回家总得寻找一些心理补偿，这是再正常不过的事。正如葛优在《卡拉是条狗》里说的，狗之所以对他这么重要，在于只有它顺着自己，逗自己高兴，看着它才觉得自己像个人。

如果养的动物和主人闹平等，主人在单位受气后回到家中，心里仍旧继续添堵，岂不是自找苦吃？相反，宠物如果每天站在家门口摇尾示好，使每个在职场逼压下煎熬的人能转换角色当回上司，一舒心中之恶气，岂不是美事一桩？故宠物的选择实是关系社会的大问题，不可等闲视之。

宠物如果只担任一种供人出气的角色，那么它要是表现出一种不符主人想象的自我尊严，就会遭到唾弃和厌恶。由此我们约略可知，大街上为什么会有那么多无家可归的流浪猫——其中当有一部分是因为它们得罪了自己的主人。它们不明白，以自己"猫格"的卑微沦丧换取蜗居主人家中的那点待遇是天经地义的，如果违背这个原理，下场肯定是悲惨的。更进一步，某只猫如果在家里为讨尊严而遭遗弃，跑到大街上仍然不知收敛、有损城市形象，那么便会遭到清除。于是性格刚烈的猫类争取尊严的命运可想而知，也许会为此付出生命的代价。

我猜测，那些痛骂猫是"奸臣"、将其遗弃的主人肯定是在不懂猫性的情况下做出决定的，他们以为猫会像巴儿狗一样每天趴在门口，等待舔主人的脚趾。一旦自家的猫流露出对独立生活和私密空间的执着追求，主人随即失去耐心，一脚把这位"革命家"踹出家门。也有人说，流浪猫比流浪狗多是因为养猫比养狗付出要少，故猫舍弃起来更为轻易——狗既要上牌还要每天遛，人付出的实际成本和情感投入相当多。在打狗风声紧的时候，经常在网上看到与孤寡老人相依为命的宠物狗因为没有狗证被强行抓走之类的故事，情节悲惨，令人心酸。然而，从另一个角度看，为什么有人支付不起（或不愿支付）成本却仍要养狗？这大概与狗确实能够提供给人某种独特的尊严感不无关系。

我一直以为，与猫有别，有时候人们谈平等，未必出自真心实意。和猫跳到桌上一心只为自己争平等不同，历史上呼群结伙、大谈平等的人可能会有自己的算计。他们有的也许是想当皇帝而缺乏帮手，于是忽悠别人说："你受到不平等的待遇，怎么忍得下去？还是造反吧！"有的也许是想削平大户，把财产转移到自己名下。这些人都打着平等的旗号，却可能给跟随他们的人带来更大的不平等。有说法一味强调，他们喊出的口号具有平等意识，让读历史的小孩子以为他们都真诚得一塌糊涂，完全不是为自己，而是为实现所有人的平等才拼上身家性命。但实际上，这些人怂恿造反肯定计算过成本，以命相搏的后果可能是掉脑袋，也有可能是骑到别人头上，其实都和真正追求平等无关，不过是亡命者的赌徒心理。如果只谈造反者表面嚷嚷的是什么，从不问背后的潜台词如何，更不问其行为是否与其主张合拍，历史就会变成一种只问动机不问后果的谎言，前因后果的不一致将会被刻意掩饰。

猫还有个习惯，就是太有好奇心和参与精神，老爱掺和别人的事情，这可能也是它不易获宠的原因之一。我外祖母家有只猫，就因为过度好奇，到处搅和，故有个外号叫"撂棍子"，就是瞎捣乱的意思。和猫比较，狗就表现得识趣得体，知道行动的边界在哪里，猫不如狗招人疼爱恐怕根源在此——它的喵喵参与破坏了主人一贯清净独断的思绪，哪有狗的沉默乖巧与小心谦恭那般惹人疼爱？举个例子，那些视"猫是奸臣"的人，当他们看到韩国议会里的议员为了争论某个议案竟然青筋暴跳，最后沦为恶言相向、拳打脚踢，肯定会讥讽说这公开斗殴折射出的是乱象丛生，是政治上的分裂与衰败。当然，其中不乏表演的成分与过激的行为，各方的立场或许也颇为可疑，但为了公共议题而公开争论，毕竟是大众寻求平等的一种渠道。争论的目标能否实现另当别论，可从形式上而言，公共话题的透明和开放到底有利于促进公平和公正的实现。争吵的声音或许正如猫的搅和，颇招人烦，然而选择做一名爱猫者正在于他不是把这动物视作自己的附庸，而是从猫的身上看到了做人的尊严——这才是我爱猫的真正理由。

— 余 话 —

杨三姑爷

卧佛寺边开了家山庄宾馆，据说是由一家王府改造的，四面围住的院子里一棵老松垂下浓阴，罩住了半个天空，阳光只能在它的缝隙中找机会奔泻下来，影影绰绰地在地上钻空子落脚，看到它们忙碌的样子，人们就会觉得盛夏的暑气仿佛也被阴蔽在了墙外。这天，几个房客中有个人用手指对着院子画了个圈，说当年我们老杨家在沙滩的院子也差不多这般大，正好十五间，院里也有棵老树。杨家的长子当年娶了同仁堂乐家的三小姐，成了杨三姑爷。姑爷刚从德国念了博士回来，西装革履地出入，那洋做派给乐家老铺的旧门脸添了不一样的新派头。

没想到洋派头第一次派上用场却是做了桩差点掉脑袋的买卖。这天传来消息，说大帅府里段爷身体欠佳，听说同仁堂里的人参不错，想开眼一观。同仁堂上上下下慌了，推三搡四地躲了起来，这差事眼见是没人应了，不知谁说了句咱家姑爷留洋面子大，该他去试试。姑爷是湖南人，别看平常身上透着股洋绅士的味道，"湖南骡子"的犟劲还是没改，也许是刚留洋回来不知深浅，开车就奔往大帅府。帅府的管家引到屋内，姑爷把带去的两盒人参请段爷品赏，裹着盒子的绸缎被小心翼翼地打开，一根须似皮条的百年老参赫然躺在案上，另一根略小，却也是极品山参。见此宝物，段爷的眼神有些异样，显然心跳开始加速。随即当然是询价，试探问所值几许。姑爷一脸正经，称大的二千大洋，小的一千三百大洋。大帅沉吟半晌，目光凛凛盯着姑爷，一见姑爷脸无表情，沉默片刻，终于说可否便宜若干。姑爷神态悠然，徐徐正色答道："大帅可知，同仁堂向不二价！"段爷表情略显尴尬，只好说，容我再想想吧。姑爷全身而归，车到那四合院门前，只见院中探出许多人头，攒动着一片唏嘘，说段大帅何样人物，姑爷忒大胆，真是捡条命回来。三十多年后的"文革"期间，杨三姑爷讲起这段子，还不忘感叹一声："那段祺瑞也不失为一君子也。"这自然是悄悄话，当时若让人听去也许会落下话柄。

杨三姑爷战时跑到重庆当了大学教务长，后随张治中的代表团赴京和共产党谈判，张治中有天忽然说不走了，姑爷也就点点头留下了，按政协委员的级别重新住进了卧佛寺山庄般的四合院里。据说，1966 年工农兵同志就开始往院里搬，姑爷虽没拍手但也表示欢迎，那时觉悟虽然不算高，却也觉得自家占这么大地方好像是个罪过。新中国成立十多年了，姑爷早已修炼得没了私人产权的概念，只怨先进思想没学透，所以认为让老乡随便搬进来住才是过硬的身心改造，比嘴里说动听话更让自己感动。虽然搬进来的人似乎并没有被感动的意思，可姑爷实在，只自己感动也觉得挺好。

后来落实政策姑爷搬了楼房，地方狭窄多了，没了夏天的阴凉，冬天却有暖气。据说姑爷的四合院本来有三十间之多，相当于卧佛寺那院两个面积大，后来分给了另一个国民党投诚的将军。那将军也与工农兵同吃同住过一阵，后来还是被赶进了楼房。

这天来了个原国民党高官的后人，眼见着他进了单元门，过不久复蹿出来，跳着脚在楼前开骂："你个老不要脸的王八蛋国民党，你个反动派！"原来这厮来管他老爸要钱，被赶了出来。喊骂声刚过，只见楼房的窗子叮叮当当一片片地推开，一个个白发人头在窗口疯狂颤动，爆出一串串子弹式的怒吼："你个臭小子骂谁哪？"原来满楼房全住着原国民党老兵，白头发们都觉得楼下这混蛋是在骂自己。

姑爷平时认真学习，挂着政协委员的头衔闲居在家，每日读《史记》，兼看《反杜林论》，满纸都是用红笔划的重点，先是局部，以后是每行都划，且用尺子比着划得溜直，最后全书被划得满满当当，终没了重点。不管是史迁的旧著，还是革命导师的新作，似乎是一样的待遇。

姑爷家雇了个好厨子，是上海锦江饭店老板董竹君家的，这宋阿姨做得一手好鱼圆汤。周末姑爷家就走马灯式地塞满食客，徐悲鸿、梁漱溟、胡子婴……姑爷新潮，名士食客一到，他就操着浓重的湖南腔招呼宋阿姨说："宋同志，倒咖啡。"

有天政协要开会批评梁漱溟，说是口头发言就可以了，姑爷坚持写书面稿，稿子还引了两句诗，为形象地说明梁是何等糊涂，写下了"不识庐山真面目，只缘身在此山中"二句。外孙自告奋勇要帮忙查出头两句，姑爷说查出即赏五块钱，结果自不用说。这五块钱能买一包中华烟、两瓶汽水，当年算奢侈得没边了。

转眼二十年过去，姑爷的孙子在搞历史，去档案馆查姑爷那时的资料。档案馆的"前台"可不同于酒店，站着的不是笑容可掬的青年，而是横眉立目的大妈。大妈目光如电，问题也问得绝：

　　你是从哪儿来的？

　　你来这有什么目的？

　　你为什么想看这些东西？

　　……

"过堂"之后，姑爷的孙子早已心虚气短，在这大妈的呵斥下真矮成了"孙子"，这时候恍惚能看到爷爷站在四合院中面对川流不息的人群时闪烁出的迷惘眼神。

正这么幽幽地想着，卧佛寺的浓阴随着夕阳已退到了墙角，外面的灯笼在黑夜里开始闪动，正当着山庄房客的姑爷孙子忽然记起，自己只住过两年的那沙滩老房子估摸着也到掌灯时分了。

我看"80年代"

　　有一个笑话说，一个画匠给人画像，画完自鸣得意地说，你拿到街上问问人，看画得像不像。这位顾客觉得主意不错，真把画拿到街上，碰到第一人就问："您觉得哪一处最像我？"得到的答案是头上戴的方巾最像。遇到第二个人，那顾客又问同样的问题，这人回答说衣服最像。等到碰见第三个人，站在一旁的画匠忍不住跳出来提示说，方巾、衣服都有人说过，不用再说了，你只说形体如何。那人犹像半天说，胡须最像。

　　2006 年出版了一本书叫《八十年代访谈录》，访谈对象全是 20 世纪 80 年代在文学、艺术、学术各领域曾经名动一时的风云人物。不知怎么的，我总觉得这访谈者的行为是在严肃地印证上面笑话的真实。我猜想，访谈者心里肯定已经预先勾勒出了一幅 80 年代的画像，很想从这些访谈对象嘴里印证她想象中的 80 年代"形体"的完整性，这从她洋洋洒洒、带有明显导向的提问中可以看出来，与那画师带着画去满大街发问的动机有些相似。可那些名人好像并不十分配合，众说纷纭，没人说出个"形体"来。我读完这本书后，80 年代也就变成了方巾、衣服和胡须。

　　访谈对象谈了不少，如 80 年代相对亲密的人际关系、吸取知识的饥渴神态、探索电影的激情与冲动、朦胧诗的圈子、摇滚的反叛，但 80 年代随之也失去了整体形状。道理并不复杂。你描绘的是方巾、衣服和胡须，自然还有人会注意到鞋子、腰带甚至是衣服的纹饰，这样下去就会没完没了。同时，更多的细节也可能被忽略和遗漏。何况，80 年代的知识圈有人人自称英雄的习惯，访谈录的刻意选择和有限容量不知会漏掉多少自以为是英雄者的画像，当然惹出了各种不满和非议，理由是：这些人能代表 80 年代吗？可我又觉得，80 年代的可爱恰恰在于满目飘动的方巾、衣服和胡须，而不是预先被装饰在我们头脑中的一幅惟妙惟肖的完美形象。

80 年代总是被一股淡淡的怀旧心绪所笼罩。怀旧是当代知识人的一个通病，也是各种时髦散文的基调，内容除了上海外滩的灯红酒绿，就是民国文人的倜傥风流，那笔调几乎是千篇一律的浓妆艳抹，招人厌烦却观者多多。令人稍感意外的是，80 年代也不幸加入了这个行列，变成了遗老犹唱的"后庭花"，进入了怀旧消费的时尚画廊。只不过，加盖上了一个"反思"的大红印章，于是显得异常夺目。我们可以感觉到，访谈者努力想从受访者描述的方巾、衣服和胡须中拼贴出 80 年代的整体画像，但这个努力显然是失败了。我庆幸这个失败，因为我们一旦看不到 80 年代那些具体的方巾、衣服和胡须，它的魅力就会顿然消失，不复存在。

为什么这么说呢？80 年代的魅力就在于它有太多的不确定性：政治走向、经济前途、文化变革、人生选择……

那味道有点像民国肇始时没什么人管的撒欢和散漫。我还记得第一次看人体画大展，人们遭遇女性裸体时最初的羞涩表情，以及犹豫片刻后蜂拥贴近的饥渴感，冲动而茫然。这些不确定感在90年代以后全部消失了。当人体画进入网络可以随意浏览时，人们的视觉开始麻木。倘若那画师拿着90年代的画像到处问，得到的回答恐怕就不是方巾、衣服和胡须了，而是"像美国""像某个西方大师"或者"像麦当娜"。再说得直白点，美国或西方不是方巾、衣服和胡须，而是那画家所提示的"形体"。我们的生活、思想和行为越来越容易从形体上被描绘出来了——可惜那"形体"往往不是我们自己的。一旦有人指认就说这太像美国啦，那太像西方某个人啦。从貌似高雅的学院到低俗不堪的欢场，一系列的生活节奏都可以从中找到依据、线索和偶像。大家活得是否愉快我不知道，但活得越来越有规矩恐怕没人否认。因此，我以为，人们怀念80年代，是怀念只能说出方巾、衣服和胡须的那种感觉和时刻。

我还以为，可怕的不在于人们津津乐道各种方巾、衣服和胡须，也不在于描绘不出80年代的准确轮廓，可怕的是那些怀念80年代的人，或那些在80年代画像里曾经扮演过方巾、衣服、胡须的角色，供人们指认甚至崇拜的人，好像也只能活在怀旧的阴影里。他们有些变成了娱乐文化的宠儿，如研究尼采的专家转行大写轻飘飘的人生箴言呓语，原本辛辣犀利的"愤青"作家转而对儿女说起了私房悄悄话，富有诗性雅意的"棋王"变成了视听盛宴的技术操盘手，当年说出"我不相信"的激进诗人开始琐碎地唠叨大院父辈的夕阳晚年……他们说是给 80 年代画像，其实更多谈的是 90 年代的失落，颓唐的自怜中满是英雄迟暮、无奈退场的感伤。80 年代好像没有为后来的时代提供养分，而是为后人掘出了一个思想坟墓——这才是最可怕的，它让我们看不到希望。我们看不到当年这些英雄后续的故事，也看不出他们在 90 年代以后的表现和 80 年代有什么连续继承的关系。这一点陈丹青也在访谈中说过，崔永元做怀念老电影的节目，意思是向老一辈致敬，可是这档节目和好莱坞的区别在于，人家怀旧是为未来打气，越怀旧越得意，虽然承认已不及过去的黄金时代，但依然对过去怀抱敬意；而崔式怀旧则是以悔恨、抱怨的心理在怀旧，怀旧是为了逃避今天。我们时时能从《八十年代访谈录》中嗅出同样的味道。

80 年代没有延续性，它只被留在了过去。这才是我们怀念 80 年代的真实理由，也是 80 年代风云人物退出历史舞台的开始。我只能说，80 年代被纳入怀旧的轨道，恰恰昭示的是现时思想的贫乏和无奈。

"新史学十五年"：一点省思

2017年在南京落幕的《新史学》集刊创刊十周年研讨会被戏称为史学界的"春晚"，虽知是坊间戏言不必当真，私下权当同仁关爱鼓励之语，聊以自勉，可细酌起来两者实难比拟。"春晚"披的是全民过节狂欢的外衣，营造家和事兴之象，底色毕竟衬托国家意志。《新史学》自边缘起步，论者出语锋利尖锐，倡言新知不免忤逆旧论，招人侧目，虽不肯久居史界边陲，至今是否融入主流尚且存疑。一路磕磕绊绊走来，回望经年努力之成败得失，值得认真反思检视，姑妄言之。

这些年的办刊试验不妨概括为两个"模糊"，一个"效应"。两个"模糊"是"新"与"旧"之间界线日益模糊，"世界化"与"本土化"的藩篱不断拆除；一个"效应"是《新史学》编纂体系犹如八爪鱼般荟萃散播讯息，目的是集群体之力，以防个人视界自限狭拘。

跨越"新"与"旧"的边界

近世以来，国人逐渐沾染上了崇拜新事物的习惯，变革与求新的愿望常常相伴而生。此心理为屡遭外人欺辱做出的本能反应，本无可厚非；关键是，若以趋新为名拼命舍旧，甚而弃之如敝屣，则极易养成崇洋不化的痼疾。

"新"与"旧"相对峙，不时相互转化，才能葆有生机，没必要演成死活对杀的僵硬棋局。国人明白这个道理，经历了颇为漫长的岁月。2002年正逢任公发表《新史学》一百周年，九个学科的学者聚集北京香山，召开"中国需要什么样的新史学"研讨会以示纪念。会议之本意是要用更加密集的"趋新"言论去突破渐显落伍的进化史观。会前特请书法家张志和先生手书任公名句"历史者，叙述人群进化之现象而求得其公理公例者也"，悬于正厅门口，就是想借此句为议论鹄的，带有边继承边检讨的双重意味。

任公当年发明两大史观引领史界，铸成趋新典范。一是把史学当作培养"国民意识"的工具，讥讽国人只有家庭之念而无国家认同之感，倡言以小我服从民族自立之大我，这是近代民族主义迅速崛起的嚆矢。只不过"国民意识"一旦塑造定型，难免压抑个人权利的张扬。特别是国家为动员民众，把民族主义编织成符合特定政治目标的耀眼旗帜，这面旗帜被反复高举，在凝聚民心民力的同时极易造就盲目自恋与自卑的双重心态。二是任公首倡研史目的乃寻找人类历史发展之"公理公例"，这是进化论逻辑的别样表达。"公理公例"后来被频繁置换成"必然性""历史规律"等术语，移植到各类历史教科书中，成为历史命定论信条的标准表述。任公晚年对此似有醒悟和反省，故多以"缘""业"等中国古典词藻注释历史演变之势，借以矫正宿命武断的直线进化观点，从崇"新"论调开始向习"古"风尚迁移。至此，"新"言"旧"论之间才逐渐解开殊死争斗的纽结。

2002年香山会议的主旨是想通过援引西方社会科学之活水，浇灌中国史界之新蕾，剪除旧史残留的枯枝败叶。如今看来，这正是缺乏自信的表现，流露出难以自我救赎的焦躁情绪，与任公饥不择食吸纳西学精髓的迫切心理不谋而合。与晚清相比，2002年的中国情况已大为不同，后现代理论乘势崛起、蔚然成风。此时再谈"公理公例"显然过于老套，可见"趋新"的主调未变，只不过在慕"新"之人眼里，西化的内容日益丰富，趋新的前景更加绚烂。任公作为当年史界革命宗师，一时成为今天的众矢之的，恰在于他老人家已不够"时尚"。香山会议遂以纪念为由，不自量力地担负起了批判半旧半新之中国史学的责任。现在看起来，当年九大学科学者会聚一地的设局难免有些刻意，话题多集中在社会科学入史的可能及其局限等问题。不但任公的"进化史观"已属"旧"路，那些与西学新知无缘的所谓"旧"史学更是被悬置起来，冷落在一边。

会议接近尾声，倒是有一个"旧"史学的人李零跑出来讲了一段似乎与"新"全不搭调的话。他调侃说自己就是个捡垃圾的，因为考古学就是要把别人丢弃的东西重新捡回来发现它的价值。他说理论就像敲门砖，敲完门就要丢掉。苏东坡说"自其变者而观之，则天地曾不能以一瞬"，这是从"新"的心态入手；反之，"自其不变者而观之，则物与我皆无尽也"。今人讲近代学术史经常碰到的窘境是，新学里面有旧学，旧学里面也有新学，其实是新学不新、旧学不旧。如此，"新""旧"的看法一下子变得复杂起来。故王国维先生说得对，学问应不分古今中外才是，否则"新"就变成了专门制造对立的一个字眼。

对比起来，2002年的香山会议，大家的眼光还是紧盯着"新"的一面趋之若鹜，而十五年后的南京会议风向渐转，已有不少人开始花费更多精力去探寻"旧"事、"旧"物、"旧"观点的价值。日本建筑师伊东丰雄说过，近代主义思想即是一种将自我与他人、内与外明确加以区分的思想。这个明快直接的观念为科学技术的发展作出了巨大贡献，代价是忽略了无法加以区分的灰色领域。伊东认为，日本传统建筑空间和人际关系就有不明确的模糊特点，只有把握这些特点才能保留文化的多元性。中国的情况何尝不是如此。罗志田在观察梁漱溟对东方失语困局的认识时，就发现解释系统转换后，文化表述会显现失语状态。中国近代思想界不是移用西方个别词句对传统历史观进行修补，而是全面照搬内里的思维套路，在依赖西学上早已病入膏肓。我曾听有人讥损说，中国人只有依靠外来词语的描述才能辨识自己是什么样的。文化无法自我表达变成了中国人持续的深层焦虑，一味趋新也许只能加重失语的病态。

十五年来，中国史学界为摆脱如上焦虑状态曾尝试过以下几个变革思路。一是"事实重建"，这条路容易被误解为乾嘉学派再现江湖，只知埋头复原具体细节，徒劳地寻找所谓历史"客观性"。在我看来，"事实重建"派恰恰是捡回了主流史学有意无意丢弃或遮蔽的那一部分史实，重新赋予其应有的位置，不但不显"客观"，反而蕴含另一种强烈的主观意图在内，是典型的"后现代"取向，只不过他们不便明说而已。这与李零所讲考古学的"捡垃圾"之意颇为相近。二是在评估旧观念的价值时，尽量剔除所谓的"后见之明"。这无疑已是常识，可是我们好像觉得，不把古人观点简单粗暴地当作解剖对象就已经是对它们礼遇有加了，仍然隐隐抱着一种居高临下的心态，没有认识到古人的历史观并非如封存在博物馆展柜里的化石，只能隔窗观望，实与今人的鲜活境遇密切相关。我们甚至可以用它替代通行的进化轨度，将其直接作为获取历史教训的依据。自陈寅恪先生提倡对古人应具"理解之同情"后，史界基本不会再有人自诩比古人高明而对其言行妄加非议。明显的例子是当年评价革命党与立宪派互斗，经常还会读到嘲笑任公为阻挡革命的"跳梁小丑"或"野心家"之类的轻薄言论。革命党形象则很像老电影中的脸谱化人物，一律拔高成舍己为公、义薄云天的大英雄。现今若有谁再这样臧否人物肯定被笑为无知，说明世人虽未必真有资格可与历史人物立于同一境界，却已多少能体会他们面临人生抉择的不易。不过史界似不应仅仅止步于揣摩古人心境，好像古人行事与己无关，自己仍有资格充当一位评头论足的旁观者；须意识到"古"未必劣于"今"，"今"未必胜于"古"，特别是在文化传承方面不但不应鄙薄古人，更要对其应对时势之委婉心曲抱持相当敬意，才有可能准确发掘经典内涵，以为现实参照。

近年概念史研究热度不减，成果迭出。"概念史"表面上标榜"趋新"，力求与传统思想史、学术史划清界线，但骨子里仍坚持紧贴文本发言，阅读材料和细致勾画史境原委的意图实则偏于"趋旧"。最直接的例子是《重塑中华》一书，大篇幅叙述"中华民族"概念的源起流变。"中华民族"看上去纯粹是个近代概念，不管最初发明者是谁，都与塑造现代"国家"观念的意图密不可分，与中国古典思想难有瓜葛。"中华民族"的基本要义是摒弃种族区隔，尝试在同一个空间中容纳共享多民族的文化资源，以此为基础组成一个政治共同体。这个思路表面上阐述的是一个现代观念的样态，因其终极指向仍是"国家"，但在融汇多族群为一体的构想方面，传承的却是古典"大一统"的思路。"中华民族"概念由立宪党人提出，他们从"大一统"思路出发，阐释维系中华统一之局，似乎貌显"趋旧"。然而如果站在"现代国家"的立场观察，无论是疆域规划还是民族政策，均大体继承清代"大一统"的治理方案。因此，"中华民族"的提法可谓"旧"中蕴"新"。

与之相对立的革命党，在发动反清运动之初，谨守"夷夏之辨"的宗旨，大谈反满兴汉的种族纯化论，其建立民主国家的革命动机可谓全新，但使用的论辩工具却多属旧论，无外乎"非我族类，其心必异"之类的老套说辞。可是他们对种族关系的认知，又与现代西方国家的族群理论颇为近似。西方人种学在研判一个文明体的组成模式时往往认定，由于对血缘和人种的自我认同意愿过于强烈，族群之间的边界设定必然是清晰严格、不可混淆的。革命党人把这个判断直接移用到中国历史的认识之中，却没有看到中国内部长久延绵的所谓"夷夏之辨"不是一个种族观念，而是一个文化概念。夷夏之间虽有族群之别，却可以通过文化的相互涵化冲淡彼此的界线。革命党使用的是类似于西方族群理论的这一套东西，故意回避了夷夏相互转化的古义，其论述特具"趋新"色彩，故而有强大的煽动力。

由此可知，一种历史认识可能同时包含着"新"与"旧"多个层面，关键是史家在面对具体语境时，往往喜欢挑取那些更方便自己利用的资源。一个具体的例子是，"新清史"刻意强调满人的族裔身份对建立清朝统治的决定性作用，硬是夸大说清朝统治与明朝绝缘断线，铸造出自成一格的新型帝国。仔细辨析，"新清史"之所以"新"，不过就是运用西方族群区隔理论重新破解"大一统"传承谱系的一个尝试。"新清史"强行把满人与汉人的文化品性作严格区分，外貌虽与"夷夏之辨"的旧说类似，却不理解中国"夷夏之辨"相互转化的深意之所在。故从"理解之同情"出发，有可能意识越"趋旧"，对中国历史的了解程度就越深；越忙着表面热闹地"趋新"，对中国历史的感悟力可能反而变得越低。

又如晚清学人喜谈"统"的构造和延续，康有为就大谈"通三统"。"三统"旧说追慕的是远古"三代"，貌似也是一种退化论式的提法，好像时代越古世道越精彩，这是明显"趋旧"的思路。然而到了康有为手里居然倒转过来，融入了"进化"的意思，"三统"不是往后看，而是指向未来的"大同"之境。在古人眼里，"大同"是对过往世界的想象；在康有为的预想中，"大同"却是连先进的西方民主国一时都难以企及的未来幻想世界。你说康圣人是"守旧"还是"维新"？结论不言自明。

消弭"本土化"与"世界化"的二元对立

十五年来，为了应对西化浪潮的侵袭，中国学界发明了一个词"本土化"，专门用来抗衡无孔不入的"世界化"或"全球化"。多年讨论下来似未达成共识，只是笼统地认定要尽量少用西方理论，发展自身的认知能力。实际上，虚拟出的所谓"本土"与"世界"的对立本来就难以准确界定。经过百年淘洗激荡，你很难说学界使用的哪个词就是纯粹"本土"的，哪个词就是纯粹"世界"或"全球"的。把两者判然二分，也有把"世界"机械等同于"西方"的嫌疑。

近些年流行一种说法叫"早期近代论"，这是美国研究中国的学者特别喜欢使用的一个标签。大意是指中国历史内部绝非以往"冲击—回应"说所断定的那般僵化停滞，而是早已孕育着类似西方那样的"近代化"因素，只是这些近代因素出于某种原因未被发现和调动出来而已。不可否认，这些学者对中国怀有美好的感情，竭力辩说中国历史上具有不亚于西方的进步动力与发展潜质。这也是中国学界喜欢听到的一种论调，正可通过外国学者之口进行自我麻醉，借以克服多年紧跟西方形成的自卑感。但"早期近代论"的提法显然仍立足于对"近代"因素的寻觅，并以之证明中国历史演化机制具有自我发展的能力。论证中国早有"近代"要素，顶多为中国学界在西人面前挣回一点面子和自尊心，却难以深谙中国思想本身内存的语法规则。正如有些学者坚持不懈地幻想中国曾经出现过"科学""民主"一样，结果只能徒劳无功。

把"本土化"与"世界化"作截然二分的处理，容易重新把自己封闭在自我陶醉的情境之中，好像只要执拗地寻找出足够丰富的内发衍生型文化要素，就有了对抗西方的本钱，或者意淫式地想象中国文化就是西方的未来。我以为，与其执意标榜"本土化"，不如通过对历史过程的细致描述，积累更多微妙的观察经验。任何理论只具有对个别经验的凝聚和提炼作用，它可以防止经验被滥用而流于琐碎，却无法普遍适用。理论提炼的成功与否首先取决于局部经验是否勾勒得足够丰满细腻，也包括研究者选择题材对象时是否具备足够的洞察力。

以"华南研究"为例，从表面上看，华南研究一开始就给自己贴上了鲜明的地域标签，很像是刻意通过对某个局部单位的深描，寻找出一种特别"本土化"的研究经验。对宗族、户籍、沙田、祭祀等特殊地域标识的辨析，目的是寻求一种纯粹"地方性"的意义，以便和"世界化"的普遍性解释相对抗。实际上华南研究的真正目标不是要彰显局部历史表象，而是寻找历史演变的贯通性法则。比如对民间祭祀系统到底是遵循"正统化""标准化"还是"地方多样性"规则的争论，就昭示出地方社会与"文化大一统"之间既对立又妥协的微妙关系。无论是对华南本地要素进行梳理，还是寻找其中认同中央王朝的迹象，都是长期刻画历史细节的艰苦劳作，不是简单标榜"本土化"立场就能天然获得强大的阐释权力。

华南研究虽从"地方研究"起步，却已经开始注意与中央一级的"帝王之学"乃至世界体系进行对话。赵世瑜在会上提交了一篇文章，其中就以"结构过程"和"礼仪标识"作为华南研究的主要方法。大意是地方性研究经过对各种时空要素反复加以凝练，最后整理成序。这些要素被"结构化"的过程也是地方历史演化图景逐渐清晰表现出来的过程，同时也为地方性因素进入"世界化"格局提供了传输渠道。最突出的例子是丁荷生与郑振满所作的闽南祭祀圈与东南亚贸易网络关系的探查，描绘的完全是一幅中国与东亚乃至世界进行交往的全新图景。所以郑振满有一次演讲时才敢说，他要讲的是一个从泉州出发的世界史故事，这源自对家乡历史足够熟稔的自信，同时也消解了"本土"与"世界"之间相互对立的紧张感。

再如近年崛起的"历史记忆"研究，同样具有破除

"本土"与"世界"对立隔阂的作用。我们过去的历史观太容易陷入强烈的意识形态诉求，最常规的做法就是有目的地选择某些历史材料，主观圈定其天然具有客观性，然后据此串联解释出一个带有终极目标的普遍前景。"历史记忆"研究撕破的就是这类神话，揭示在客观性外衣包装的压抑之下，人情、人性如何呈现其多样性，历史的温度经此过程被慢慢地触摸感受。从方法论的角度说，无论是"逆推顺述"还是"倒放电影"，都是要克服当代人对历史发生过程嵌入过多无据想象和草率判断，叙述而非阐释的力量通过记忆重构缓缓显现，"动情的历史学"终于有机会登场了。

"八爪鱼"效应

回顾十五年前北京香山会议讨论"中国需要什么样的新史学"的情形，作为发起人之一，我心里其实郁积着一种强烈的自卑感。一开始我就把中国史学当作一具僵死的木乃伊，心中企盼能有一股外界刺激促使其分解蜕变。在激越求变心理的支配下，诸如以下一些似是而非的念头，多少影响了会议的议程：中国史学缺乏理论，只重史料收集之功，必须等待西方社会科学理论的引入才能完成救赎。当年邀请参会者时曾提出一个原则，那就是无论属于哪个学科的学者，只要处理的材料是历史资料，均可纳入"新史学"之列。这种看似包容和多元的设想，实施起来效果却是得失参半。一方面，九大学科的学者讨论起来交锋不断，热闹非凡，尽管各领域学者在研究方法上存在不小差异，难以达成共识，毕竟实现了多学科交叉互动的预期目标。另一方面，研究近世史包括明清史的学者相对而言并不避讳借助社会科学方法处理史料，研究古史的学者则比较喜欢恪守多年形成的治史习惯，很少公开明确表示自己运用社会科学方法治史，故不被视为"趋新"之同道，导致古史研究的高人完全被排除在会议之外，"新史学"讨论有陷入一小撮人自说自话的危险。

十五年后，南京会议筹备期间最初设计的标题是"中国需要什么样的历史学"，字数完全与香山会议一致，只是改动了一个字。隐去"新"字是觉得十五年来中国史学的发展已不必用"新"字刻意标榜，如今更应强调"新""旧"之间如何对应转化。这次会议有意邀约古史研究者参与，不想以"趋新"为名强行划界，自限藩篱。南京会议的与会者包括了从"40后"到"80后"各个年龄段出生的优秀学者，以展示不同时段不同方法对史学现状之思考，这样筹划起来学科交叉互渗的色彩虽被淡化，多元争鸣的样态却并未消退。

当年《新史学》集刊创刊时曾提出各卷邀约专人轮流主编的构想，我称之为"八爪鱼模式"。八爪鱼模式不只是一种编辑刊物的思路，也可扩及新史学运动各项活动的组织过程中。从最初崇拜西式宏论、一味"趋新破旧"、组建小圈子作自闭式讨论，到重审新旧之别、兼顾平衡理论思辨与叙述手法之间的张力，均体现出所谓"新史学"理念的影响并不在于呼喊的调门有多高——它应如一张灵动的大网，尽量扩充四角所能覆盖的范围，或是如一个兼容各种尝试的思维容器，酝酿出启人心智的思想。

什么才是真正的"文化重建"？

　　舆论界嚷嚷得很凶的所谓"文化重建"在我心目中其实是个负面词。因为在我的经验里，我们往往是通过不断破坏"文化"来进行"重建"的。更可悲的是，"破坏"可能恰恰是打着"文化重建"的旗号才得以合法展开。举个例子，我有一年到徽州开会，会议特意安排参观一个集中反映徽州特色的新修园林景观。主办方介绍说，这个园子是一位有文化关怀的富商，为了抢救徽州文物而特意投入巨资修建的。这颇具品味的"儒商"不惮劳苦亲自到徽州各地搜集文物，小到各种饰物匾牌，大到整栋老房的建筑材料，然后用高价收购，拆卸搬运回来，集中修建了这座园林。同行的人似乎完全被这位儒商的"义举"深深感动，觉得他为徽州人做了件功德无量的大事，几乎没有人质疑这个举动是对文化原生态的结构性破坏。

　　一个文化物品之所以具有传统的力量，恰恰是因为它生长在相对原生态的氛围里。如果被强行移出其生存的环境，顶多是一件博物馆意义上的单件文物。当所有"文物"被拼凑汇集起来，最终完成了一个"文化重建"的工程时，"文化破坏"的程度实际上就被加深了一层，传统的部分不但得不到保护，反而又像重新遭受了一次洗劫。这不叫"文化重建"，而叫"文化拆卸"。

不难发现，斩断文化的内在脉络和演化流变，然后加以拼贴重组，大多与一些商人的介入有关，他们成为对"文化重建"下定义的幕后力量。商人介入文化生产在中国历史上早有先例，明末清初的徽商即是现代"儒商"的祖宗，他们经常宴集群儒，附庸风雅。但和当代"儒商"的最大区别是，他们基本要附和士人阶层的审美准则，不会破了规矩自立一套。而在当代"儒商"看来，徽商的作为太小打小闹了。他们要把"文化"做成一个市场，一切"文化"都要纳入其中加以精密计算，做成可以买卖的产品。从网上拍卖少林寺秘笈，标价九千九百九十九元倒卖佛庙家底，到通过发掘曹操墓鼓动地方旅游 GDP 增长，"文化产业化"变成了"文化重建"的金字招牌，也最终堕落成变相破坏文化的杀手。

在有意无意不断破坏"文化"的境况下大谈"重建"是不是显得有些滑稽？可这正是目前文化建设的现状。"文化重建"反而变成了"文化破坏"，原因何在？我以为，正因为我们缺乏一个有说服力的历史观，以之作为把握各种人文叙事的基调和依据——其中包括历史叙述，当然还有影像叙述。我们原来奉行的历史观基本上是革命史观，在这套史观里面，各种"文化"的定义必须服从于政治性的逻辑，而没有自己独立的品格。改革开放后，学术界基本上把现代化的整个进程看作历史发展的必然结果。当年国内拍了个纪录片叫《河殇》，用影像叙事的手法表达 20 世纪 80 年代中国人的一种"历史观"。它所叙述的逻辑其实很肤浅，中国文明的内涵被简单形象地比喻为黄土，而"黄色"是个很糟糕的颜色。西方文明因源起于海洋，则被涂抹成了"蓝色"，"蓝色"美妙得没有任何瑕疵。影片设计得很煽情，一个男中音不断提示说，黄土这东西就像腐坏基因一样，搞得中国人面黄肌瘦、营养不良，我们扑向蓝色文明就得救了。黄色文明奔向蓝色文明乃历史的必然，这个论断里面包含着内在的强制规范性，实际上是对中国传统文化的全面质疑。仔细考量可以发现，现代化史观与革命史观的内在逻辑是一致的，就是对历史必然性的认同与张扬，当我们看到所有的影像或者历史叙事在表达这个必然性主题的时候，我们很难把握具体的"人文"位置到底应该在什么地方。既然昭显的是一种普遍必然性，那么所有的人都应该为必然性服务，为此做出任何牺牲也是理所当然，人文的所有东西也就由此变成了各项发展指标的附属物，即使貌似必要，也仅是以成本计算为名的点缀。

那么，在《河殇》时代过去以后，我们的历史观有什么改善吗？只能说有些"疑似"的进展，但仍苍白得没什么"文化"。比如纪录片《大国崛起》采取的也是一种变相的政论片样式，讲的是一些欧洲大国的历史演变进程，其内在的表述还是一个极端推崇现代化的思路。后来又有一本书叫《中国不高兴》，书名即简单粗暴，内在意思是，你原来侵略了我们，我们崛起之后也要吃掉你们，至少通过某种博弈，我们在利益上要占据最大的份额。很糟糕的是，这套话语是打着反西方的民族主义旗号出现的，却不折不扣地贯彻了早期西方资本原始积累期的冲动、蛮横与无行。在这套逻辑面前，所谓"文化"或"人文"根本就起不到什么作用，甚至根本没有存在的必要，还谈什么"重建"？

现在舆论界谈"文化重建"，具体地说就是谈"国学"复兴，谈"传统文化"，再具体就是读经书、唱京剧、穿汉服。但这些活动都是在大的历史叙事框架之下进行的定位。我以为如果不改变这种大国崛起论式的粗放型历史观，任何所谓重建都是急功近利的举措。因为在成本计算的框架里，慢性的日积月累养成文化的行为必然会遭到嘲笑。

"文化重建"也涉及对传统文化的理解问题。现在都在大谈"人文""文化""传统""经典"，但是我们对人文和文化精神的理解及其转化路径却难以真正影响国家决策和社会发展。正因为当代"文化"没有自己独立的品格，近代以来在面对西方压迫的时候，总是采取一些极端的对抗形式，好像不如此就无法彰显自己的特质。"传统文化"的复兴往往是通过逆反西方必然性的发展逻辑而提出的命题。可仔细审视这些传统复兴的内容又觉得尴尬无比，比如我们开口闭口总谈"国学"，可到底什么是"国学"？其内涵到底如何界定？其实并没有太明确的说法。现在舆论界、学术界实际上大体是按"汉学"的标准来界定"国学"。"汉学"是西方人到中国之后，好奇地发现许多与西方学问大有差异的内容，然后把它转换成了一门非常精巧和专门化的学问。

"汉学"延续了西方人对中国的认识历史，这套认知方法被中国学界接受后，变成一种"杂交"式的学问。由此出现一个悖论，即近代以来中国人所标榜的传统学问其实仅仅可能是学习西方学问的一个产物。"国学"被提出有特殊的背景，表面的理由是民族主义式的，是在国家需要复兴的时候出现的，国学其实就是"复国之学"。"国学"打出的旗号是复兴中国传统文化，恢复的却是西方人对中国的认识。北京大学研究所国学门的法文译名为L'Institut de Sinologie，即"汉学研究所"，1925年《北京大学研究所国学门周刊》、1926年《北京大学研究所国学门月刊》上面都写得很明白。也就是说，"国学"无意间可能以畸变的形式堕入了西方所构建的知识学谱系，不自觉地变成西方学术在中国的表述样本。它固然可以成为一个大国崛起的利器，但也可能恰恰表述的是当年殖民地式的文化逻辑。

"文化重建"当然与如何选择文化有关。从唐代开始，中国文化就呈现出包容多元的样态，特别是对北方非汉民族文化的吸收和融合，甚至唐代皇室的血统都与"夷狄"纠葛不清。我们总有一个误解，认为非汉民族单向受到汉文化的影响，故有陈垣先生的《元西域人华化考》之作，同时也构成了近代以来的一套"汉化史观"。其实，以汉族为中心构建历史观基本上是明代中叶以后的事，所谓"华夷之辨"作为历史观的基础是很晚才出现的，属于"发明的传统"。中国史界却把这种"发明"当作核心的历史理念加以捍卫和推广，逐渐形成了一个以汉人为中心的中国文化认识系统，而没有考虑在中华民族的整体历史演变框架中文化呈现出的多元共存的品格。

曾看过影视人类学家庄孔韶教授拍摄的一部片子《虎日》，他用影像记录了西南一个少数民族村寨集体戒毒的过程。当村里发现某个村民吸毒后，全村会专为此人举行一个仪式，仪式需要举行很多天，据说戒毒效果高达 70%以上，比戒毒所的作用强得多。这个仪式如果放在科学评价系统里完全像是一套巫术，在政治评价标准中则会被视为封建糟粕，但正是这类仪式对人本身的精神状态起到非常重要的调整作用。这里面提出的一个问题是：以现代科技为依据的戒毒方式和传统习俗体现出的干预作用，哪个在实际生活中更加有效？基层民众的习俗很大程度上塑造了底层的基本文化状态，是不是应更多地纳入我们的探索视野？中国历史学原来强调大的历史叙事和事件的功能，从 20 世纪 90 年代开始，出现了一个非常重要的转型，即区域社会史研究的兴起，号召眼光向下，做田野、口述史方面的调查，鼓励从生活在社会基层的民众主体本身的眼光来反观上层运作的方式，从而提供另一种叙事模式。这个转型引发了历史学叙事的革命性变化，且已波及影视创作等方面，包括对独立纪录片制作产生了很大影响。怎样把这种变化有效地纳入主流叙事里，变成整体文化重建的资源，应该是个重大的课题。